El Destino 1

Das Schicksal

von

Jaliah J.

FSC
www.fsc.org
MIX
Papier aus ver-
antwortungsvollen
Quellen
Paper from
responsible sources
FSC® C105338

Impressum

Alle Rechte am Werk liegen beim Autor
J., Jaliah
El Destino 1 – Das Schicksal
Erstauflage
Berlin, April 2015
Lektorat: Günter Bast, Paula
Cover/Bildgestaltung: Klaud Design – Marie Wölk

Herstellung und Verlag:
BoD - Books on Demand, Norderstedt

ISBN 978-3-7347-7018-0
www.jaliahj.de

Für meine beiden Engel auf Erden

Kapitel 1

»Lina, denkst du an Maliks Jacke?«

Ich gehe nochmal zurück in die Wohnung und schnappe mir die dünne Sweatjacke meines kleinen Bruders. Als ich zurückkehre, sieht mich Malik aus seinen großen braunen Augen flehend an.

»Bitte Lina, ich will die nicht anziehen. Die anderen Kinder im Kindergarten lachen mich aus, weil sie nicht von Cars oder Spiderman ist.« Ich seufze leise und ziehe ihm die einfache braune Jacke über. »Wenn die anderen lachen, sind es keine wahren Freunde und dann brauchst du die auch nicht«, versuche ich den Fünfjährigen zu überzeugen, doch ich sehe ihm sofort an, dass es nicht wirkt.

»Ich bekomme bald mein Gehalt, dann versuche ich etwas davon wegzupacken«, verspreche ich ihm, und seine Augen glänzen sofort. »Und für einen Ball, du weißt schon, einen richtigen Fußball, wie ihn alle haben.« Ich schließe die Jacke und gebe ihm einen Kuss auf seine Wange. »Ich tue mein Bestes.«

Während ich mit Malik durch die verarmte Haussiedlung mit den heruntergekommenen Kleinläden und den dreckigen Straßen, in der wir nun wohnen, gehe, denke ich über das letzte Jahr nach.

Wir haben nicht immer so gewohnt, so gelebt, bei Weitem nicht.

Ich bin in Lares, einem kleinen gemütlichen Dorf, ein paar Stunden von San Sebastian, der Stadt, in der wir nun leben, geboren und aufgewachsen. Zusammen mit meinen Eltern und meinem kleinen Bruder hatten wir dort ein schönes Leben. Wir waren nie reich, aber wir hatten unseren eigenen Hof, unser Grundstück, unsere Tiere, und wir konnten gut davon leben. Ich habe immer viel mitgeholfen bei der Arbeit auf dem Feld oder im Haushalt, aber wie viel harte Arbeit das alles wirklich bedeutet, habe ich erst viel später und auf eine sehr bittere Art erfahren müssen.

Meine Kindheit verlief friedlich. Ich habe frei gelebt und viel mit den Kindern der umliegenden Höfe draußen gespielt. Wir sind zusammen in der nächstgrößeren Stadt zur Schule gegangen und brauchten immer mehr als eine Stunde für den Hin- und den Rückweg, aber wir sind diese Wege gerne zusammen gegangen und über die Felder und Wiesen gelaufen. Alle Erinnerungen, die ich an diese Zeit habe, sind positiv. Meine Eltern waren glücklich, so wie ich es erlebt habe, und ich habe sie gerne beobachtet, wie sie sich immer wieder verliebte Blicke zugeworfen haben.

Ich kann mich noch sehr gut daran erinnern, wie meine Mutter durch die Küche getanzt ist, wenn ein Lied im Radio gespielt wurde, das sie an ihre Jugend erinnert hat. Jedes Mal, wenn mein Vater kam, hat er sie in den Arm genommen, ihr zarte Küsse gegeben, und sie hat ihn lachend ermahnt, das nicht vor den Kindern zu tun.

Wir waren glücklich.

Mein Vater hat keinen Hehl daraus gemacht, dass er die Großstadt verabscheut, er das Leben dort nicht will, nicht für sich und nicht für uns. Ich erinnere mich noch genau, wie er geflucht hat, wenn es mal wieder an der Zeit war und die schwarzen Autos kamen. So erinnere ich mich daran: Die schwarzen Autos. Wir Kinder fanden es spannend und aufregend, wenn alle paar Monate mehrere schwarze, breite, sehr teuer aussehende Autos in unsere Gegend kamen. Ich erinnere mich noch ganz genau an einen Tag, der für mich ein ganz besonderer war, den ich nie wieder aus meinem Gedächtnis kriegen werde.

Die Autos kamen wieder, ein paar Freunde und ich waren gerade auf dem Weg von der Schule nach Hause. Wie immer rannten wir den Autos hinterher, und plötzlich hielt einer der Wagen. Ein Mann stieg aus, und wir liefen zu ihm. Ich weiß noch, wie beeindruckend ich seine Gestalt fand, auf mich wirkte er riesig und alles an ihm geheimnisvoll.

Er trug eine Waffe, was nicht so ungewöhnlich ist. Auch auf unseren Höfen tragen die Männer manchmal Waffen, um die Häuser vor Tieren oder Wilderern zu schützen. Seine Kleidung wirkte so edel, so besonders, ich war sieben und absolut sicher, das muss ein Prinz sein, so einer, wie der in meinen Märchenbüchern. Der

Mann beugte sich zu uns und lächelte, dann gab er jedem von uns eine Tafel Schokolade. Wir bedankten uns tausendmal, das war für uns wie Weihnachten. Schokolade ist teuer, wir kamen nicht oft zu diesem Luxus.

Als ich später an unseren Hof kam, beobachtete ich meinen Vater mit einem Nachbarn, mein Vater war wütend, sehr wütend. Er verfluchte diese Gauner, die Verbrecher aus den Großstädten, die sich in Familias zusammenfinden und die ehrlichen Menschen bestehlen. Als er mich mit der Schokolade entdeckte, war er mir nicht böse, doch ich erkannte in seinen Blick das er enttäuscht war. Ich habe diese Schokolade nicht angerührt.

An diesem Abend kam er in mein Zimmer und setzte sich an mein Bett. Als er bemerkte, dass ich noch nicht schlief, strich er mir meine langen Locken zur Seite und küsste meine Wangen. Er holte eine kleine Schachtel hervor, in der eine zarte, goldene Kette lag. Als ich ihn aufgeregt darum bat, mir diese umzulegen, kam er der Aufforderung lachend nach. Sie war das Schönste, was ich je gesehen hatte, zwar noch etwas zu groß, aber ich liebte die goldene Kette sofort.

Mein Vater erzählte mir, dass er die Kette kurz nach meiner Geburt gekauft hatte und sie mir eigentlich erst viel später schenken wollte, aber er dachte, dass ich nun ein großes Mädchen sei. Er begann mir zu erzählen, wie gefährlich diese Männer sind, dass sie vom Geld der armen Menschen leben, keine Gnade haben und er bat mich, in Zukunft von ihnen fern zu bleiben.

Das war das erste, aber nicht das letzte Mal, dass ich den Hass meines Vaters auf solche Familias mitbekam. Von da an rannte ich den Autos nicht mehr hinterher. Wenn ich sie wiedersah, schaute ich extra weg und je älter ich wurde, desto mehr übernahm ich den Hass meines Vaters.

Mein Vater, er war immer mein Herz gewesen.

Ich habe meinen Vater über alles geliebt. So einen Mann wollte ich später auch haben, er sollte genau wie mein Vater sein und ich vermisse ihn. Ich vermisse ihn manchmal so sehr, dass ich laut los-schreien könnte über das Unglück, ihn verloren zu haben, unser altes Leben verloren zu haben. Das Leben verloren zu haben, wel-ches wir so geliebt haben, bevor wir in dieser Hölle angekommen sind.

Ich gebe Malik im Kindergarten ab. Die Erzieherin weist mich dezent darauf hin, dass noch einmal Essensgeld für diesen Monat aussteht. Ich vertröste sie. Egal, was wir tun, es fällt uns schwer zu überleben. Es ist hart. Meine Mutter arbeitet im Schichtdienst in einem Altersheim, und ich arbeite den ganzen Vormittag und den halben Nachmittag in einem Haushalt bei der reichen Anwaltsfa-milie Perez, allerdings nur drei Mal die Woche. Ich suche nach einem besseren Job, aber es ist schwer, hier etwas zu finden. Nach-dem ich Malik zurücklasse, mache ich mich langsam auf den Weg in die bessere Gegend von San Sebastian, die Gegend, wo wir nur zum Arbeiten hinkommen. Als ich an einer Ampel warte, fällt mir ein Flyer ins Auge.

•• Kellnerin für exklusiven Nachtclub gesucht, gute Bezahlung ••

Mittlerweile ist mir schon fast egal, was ich tun muss, um an Geld zu kommen. Also natürlich gibt es Grenzen, aber die sind nicht mehr ganz so hoch gesteckt. Die Worte 'gute Bezahlung' stechen mir sofort ins Auge. Ich reiße den Flyer ab und sehe auf die Adresse. Da der Laden nur ein paar Straßen entfernt ist und ich noch Zeit habe, beschließe ich einfach, sofort dort vorbei zu gehen und mein Glück zu versuchen. Als ich schließlich vor dem Black Butterfly B.B. stehe, wird mir doch etwas mulmig zumute.

Noch nie war ich in so einem Club. Nicht, dass ich etwas gegen sie hätte, doch auf dem Land gibt es solche Läden nicht und seit wir hier wohnen, haben wir kein Geld für solche Sachen. Zudem ist es früh am Morgen und der Club ist sicherlich schon geschlossen. Plötzlich wird jedoch die Tür geöffnet und eine Putzfrau schiebt mit einem Besen den Müll auf die Straße.

»Hey Kleine, kann ich dir helfen?« Sie blickt mich abwartend an und streicht ihre Hände an ihrer Schürze sauber. »Ja, ich wollte wegen des Jobs als Kellnerin nachfragen. Ist er noch zu haben?« Einen Moment scheint sie mich zu mustern, dann allerdings winkt sie mich herein. Als ich eintrete und mich umsehe, stelle ich fest, dass dieser Club den Namen Black Butterfly wirklich verdient, ich bin beeindruckt von dem Ambiente des B.B.

Es ist riesig und sehr hell eingerichtet, der einzige dunkle Kontrast sind die schwarzen, glänzenden Marmorfliesen auf dem Boden. Man geht durch einen kleinen Flur, vorbei an einer Garderobe, dann kommt man direkt in einen Bereich mit einer riesigen Tanzfläche und einer Bar. An den Seiten stehen Tische und Stühle, es wirkt alles so groß. An den Wänden sind, passend zu den Marmorfliesen, überall glitzernde schwarze Schmetterlinge aufgemalt.

Eine Treppe führt nach oben und die Putzfrau deutet mir, ihr dort hinauf zu folgen. Gerade als wir die Treppe hochlaufen, kommen ein paar Frauen herunter. Jede von ihnen hat ein paar Scheine in der Hand, jede einzelne ist wunderschön. Sie lachen und erzählen, dass die Nacht erfolgreich war und mein Herz rast schneller. Ich will diesen Job, aber mit solchen Frauen kann ich nicht mithalten.

Als wir die Treppe hochkommen, blicken wir in einen separaten Bereich. Es ist alles noch viel luxuriöser, als unten. Auch hier steht eine Bar, und es gibt eine extrakleine Tanzfläche. Die Sitzgruppen, die unten aus normalen Tischen und Stühlen zusammengestellt sind, bestehen hier aus hellen Ledersesseln und Sofas. Die Tische sind aus demselben Marmor wie die Fliesen auf dem Boden. Alles wirkt extrem teuer. Wir durchqueren den Bereich, bis wir einen kleinen Flur entlang gehen, wo sich die Toiletten befinden. Am Ende ist eine Tür, an welche die Frau klopft.

»Casper, hier ist jemand wegen eines Jobs.« Ich höre ein lautes genervtes Aufseufzen, dann wird die Tür aufgemacht.

Ich schrecke leicht zusammen, als sich vor mir ein sicherlich zwei Meter großer, fülliger Mann zeigt. Er ist sehr fein angezogen, sein Anzug sitzt perfekt an seinem Körper und auch wenn er nicht wirklich schön ist, strahlt er mit seinen grünen Augen und dem nicht mehr ganz dichten, schwarzen Haar, eine Präsens aus, die keinen Zweifel lässt, dass er hier der Chef ist. Trotz des dicken Bartes, den er trägt, wirken seine Gesichtszüge angespannt. Er mustert mich ebenfalls einen Augenblick und ich stelle mich ihm vor. Dann scheint er sich leicht zu entspannen.

»Kommen Sie doch rein.« Er macht mir Platz, und ich trete in den Raum, der sich als Büro erweist. Er bittet mich Platz zu nehmen und stellt sich als Casper, der Besitzer des Clubs vor. Er ist offenbar niemand, der lange um den heißen Brei herumredet, er sagt mir sehr ehrlich, worum es bei dem Job geht.

Hier im B.B gibt es zwei Arten von Kellnerinnen. Die einen sind wirklich nur dazu da, die Leute zu bedienen, Bestellungen aufzunehmen und ihnen ihre Getränke, die an der Bar zubereitet werden, zu bringen. Dann gibt es Kellnerinnen, die für extra Zuwendungen an den männlichen Gästen gebucht werden können. Das bedeutet, dass jeder Tisch eine Karte hat. Auf dieser Karte werden die zu buchenden Kellnerinnen aufgelistet. Jede Kellnerin trägt ihren Namen auf einem Ansteckschild, so dass es zu keinen Missverständnissen kommt. Diese Kellnerinnen verdienen natürlich mehr und dürfen ihr Trinkgeld behalten, alle anderen, normalen Kellnerinnen behalten am Anfang 10%, nach einem halben Jahr dann 20% des Trinkgeldes. Der Stundenlohn ist nicht hoch, aber für mich ist es besser als nichts. Ich erkläre Casper, dass ich mich nur als normale Kellnerin bewerbe und er mustert mich erneut.

»Weißt du Celina...«, ich unterbreche ihn zögerlich. »Lina.« Er lächelt. »Lina, unser Club ist berühmt dafür, dass bei uns nur die hübschesten Kellnerinnen arbeiten, ich kann dich mir sehr gut bei uns vorstellen. Allerdings ist es bei uns so, dass nur drei Nächte die Woche gearbeitet wird, damit wir immer einen gewissen Wechsel haben und den Kunden nicht langweilig wird. Es gibt bestimmte

Arbeitskleidung, die wir dir stellen. Wenn dir das alles zusagt, kannst du heute Abend anfangen.«

Als ich an diesem Nachmittag mit meiner Arbeit bei der Familie Perez fertig bin und mit Malik nach Hause komme, fühle ich mich anders, zuversichtlicher.

Das Geld würde uns soweit helfen, dass vielleicht wirklich mal etwas übrig bleibt, für ein paar extra Sachen, wie eben eine schönere Jacke für Malik, einen Ball. Ich bräuchte auch mal wieder ein paar neue Sachen und meine Mutter ebenfalls. Wir könnten ein weiteres Bett kaufen, ich müsste nicht mehr mit Malik in einem schlafen, obwohl, wir hätten nicht genug Platz für ein neues Bett, dann vielleicht eine Schlafcouch. Meine Pläne scheinen nicht abzureißen, bis ich meiner Mutter von dem Job erzähle und ich ihre besorgte Miene bemerke.

Meine Mutter Rosa ist jetzt gerade mal 42 Jahre alt, sie hat mit 20 Jahren geheiratet, zwei Jahre später kam ich auf die Welt. Sie ist noch immer eine bildschöne Frau. Sie hat die gleichen langen dunklen Locken wie ich, und ihre Augen haben die gleiche mandelförmige Form wie bei mir und Malik. Allerdings haben wir einen helleren Braunton, den gleichen, den die Augen meines Vaters ausmachten, während die meiner Mutter eher fast schwarz sind.

Früher haben sie immer gefunkelt, als hätten sich Sterne in ihren Augen versteckt. Seit mein Vater vor über einem Jahr von uns gegangen ist, hat dieses Funkeln aufgehört, und eine ungeheure Trauer verdunkelt ihre Augen nun noch mehr. Ich weiß, dass sie meinen Vater sehr geliebt hat und seit dieser Nacht, der Nacht, in der sich alles geändert hat, scheint auch ein Teil von ihr gestorben zu sein.

Ich kann mich noch genau an diese Nacht erinnern. Malik schlief schon, meine Mutter und ich räumten noch die Küche auf, als mein Vater noch einmal zu den Ställen wollte und kurz zu einem

Nachbarn, es war alles wie immer. Er hat meiner Mutter einen Kuss gegeben und ihr etwas ins Ohr geflüstert, was sie zum Lachen brachte, dann hat er mich geküsst und ist gegangen.

Mein Vater war der einzige, der mich immer mit meinem vollen Namen gerufen hat, jeder andere nennt mich statt Celina einfach Lina, was mir auch lieber ist, doch mein Vater hat sich geweigert und mich immer Celina genannt.

Ich weiß nicht wie lange ich schon geschlafen habe, bis ich eine Unruhe gespürt habe und aufgewacht bin. Als ich in die Küche runterkam, waren drei Nachbarn da und meine Mutter lief besorgt in der Küche herum. Scheinbar war mein Vater nie beim besagten Nachbarn angekommen, und keiner hatte ihn gesehen. Somit fing die Suche nach ihm an.

Erst am nächsten Vormittag wurde er gefunden, in einem unserer Felder. Es heißt bis heute, ein Tier hätte ihn angegriffen, doch hinter vorgehaltener Hand wurden andere Sachen erzählt. Man glaubte, dass sich mein Vater in den vergangenen Monaten immer mehr mit den Leuten, die zu uns gekommen waren um Geld einzutreiben, die Männer mit den schwarzen Autos, welche ich so bewundert hatte, angelegt hatte und das nun die Antwort war.

Weder meine Mutter noch ich hatten die Zeit oder die Kraft, darüber nachzudenken oder viel zu trauern. Wir nahmen das letzte Ersparte und bezahlten die Beerdigung. Danach gaben wir alles, wir arbeiteten von morgens bis in die Nacht, mussten Sachen erlernen, von denen wir keine Ahnung hatten, alles, um den Hof zu halten. Ich weiß nicht, wie mein Vater das geschafft hat, aber es war unmöglich. Wir hatten auch Hilfe von den Nachbarn, aber sie hatten ja selber genug Arbeit zu erledigen, und somit ging alles bergab.

Wir mussten immer mehr Tiere verkaufen, schafften es nicht, die Felder zu bewirten, die wenigen Helfer zu bezahlen, die wir sonst immer hatten. Eine Katastrophe führte zur nächsten. Nach ein paar Monaten gaben wir auf, wir mussten aufgeben, denn es war nichts mehr übrig. Um zu überleben, verkauften wir alles, bis uns nur noch das Haus blieb. Die Schulden wuchsen so schnell, dass meine Mutter zwei Tage nach San Sebastian fuhr. In diesen zwei Tagen hat sie sich einen Job besorgt, diese kleine erbärmliche Wohnung gemietet und unseren Hof für so gut wie nichts verkauft, aber wir hatten keine andere Wahl. Ich hatte nicht mal mehr Zeit, mich richtig von allen zu verabschieden, als wir mit einem geliehenen Wagen und den paar Möbeln, die wir mitnehmen konnten, vor einem Jahr hier hergezogen sind.

Ich weiß, dass es meine Mutter innerlich zerfrisst uns so zu sehen, zu wissen, dass wir hier so abschätzig behandelt werden, weil wir nichts haben, während wir in Lares immer eine angesehene Familie waren. Zu sehen, dass ich arbeiten muss, damit wir etwas zu Essen haben, statt eine weitergehende Schule zu besuchen und dass Malik auf dem kaputten Fußballplatz gegenüber unseres Hauses aufwächst, statt auf den Wiesen und Feldern in Lares.

Wie ich es mir gedacht habe, ist meine Mutter nicht begeistert von dieser Arbeit, wie auch? Ich selbst könnte mir Schöneres vorstellen, aber letzlich sieht sie ein, dass wir keine andere Wahl haben. Wir werden unsere Schichten so legen müssen, dass immer eine bei Malik ist, aber im Notfall haben wir eine liebe Nachbarin, die auch mal einspringen würde oder er schläft bei Petro, einem seiner besten Freunde im Nachbarhaus.

Kapitel 2

Nervös stehe ich um 22 Uhr im Umkleideraum des B.B. und wende mich vor dem Spiegel. Josy, eine hübsche rothaarige Kellnerin, die schon länger hier arbeitet, hat mich kurz eingewiesen und lächelt mir aufmunternd zu. Ich allerdings blicke unsicher an mir herab. Noch nie hatte ich so etwas an. Ich trage auch privat gerne mal gewagtere Kleidung, und ich habe auch ein paar schönere Sachen aus Lares, aber das hier ist etwas ganz anderes. Es ist edel, sexy, und es gefällt mir sehr. Ich trage einen schwarzen Rock, der bis kurz über meine Knie geht und dazu ein weißes Top, welches mit einem großen, glitzernden, schwarzen Schmetterling vorne verziert ist. Es ist alles eng und sexy, aber nicht billig, ich glaube, ich hatte noch nie solche edlen Klamotten an.

»Wow, kein Wunder, dass dich Casper gleich für den VIP- Bereich eingeteilt hat.« Josy grinst frech und ihre großen braunen Augen glänzen, ich muss zugeben, dass ich sie jetzt schon mag. Von allen hier hat sie mich nicht mit einem bösen du-bist-meine-Konkurrenz-Blick angesehen und war gleich sehr freundlich. Josy tritt hinter mich und öffnet meine Haarspange, so dass meine dunkelbraunen Locken bis zu meinen Hüften fallen, dann gibt sie mir einen schwarzen Kajalstift, mit dem ich meine Augen betone. »Meine Güte, deine Augen sehen aus wie Mandeln, du hast wirklich schöne Augen. Hier, das noch.« Sie hält mir roten Lipgloss hin und ich benutze ihn. »Danke Josy, das ist wirklich nett.« Casper tritt ein. »Ich hab einen guten Riecher, häää?« Er grinst Josy an, die leise lacht und etwas rot wird, als er ihr zuzwinkert. »Ich bin mal gespannt auf ihren Namen.« Ich sehe verständnislos von einem zum anderen.

»Keine Kellnerin benutzt hier ihren richtigen Namen, du heißt ab jetzt, also zumindest, wenn du hier arbeitest ... Layla«, klärt mich Casper auf. Ich sehe ihn zwar etwas verdutzt an, aber letztlich ist es vielleicht sogar besser so. Er gibt mir mein Namensschild und zeigt auf meine Schuhe, ich trage schwarze Ballerinas. Es ist nicht so, als hätte ich viel Auswahl, meine Schuhauswahl beschränkt sich auf drei Paar. »Du musst dir hochhackige Pumps besorgen.« Ich nicke zwar zustimmend, fluche aber innerlich, ich kann auf hochhackigen Pumps nicht laufen, ich habe ein paar mit kleinen Absätzen. Bei den Absätzen, die Josy und die anderen tragen, wird mir allein beim Hinsehen schwindelig. Casper wünscht mir noch viel Glück, während Josy und ich hinaustreten.

Der Club ist mittlerweile voll, und wir machen uns auf den direkten Weg zum VIP- Bereich. Josy ist zu meinem Glück neben mir eingeteilt, damit sie mir helfen kann. Oben angekommen merke ich, dass es hier auch schon gut besucht ist. Josy wirft einen Blick auf unsere Einteilung. »Mann, hast du ein Glück und das an deinem ersten Tag, du bedienst die Natos-Tische.« Ich sehe sie fragend an, sie nickt zu mehreren Tischen, die nebeneinander stehen. Einige ziemlich gefährlich wirkende Männer und viele gut aussehende Frauen sitzen oder stehen dort herum. »Was bedeutet Natos-Tische?«, flüstere ich ihr zu, als wir uns die Tabletts und Blöcke an der Bar abholen, und Josy lacht leise.

»Sag mal, wie weit auf dem Land hast du gelebt? Die Los Natos? Die Los Natos sind die größte Familia in Puerto Rico, allerdings habe ich gehört, ihre Macht reicht noch viel weiter. Sie sind riesig, gefährlich und, was uns interessieren sollte.... reich und meist ziemlich großzügig«. Sie merkt wohl, dass mir das alles gar nicht gefällt, ich selber spüre, wie sich meine Miene versteinert. Josy legt mir einen Arm um die Schulter. »Sie sind ganz nett. Meistens sind es auch nicht so viele wie heute, es sind nur ein paar engere Mitglieder, die öfter hier sind, einige aus der direkten Familie, also welche der Anführer die nur aus der direkten Familie stammen dürfen. Nando und José, sind heute hier und die sind sehr spendabel....also los!« Sie gibt mir einen kleinen Schubs in Richtung der Tische.

Bevor ich zu den Tischen gehe, atme ich einmal tief ein. Zwar versuche ich, niemanden direkt anzusehen, aber mir entgeht nicht, dass all diese Männer ziemlich fein angezogen sind. Ich weiß auch nicht, was ich erwarte, ich sollte es besser wissen. Die Männer, die bei uns in Lares waren, haben auch immer nach Geld ausgesehen, sicherlich laufen Gangmitglieder nicht mit irgendwelchen kaputten Jeans und Unterhemden herum, so wie das Klischee es vorgibt.

Die hier versammelten Männer haben fast alle eine dunkle Jeans, ein Hemd oder eine feine Hose und ein Shirt an, sie wirken nicht so viel anders, als andere Männer, die hier versammelt sind, zumindest beim ersten Betrachten. »Hallo… kann ich Ihnen etwas bringen?« Ich blicke widerwillig von meinem Block auf und sehe einmal in die Runde. An diesem Tisch sitzen fünf Männer und einige Frauen. Ein Mann mit dunklem, kurz gelockten Haar und einer Narbe auf seiner rechten Wange grinst mich frech an

»Hey, bist du neu… Layla?« Ich nicke und klopfe leicht mit meinem Stift auf den Block, um meine aufkommende Unruhe wieder unter Kontrolle zu bringen. »Die Kellnerinnen werden hier immer hübscher, lass mal sehen, stehst du auf der Liste?« Ich spüre, wie ich rot werde, ich kann nicht glauben, dass er das einfach so ausspricht. »Nein, tue ich nicht!« Das kommt wohl etwas schärfer hinaus als gewollt, und nun habe ich von allen Anwesenden am Tisch die volle Aufmerksamkeit, außer die eines Mannes nicht, der gerade schwer mit einer der Frauen beschäftigt ist. Alle anderen Männer sehen mich verwundert an, während die Frauen mich abschätzend mustern.

Dabei fällt mir auf, dass fast jede von ihnen blond gefärbte Haare hat, das scheint momentan bei den puertoricanischen Frauen sehr angesagt zu sein. Ich finde es sieht extrem künstlich aus, zu solch einem dunklen Teint derart helle Haare zu haben. Ich muss fast selber über meine Gedankengänge schmunzeln. Scheinbar habe ich doch noch genug Nerven, um so abzuschweifen, auch wenn ich hier vor diesen Leuten stehe.

»Schade, das wäre bestimmt lustig gewesen. Was denkst du Nando?« Ich schlucke einmal leise, hatte Josy nicht erwähnt, dass er einer der Anführer ist? Mein Blick folgt dem aller zu dem Mann in der Mitte, der gerade seinen Kopf am Hals einer Blondine vergraben hat, erst als er angesprochen wird, schaut er hoch.

Nando ist ein gutaussehender Mann, er wirkt zwar auch noch ziemlich jung, aber etwas älter als ich wird er schon sein, vielleicht 22 oder 23 Jahre. Über der Öffnung seines schwarzen Hemdes erkenne ich seine braune Brust und ein kleines goldenes Kreuz. Er hat ein sehr auffälliges Gesicht, auffällig in dem Sinne, dass es sehr markant ist. Man sieht ihm an, dass er etwas zu sagen hat, das strahlt er durch seine ganze Haltung aus. Er trägt einen gepflegten Dreitagebart, der aber fein konturiert ist, so dass es sehr edel wirkt, vor allem aber fällt mir eine Tätowierung an seinem Hals auf, die trotz des Hemdes zum Vorschein kommt.

Bevor ich einen noch genaueren Blick riskieren kann, nickt der Mann, der ihn angesprochen hat, zu mir und dieser Nando schaut mich an. Als ich ihm direkt in die Augen sehe, bin ich etwas überrascht. Erst wirken sie so gefährlich, wie sie dunkel sind, seine braunen Augen wirken auf dem ersten Blick unglaublich hart, doch dann lächelt er mit seinen vollen Lippen, er hat ein schönes Lächeln. Es bilden sich kleine Grübchen auf seiner Wange, er wirkt…. freundlich. Auch er scheint mich einen Moment zu mustern. »Wie heißt du?«, Ganz plötzlich bin ich wieder im Hier und Jetzt.

Ja, er ist auf jeden Fall ein Anführer, er redet so fordernd, als würde ihm die ganze Welt gehören. »Layla«, langsam werde ich ungeduldig. Dieser Nando lehnt sich entspannt zurück. »Deinen richtigen Namen meinte ich.« Ich zeige auf mein Schild. »Layla! Also, was kann ich euch bringen?« Ein paar der Männer beginnen zu schmunzeln und Nandos Miene wird wieder etwas unfreundlicher, doch letztlich scheint es zu wirken, denn sie geben ihre Bestellung auf.

Der restliche Abend verläuft etwas entspannter, nachdem ich ihnen zweimal Getränke gebracht habe und die Extrawünsche der Frauen nach frisch geschnittenem Obst erfüllt habe, mit dem sie sich dann von den Männern füttern lassen, lassen mich die Natos-

Tische weitgehend in Ruhe, ich kümmere mich um die restlichen, mir zugeteilten Tische. Auch hier fällt auf, dass ich neu bin, scheinbar gibt es viele Stammkunden, die sich hier öfter treffen, und somit verbringe ich viel Zeit damit mich vorzustellen.

Als die Nacht sich langsam dem Ende zu neigt und es fast wieder hell wird, verlassen nach und nach alle den Club. Meine Füße bringen mich um, auch ohne Pumps. Bevor die Los Natos mit ihren Begleiterinnen den Club verlassen und ihre Rechnung an der Bar bezahlen, spüre ich wieder den Blick von diesem Nando auf mir, so wie schon mehrmals in dieser Nacht. Ich ignoriere diesen auch weiterhin und räume deren Tisch ab. »Das ist für Layla.« Ich tue so, als hätte ich es überhört und stelle Gläser auf mein Tablett. Als ich sehe, dass sie weg sind und zur Bar gehe, hält mir der kräftige Barmann Joe einen Batzen Geld hin. »Hier bitteschön, Trinkgeld von Tisch 5 und 6, nicht schlecht für den ersten Abend.«

Ich kann kaum glauben, was ich da in den Händen halte, die Los Natos müssen mehr als reich sein, um so mit Geld um sich zu werfen. Letztlich bleibt allerdings, nachdem ich die Abrechnung mit Casper mache, nicht mehr so viel übrig.

Trotzdem muss ich zugeben macht mir der Job im B.B. richtig Spaß, und nach zwei Wochen habe ich mich schon vollkommen eingearbeitet. Josy und auch Joe sind meine Lieblinge bei der Arbeit und versüßen mir den Arbeitsalltag. Mit Josy treffe ich mich sogar immer häufiger privat, und Joe, der dunkle große Mann mit dem unglaublich lauten und ansteckenden Lachen, ist schnell zu einem meiner Lieblinge mutiert, wie auch ich zu seinem. Auch einige Gäste mag ich mittlerweile gut leiden, da manche von ihnen immer wieder da sind, lernt man sie schnell besser kennen.

Besonders eine Gruppe von jungen Anwälten, die meistens am Donnerstagabend immer noch für einen kurzen Drink ins B.B. kommen, haben es mir angetan. Einer von ihnen, ein gut aussehender junger Mann mit dunklen Haaren und ebenso dunklen Augen namens Rafael, ist mir besonders aufgefallen. Offenbar gefalle ich ihm auch, denn diesen Donnerstag hat er mir einen

Kugelschreiber geschenkt, auf dem mein Name steht, also zumindest mein Kellnername. Er hat gesagt, dass er ihn gesehen hat und an mich denken musste.

Ich bleibe immer etwas länger an diesem Tisch stehen, und rede gerne mit allen. Sie sind nette, anständige Männer, was man vom Natos-Tisch nicht gerade behaupten kann. Leider sind sie auch fast immer da, wenn ich Dienst habe, und auch wenn sie merken, dass ich nicht viel Lust habe, mit ihnen zu plaudern, können einige von ihnen es nicht sein lassen, irgendwelche Sprüche zu klopfen. Dieser Nando ist auch fast immer dabei, zwar ist er nicht so vorlaut, eher ruhig, wenn ich in der Nähe bin, aber ich spüre, dass er mich beobachtet und das macht mich wirklich nervös, so dass ich jedes Mal erleichtert aufatme, wenn sie den Club verlassen, auch wenn ich von ihnen immer am meisten Trinkgeld erhalte.

Heute ist Montag, am Samstag hatte ich die Nachtschicht, und es war so voll, dass ich nach dieser Nacht dachte, meine Füße fallen mir ab, obwohl ich mir noch immer nicht die gewünschten Pumps besorgt habe. Casper wird nicht müde mich daran zu erinnern. Ich war nach der Nacht so glücklich, dass sich Joe erbarmt und Josy und mich nach Hause gefahren hat.

Heute ist es dagegen angenehm ruhig, es sind nur einige Stammgäste im VIP Bereich. Auch an den Natos-Tischen sitzen seit einer Stunde ein paar Leute, ich habe sie mit ihren Getränken bedient und jetzt sind sie mit den Frauen an ihrer Seite beschäftigt. Nando habe ich noch nicht entdeckt und bin froh, seinen forschenden Blicken entgehen zu können. Ich vertreibe mir ein bisschen Zeit bei Joe an der Bar und unterhalte mich mit ihm. Wir sehen grinsend zu, wie Josy sich um eine kleine Junggesellenabschiedsfeier kümmern muss, wo schon alle ziemlich angetrunken sind und sie ganz schön ins Schwitzen gerät. Plötzlich kommt Casper aus dem Büro und bittet mich, ihm ins Büro zu folgen.

Als ich seiner Bitte nachkomme und mich setze, erzählt er mir, dass er sehr zufrieden mit meiner Arbeit ist. Die Kunden mögen mich, ich habe mich gut eingearbeitet. Da gerade eine der anderen

Kellnerinnen ausgefallen ist, fragt er nach, ob ich in der nächsten Zeit ein paar Nächte extra arbeiten will. Eigentlich ist das kaum möglich, da ich jetzt schon vom Arbeiten viel zu fertig bin. Manchmal komme ich direkt aus dem B.B., bringe Malik zur Kita, arbeite ein paar Stunden bei den Perez und komme erst dann zum Schlafen. Allerdings brauchen wir das Geld, also sage ich zu, auch wenn ich weiß, dass ich mich dann noch besser mit meiner Mutter absprechen muss. Nachdem das geklärt ist und ich aus dem Büro komme, binde ich mir wieder meine Schürze um, so dass ich nicht bemerke, wie jemand aus der Männertoilette kommt, bis ich in Nando hineinstolpere.

»Hola«, er fängt mich gerade noch auf, bevor ich vor Schreck nach hinten stürze. »Entschuldigung«, murmele ich leise, während ich mich losmache, um weiterzugehen. »Warte mal.« Nando hält mich am Arm zurück, er steht mir viel zu nah und ich kann seinen würzigen männlichen Duft einatmen. Ich muss zugeben, dass er, wäre er nicht, was er ist, wirklich ein Traum von einem Mann ist. Seine dunklen Augen scheinen mich an ihn binden zu wollen, und ich schüttele meinen Kopf, als könnte ich damit meine unsinnigen Gedanken vertreiben. »Sag mal ….Layla, wie kommt es, dass du so distanziert zu uns bist? Hat das einen Grund?«

Ich räuspere mich kurz, um ihm nicht zu zeigen, dass mich seine Erscheinung wirklich leicht umhaut, er hat eine unglaubliche Ausstrahlung. Man weiß nicht, ob man Angst haben oder fasziniert sein soll. »Tut mir leid, ich weiß nicht wovon du redest, ich bediene alle gleich.« Ich will ihm meinen Arm entziehen, aber offensichtlich denkt er nicht daran mich loszulassen. Er zieht mich noch näher an sich. »Nein, auf keinen Fall, das tust du nicht. Ich sehe doch, wie du zu den Anwälten bist und zu uns. Woran liegt das …Layla?« Langsam werde ich wegen seiner überheblichen Art sauer. »Warum ist das wichtig?« Er lächelt und kommt mit seinem Gesicht näher an meines »ich weiß auch nicht, irgendwie gefällst du mir.«

Er sagt das so, als könne ich mich glücklich schätzen. Ich lächele zurück, »Tja, das ist nicht mein Problem.« In diesem Moment kommt Casper aus dem Büro. »Nando, hallo, wie geht es dir? Ich wusste gar nicht, dass du heute da bist, sonst hätte ich dich schon begrüßt. Alles klar hier?« Er guckt leicht verwirrt zwischen uns hin und her. Erst jetzt wird mir wirklich bewusst, wie eng wir hier zusammen stehen. Man sieht und hört Casper an, dass er viel Respekt vor Nando hat, und ich wende meinen Blick von Casper zu diesem ungeheuer eingebildeten Typen, der denkt, ihm gehöre die Welt.

»Sag mal Casper…« Nando hat nicht eine Sekunde seinen Blick von mir gewendet, meine Aussage hat ihm offensichtlich nicht so gepasst. Er ist es wohl nicht gewohnt, eine Abfuhr zu bekommen.

»Wieso steht Layla nicht auf der Liste?« Mein Blick und mein Bauchgefühl wechseln von verärgert zu empört, zu sehr empört. Nando sieht mich allerdings auch ziemlich sauer an. Casper räuspert sich und weiß scheinbar nicht so recht, was wir da machen und wie er mit uns beiden umgehen soll. »Naja, die Mädchen entscheiden das selber….« Nando unterbricht ihn einfach. »Ich zahle das Dreifache, und sie muss nichts tun, was sie nicht möchte, nur Zeit mit mir verbringen.« Jetzt grinst er mich siegessicher an, und ich entdecke neben seinem schönen Lächeln wieder diese zwei kleinen Grübchen auf seinen Wangen. Allein die Tatsache, dass er es trotz seines unverschämten Verhaltens noch schafft mich zu beeindrucken, lässt mich so sauer werden, dass ich ihm am liebsten eine Ohrfeige nur dafür geben würde. Und für diese Forderung hat er noch ein paar mehr verdient.

Casper scheint allerdings begeistert zu sein. »Das hört sich doch gut an, Layla. Was denkst du?« Ich schnaufe auf, niemals. Doch mir kommt eine bessere Idee, als ihm dies einfach an den Kopf zu werfen. Ich gehe noch enger an Nando heran und beuge mich zu ihm hoch. Da er sicher einen Kopf größer ist als ich, stelle ich mich auf die Zehenspitzen. Ich spüre, wie sein Herz schneller schlägt, seine Hand legt sich leicht auf meinen Rücken, als ich mich zu seinem Ohr strecke. »Weißt du Nando ... du kannst die ganze Welt beherrschen ... «, ich zeige an mir herunter, »... aber das wirst du nie besitzen!« Ich trete zurück und mache meinen Arm von dem ziemlich irritierten Nando los, dann gehe ich direkt zu den Tischen zurück.

Ich höre noch wie Casper sich räuspert. »Ähmm, alles klar, Nando? Soll ich dir jemand anderes holen? Wir haben ... « Doch Nando fängt laut an zu lachen. »Schon gut, ich will keine andere.«

In der nächsten Zeit versuche ich Nando vollkommen zu ignorieren. Er spricht diesen Vorfall zum Glück auch nicht mehr an, doch ich kann seine belustigten Blicke kaum übersehen, vor allem, wenn er mit seinen Frauen im Arm an mir vorbei stolziert und auf dem Tisch ein paar Scheine liegen lässt. Was für ein arroganter Arsch!

Es ist Sonntag. Endlich habe ich mal einen Tag frei und kann ausschlafen, auch Malik bleibt zu Hause. Am Nachmittag kommt Josy mich besuchen. Natürlich sprechen wir über die Arbeit, ich verfluche Nando des öfteren und schwärme ihr gleichzeitig von Rafael vor. Schon seit einiger Zeit weiß ich, dass Josy unerklärlicherweise unheimlich in unseren Chef Casper verliebt ist, der sicherlich zehn Jahre älter ist, aber weder dies, noch die Tatsache, dass er etwas kräftiger ist, scheinen sie zu stören. Ich kann nicht glauben, was für eine Wirkung erfolgreiche mächtige Männer auf Frauen haben, und wieder wandern meine Gedanken zu dem aufgeblasenen Kerl Nando.

Ich koche gerade für uns Nudeln, da meine Mutter arbeitet, als plötzlich völlig aufgelöst Malik und sein Freund Petro von draußen hereingestürmt kommen. »Lina, du musst mir helfen, ich habe meinen Ball verloren und bekomme ihn nicht mehr da raus«, erklärt Malik mit Händen und Füßen. Petro schnappt nach Luft, offenbar sind sie die Treppen hochgestürmt. »Deinen Ball? Den ich dir erst letzte Woche gekauft habe?« Ich ziehe meine Augenbrauen mahnend hoch und Josy lacht. »Na kommt, wir helfen euch. Wo ist er den hingefallen?« Josy hat einen Narren an meinem kleinen Bruder gefressen, was nicht verwunderlich ist. Mit seiner süßen Art und seinen großen Augen gewinnt er jedes Herz für sich.

Ich stelle den Herd ab und schließe hinter uns die Haustür. »In ein Auto ist er gefallen«, erklärt Petro noch immer außer Atem. Josy und ich bleiben beide stehen. »Wohin?« Malik wirbelt zu uns herum. »Wir haben das nicht gesehen, ich habe einen Schuss gemacht, so wie Ronaldo, und plötzlich kam der Wind und der Ball ist zum Fenster des Autos geflogen.« Ich fluche leise. »Madre Mia, Ronaldo? Also, verdammt Malik, du musst besser aufpassen!« Wir überqueren die Straße zum Fußballplatz, der gegenüber von unserem Haus liegt. Malik führt uns ein Stück die Straße entlang und bleibt dann vor einem Auto stehen.

»Scheiße«, murmele ich leise, als ich dieses erblicke. Nein, Malik konnte kein Auto aus der Gegend beschießen, nein, er musste einen riesigen silbernen Mercedes treffen. So ein teures Auto habe ich hier noch nie gesehen. Die hintere Scheibe ist zersplittert, und auf dem Rücksitz liegt Maliks Ball. »Klasse. Und jetzt?« Josy lacht. »Komm, ich stehe Schmiere und du holst ihn schnell heraus, dann hauen wir alle ab.« Malik klatscht begeistert bei Josy ein, doch in dem Moment sehe ich, wie genau gegenüber die Tür zu einem sehr guten Tortilla-Laden aufgeht.

Ich kann nicht glauben, wie grausam das Schicksal sein kann, als ich erkenne, wer da auf das Auto zusteuert. Nando, zwei weitere Männer und zwei Frauen kommen aus dem Laden und steuern direkt auf das Auto zu. Die Frauen schauen angeekelt auf die Straße, offensichtlich kommen sie nicht oft in diese Gegend, die Männer beißen allerdings genüsslich in ihre Tortillas. Das gibt es doch nicht, was für ein verdammter Zufall ist das denn? Ich verschränke die Arme, als Nando mich sieht und überrascht, aber doch grinsend auf uns zukommt.

Jetzt erkenne ich die beiden Männer neben ihm auch, sie sind fast immer mit ihm im Club. Wie immer sehen alle aus, wie frisch aus einem Modemagazin entsprungen. Ich sehe kurz an mir herunter. Heute bin ich das totale Gegenteil von dem, was ich im B.B. zu repräsentieren versuche. Meine Haare sind zu einem Zopf nach oben gebunden, ich trage einen langen Rock und ein weißes Top, dazu einfache Flipflops. Ich frage mich, wie die Frauen überhaupt in ihren Stilettos und dem Minirock laufen können.

»Layla, was für eine Überraschung. Was tust du denn hier?« Nando kommt näher und sieht einen Moment erstaunt zu Malik, der sich an mich klammert und sich leicht hinter meinem Rock versteckt. Offenbar hat Nando diese einschüchternde Wirkung nicht nur auf Erwachsene. Er nickt Josy zu und sieht mich abwartend an. Ich will gerade etwas sagen, als einer der anderen Männer laut flucht und sich die Scheibe ansieht. Nando sieht von der kaputten Scheibe zu Malik, der anfängt zu weinen und scheint zu verstehen. »Ist das dein Sohn?«

Ist ja klar, wer in so einer Gegend wohnt, kann ja nur mit 16 schwanger sein. »Nein, das ist mein Bruder. Hör zu, das war keine Absicht, es tut ihm leid, ich bezahle die Reparatur. Gib mir einfach die Rechnung, wenn du das nächste Mal ins B.B. kommst.« Ich habe zwar nicht mal annähernd eine Ahnung, wie ich das jemals bezahlen soll, aber was soll ich sonst sagen? Malik zieht an meinem Rock. »Der Ball, können wir den wieder haben?« Er schluchzt leise und ich kann meinem kleinen Liebling nicht böse sein, schon gar nicht, wenn er weint. Nando lächelt, hockt sich hin, so dass er in einer Höhe mit Malik ist und winkt ihn zu sich. Etwas unsicher geht dieser zu ihm. »Hey kleiner Mann, wie heißt du?«

»Malik«, mein Bruder sieht immer wieder zu dem kaputten Fenster, hinter dem sein Ball liegt. »Malik ... du hast genauso schöne Augen wie deine Schwester, weißt du das?« Malik lacht leise. »Ja, meine Schwester ist die Schönste. Petro liebt sie auch.« Er zeigt auf seinen Freund, der neben mir steht und rot anläuft, so dass selbst ich lächeln muss, so unangenehm ich diese Situation auch finde. Nando lacht und geht zum Auto, er holt den Ball heraus, und die Frauen beschweren sich lauthals, wie sie jetzt in dem Auto sitzen sollen. Malik tritt ein paar Schritte zurück, als die beiden anderen

Männer, die bisher das Ganze ruhig beobachtet haben, näher kommen.

»Du brauchst keine Angst zu haben, Malik. Ich bin Fernando … Nando, deine Schwester und ich kennen uns. Das hier ist mein Bruder José.« Er zeigt auf einen der Männer, und ich erkenne jetzt auch die Ähnlichkeit zwischen ihnen. »Und mein bester Freund Alonzo«. Die Männer nicken meinem kleinen Bruder kurz zu, aber man sieht ihnen an, dass sie genauso wenig wie ich eine Vorstellung haben, was Nando da gerade macht. Alonzo fängt an, die Glasscherben aus dem Auto zu entfernen, und langsam wird mir das zu merkwürdig. »Okay, also wie gesagt, gib mir die Rechnung und ich bezahle sie.«

Nandos Blick wandert zu mir, unsere Augen begegnen sich, genau das, was ich seit unserem Aufeinanderprallen vermieden habe, denn ab und zu konnte ich es nicht verhindern, dass ich an diese ungewollte, aber nicht unangenehme Nähe denken musste. Und das letzte, was ich gebrauchen kann, ist, dass dieser Typ weiß, dass ich ihn nicht so ganz aus meinen Gedanken halten kann. Als ich den Augenkontakt schnell wieder abbreche, lächelt Nando und beugt sich wieder zu Malik. »Weißt du was, kleiner Mann? Ich habe eine Idee, wie wir das Ganze hier einfach vergessen. Wie findest du das?«

Malik lächelt. »Das wäre so toll, wir haben nämlich kein Geld.« Ich merke, wie die Frauen die Hand vor den Mund schlagen. »Der arme Kleine!« Ich werde wütend. »Okay Malik, komm her Schatz, das reicht, ich kläre das schon.« Malik will sich gerade zu mir umdrehen, doch Nando stoppt ihn, indem er Maliks kleine Hand in seine große nimmt. Er sieht mich an, und ich merke, dass ich mich schäme, vor ihm so dazustehen. Nicht mehr die Frau aus dem B.B., sondern die Wahrheit. In einer dreckigen, armen Gegend, mit Klamotten, die nicht mal so viel kosten, wie ein Lippenstift der Frauen, mit denen er sich abgibt und dass er jetzt schwarz auf weiß gehört hat, dass es so ist, dass wir kein Geld haben.

Eigentlich sollte es mir egal sein, was er, was irgendwer von mir hält, aber ich merke, dass es nicht so ist, und das macht mich wütend auf mich selbst.

Nando wuschelt über Maliks Kopf. »Wo wohnt ihr?« Malik deutet mit seinem Kopf zu unserem Haus und sieht dann wieder zu Nando. »Okay, wenn du verrätst, wie deine hübsche Schwester heißt, vergessen wir das alles« Malik lacht laut. »So einfach geht das?« Nando zuckt die Schultern. »Das ist gar nicht so einfach, deine Schwester dazu zu bekommen, mir das zu sagen, also bitte ich dich und dafür vergessen wir das, und du bekommst deinen Ball wieder. Der ist übrigens klasse, wie der von Ronaldo.« Malik öffnet erstaunt seinen Mund und ich seufze leise, jetzt hat er Malik für sich gewonnen.

»Lina … also Celina, aber alle nennen sie Lina.«

Nando lächelt und gibt Malik den Ball. »Okay, kleiner Mann, danke für die Information, das war mir mehr als eine Autoscheibe wert. Sag deiner sturen Schwester, wir haben das unter uns geklärt, wie richtige Männer.« Malik strahlt und schlägt bei Nando ein, bevor er mit Petro wieder auf den Fußballplatz läuft. »Malik, ich koche gerade, sei in zwanzig Minuten zu Hause«, rufe ich ihm schnell hinterher, er dreht sich während des Rennens zu mir um. »Dürfen Petro und sein Bruder auch kommen?« Ich nicke, »von mir aus, aber seid pünktlich.« Dann wende ich mich wieder zu Nando, der das Ganze beobachtet, während alle anderen langsam ins Auto einsteigen.

»Ich bezahle die Scheibe, es kommt gar nicht in Frage … « Nando grinst nur. »Meine Güte, bist du stur, ich will kein Geld von dir … Celina. Vergiss es einfach.« Mit diesen Worten dreht er sich um und geht zur Fahrertür. »Nein… ich vergesse es nicht … ich werde«, bevor Nando einsteigt, sieht er mich mit einem undefinierbaren Blick an.

»Ich werde nichts nehmen Celina, also vergiss es einfach.« Ich verschränke die Arme und sehe zu, wie Nando aus der Parklücke fährt.

»Lina … nicht Celina … Lina«, murmele ich leise und ziehe die nur noch grinsende Josy hinter mir zur Wohnung zurück.

Kapitel 3

Die nächste Woche sehe ich Fernando nicht.

Sein Bruder José kommt ins B.B. und nickt mir immer höflich zu, auch habe ich das Gefühl, dass alle Los Natos ihre dummen Sprüche langsam sein lassen, aber Nando sehe ich nicht mehr. Ich nehme an einem Abend all meinen Mut zusammen und spreche José, als ich ihn auf dem Weg zur Toilette alleine treffe, an, und frage, ob er weiß, wie viel die Autoscheibe gekostet hat, denn ich finde es wirklich unmöglich, jemandem wie Fernando irgendetwas zu schulden. José grinst mich allerdings nur an, und mir fällt erneut die Ähnlichkeit zu seinem Bruder auf. Sie haben beide das gleiche Lächeln und die Grübchen, die dadurch entstehen. Auch sind die Lippen gleich schön geschwungen, die Augen weisen beide den gleichen dunklen Braunton auf, umrahmt von vollen schwarzen Wimpern. Beide Nato - Brüder sind ohne Zweifel sehr attraktive Männer.

»Nando würde mich umbringen, wenn ich dir das sage, er hat mich schon gewarnt, dass er dir zutraut so stur zu sein, also, warum vergisst du es nicht einfach? Mach dir keinen Kopf deswegen«. Letztlich beschließe ich, es sein zu lassen, ich habe sowieso nicht das Geld, um die Rechnung zu begleichen. Langsam gewöhne ich mich an den Rhythmus der verschiedenen Arbeiten, und mit der Schicht meiner Mutter klappt es so gut, dass wir es wirklich schaffen uns aufeinander einzuspielen.

Wir haben uns zwei Handys kaufen können, zwei einfache mit aufladbaren Karten, aber es erleichtert uns unsere Absprachen ungemein, da wir uns nicht mehr viel sehen. Mit dem Geld vom B.B. schaffen wir es endlich mal, über die Runden zu kommen. Wenn nichts Unvorhergesehenes passiert, bleibt sogar etwas übrig, und wir können uns ein paar Sachen besorgen, die wir dringend benötigen, für die bisher aber immer das Geld gefehlt hat. Ich habe das Gefühl, so langsam geht es aufwärts.

Die Arbeit bei den Perez ist zwar nicht so abwechslungsreich, wie die Arbeit im B.B., aber ich genieße mittlerweile genau diesen Kontrast beider Arbeiten. Wenn ich zwei Nächte im B.B. gearbeitet habe, bin ich froh, einen Nachmittag in Ruhe den Haushalt der Perez zu machen und meinen Gedanken nachzuhängen. Rafael zeigt immer mehr Interesse an mir. Jemandem wie ihm mein Herz zu schenken, kann ich mir wirklich gut vorstellen. Er wirkt wie ein ehrlicher Mann, er arbeitet hart und verdient auf legalem Weg sein Geld. Auch hatte er bis jetzt nie irgendwelche Frauen bei sich und schenkt mir immer viel Aufmerksamkeit.

Zwar hatte ich in Lares auch schon einige Freunde und bin auch nicht unerfahren, doch so jemanden wie Rafael habe ich noch nie kennengelernt. Immer, wenn meine Gedanken an Lares zurückkehren, versuche ich die Erinnerungen an die glückliche Zeit und den grausamen Tot meines Vaters wieder so schnell wie möglich aus meinem Kopf zu verbannen. Meistens muss ich dann unwillkürlich an Nando denken. Seit diesem Vorfall mit dem Auto fragt Malik öfters nach seinem neuen Kumpel. Josy lächelt immer, wenn ich mich über Fernando Nato und seine Art und Weise aufrege. Das tut sie allerdings nur, weil sie nicht weiß, wie ernst ich das meine. Egal wie attraktiv und anziehend Nando ist, und wenn er zum liebsten Mann der Welt mutiert, allein die Tatsache, dass er ein Mitglied einer Gang ist, wirkt so abstoßend, dass alles andere nicht zählt.

Nach fast zwei Wochen taucht Nando auch wieder im B.B. auf. Er spaziert wie immer in den VIP- Bereich, mit einer Blondine im Arm, und man sieht, dass er es sich hat gut gehen lassen. Er ist sonnengebräunt und sieht erholt aus. Als ich an den Tisch komme, wo er sich zu José und diesem Alonzo gesetzt hat, fragt ihn gerade einer der anwesenden Männer nach seinem Barbados-Trip. »Ich musste zwar auch ein paar Geschäfte abschließen, aber es war noch genug Zeit zum Entspannen, obwohl ich zugeben muss, dass meine Gedanken öfters hierher zurückgewandert sind.« Ich spüre seinen Blick auf mir und hole meinen Block heraus. Als ich vom Block aufsehe, treffe ich sofort auf Nandos Augen.

»Hey«, ich nicke zurück. »Hallo, was kann ich euch bringen?« Nando lächelt sofort. »Wie geht es Malik?« Ich kann mir ein leichtes Zucken um die Mundwinkel selbst nicht verkneifen. »Wie geht es deiner Autoscheibe?« Nando lacht auf. »Gut, alles in bester Ordnung.« Ich seufze aufgebend und wage noch einen Versuch. »Wie viel…«, doch Nando greift gleich ein. »Nein, nein, vergiss es!« Nun muss ich auch lachen. Okay, wenn er darauf besteht.

»Ach, sie war es? Deswegen kommt sie mir so bekannt vor.« Ich blicke zu der blonden Frau an Fernandos Seite. Alles an ihr wirkt teuer, nicht nur ihre Kleidung, ihre Brüste waren sicher auch nicht billig. Eine perfekte puertoricanische Barbie. »Ich wusste gar nicht, dass man hier so schlecht verdient, grausame Gegend in der sie lebt«, tuschelt sie zu ihrer Freundin, und ich räuspere mich. »Also, was kann ich euch bringen?« Zum Glück erbarmt sich José und gibt eine Bestellung auf, um mir aus der Situation zu helfen. Ich sehe kein einziges Mal mehr zu Nando, es ist mir unangenehm, immer wieder vor ihm so bloß gestellt zu sein, wobei ich wiederum auch nicht verstehe, warum es mir nicht egal ist, was er denkt.

Den Rest des Abends versuche ich, diesen Tisch auszublenden, und als eine Kellnerin aus dem unteren Bereich hochkommt, weil dort nicht viel los ist, drücke ich ihr den Tisch der Los Natos aufs Auge. Ich widme mich den anderen Tischen, insbesondere dem von Rafael. Sie feiern heute einen großen Erfolg und die sonst eher zurückhaltenden Anwälte sind alle ziemlich angetrunken. Rafael flirtet sehr ausgelassen mit mir. Auch wenn ich normalerweise sicher geschmeichelt wäre, wirkt er, so unter Alkoholeinfluss, nicht mehr ganz so charmant. Je später es wird, desto ungehemmter wird er und als ich gerade, zu meinem Glück mit einem leeren Tablett, an ihm vorbeigehe, zieht er mich blitzschnell auf seinen Schoß. »Hmm, meine kleine Layla. Sag mal wie sieht es aus? Setz dich doch etwas zu uns«, raunt er mir ins Ohr. Ich mache mich frei und sehe, wie Joe gerade hinter der Bar hervorkommt um einzugreifen, doch ich deute ihm an, dass es nicht nötig ist und winde mich aus Rafaels Griff.

Ich denke nicht, dass er in Wirklichkeit so ist, manche Leute vertragen einfach keinen Alkohol. Ich tätschele leicht seine Schulter. »Das nächste Mal, ich muss arbeiten.« Er lächelt mich an und ich gehe zur Bar, wo Joe immer noch böse zu Rafael sieht. »Pass auf Lina, manche Typen sind wirklich mies hier.« Ich ringe mir ein gequältes Lächeln ab. »Sicherlich, aber er gehört garantiert nicht dazu.« Als fühle er sich angesprochen, taucht in diesem Moment Nando mit all den Anderen neben uns auf. Alle laufen weiter zur Treppe, um den Club zu verlassen, nur Fernando und José bleiben an der Bar stehen. Joe nennt den Betrag, den sie für heute zu bezahlen haben und Nando legt ihm, ohne mit der Wimper zu zucken, mehrere Scheine hin.

Ich blicke erst gar nicht zu ihnen nach der Aktion vorhin am Tisch und will gerade los, um deren Tisch abzuräumen, als Nando mich am Arm festhält. »Celina, warte kurz….bitte.« Diesmal erkenne ich einen deutlichen Unterschied in seiner Stimme, vielleicht war ihm die Situation vorhin auch unangenehm, was sie für mich gleich doppelt so beschämend werden lässt. Ich drehe mich zu ihm um und sehe ihn wartend an, er nickt zu dem Tisch, an dem Rafael sitzt. »Du solltest vorsichtig sein, bei manchen Kerlen weiß man nie, was hinter deren Fassade steckt.«

Ich schaue ihn verblüfft an, ist das sein Ernst? Hat er vergessen, wer er ist und dass er mein Handgelenk gerade festhält? »Ich kann schon ganz gut auf mich alleine aufpassen.« Nando lächelt. »Das glaube ich dir sogar. Hör mal, das vorhin, vergiss einfach die Kommentare von den …« Ich unterbreche ihn, wie peinlich kann das noch werden? »Ich muss weiterarbeiten.« Nando seufzt, lässt mein Handgelenk aber noch nicht los, ich blicke zu Joe. Warum greift er jetzt nicht mal ein? Aber Joe steht mit José an der Bar, und beide schauen leicht amüsiert zu uns.

»Ich habe vorhin durch das Getratsche der Frauen mitbekommen, dass ihr das Trinkgeld, was ihr hier erhaltet, nicht behalten dürft.« Ich seufze entnervt auf, was zum Teufel will der Kerl von mir? »Nur einen Teil, warum ? Nando, ich arbeite hier, ich muss…« Nando holt einige Scheine hervor und drückt sie mir in die Hand. »Ich will, dass wenn ich dir etwas gebe, dass du es behältst, ich kann es gerne Casper selbst nochmal sagen….« Ich sehe von den Scheinen zu Nando und wieder zurück. Meine Güte, wie erbärmlich muss ich vor ihm wirken? Sollen das jetzt Almosen sein? Ich nehme seine Hand und merke erst jetzt, wie groß sie gegen meine wirkt.

»Ich nehme kein Geld von dir, Nando, niemals. Ich komme schon klar, danke für deine Mühe, aber ich brauche keine Hilfe von dir.« Ich will mich umdrehen, doch er kommt mir hinterher. »So meinte ich es nicht, Celina. Warte, ich wollte ….« Ich ignoriere ihn und gehe einfach weiter zu dem Tisch und räume wütend ab. Für was hält er sich eigentlich, für was halten die sich alle? Das Geld, was sie haben, ist nicht mal ehrlich verdient. Ein Stich durchfährt mich, als ich daran denke, wie zu uns immer wieder Männer gekommen sind und meinem Vater unser hart erarbeitetes Geld weggenommen haben. Als ich mich umdrehe und zur Bar zurückkehre, sind die Nato - Brüder zum Glück verschwunden.

Joe lächelt mich an und drückt mir die Scheine in die Hand, die Nando mir vorhin versucht hat zu geben. »Für die sturste und schönste Frau der Welt.« Ich zucke die Schultern und schiebe es zu Joe zurück. »Lege es ganz normal in meinen Trinkgeldbeutel, ich kann auf Almosen von denen verzichten.« Er nickt und sieht mich ernst an. »Nando hat das Herz am rechten Fleck, auch wenn es nicht so scheint und er sich etwas unbeholfen benimmt, was wohl eher daran liegt, dass er dich zu mögen scheint.« Ich starre Joe schockiert an. »Joe, er ist ein Gangster!« Doch Joe lacht nur. »Das sind wir doch letztlich alle«.

Ich komme heute zum Glück etwas früher weg, da wirklich nicht viel los ist. Leider muss ich mehr als eine halbe Stunde laufen oder hoffen, den Bus zu bekommen, um nach Hause zu gelangen, denn das B.B. liegt eher in der wohlhabenderen Gegend von San Sebastian, also verabschiede ich mich von allen und mache mich auf den Weg. Gerade, als ich über den Parkplatz vor dem B.B. zur Straße will, höre ich jemanden hinter mir. »Layla, warte!« Ich erschrecke kurz und muss dann lächeln, als ein torkelnder Rafael auf mich zukommt. »Layla, meine Hübbbbsche, warte.« Ich helfe ihm, damit er nicht umfällt, und er lehnt sich an ein Auto. »Warum gehst du schon? Du wolltest doch noch etwas bei uns sitzen.« Ich muss lächeln. »Ich denke, das machen wir ein anderes Mal.«

Er grinst. »Du gefällst mir, Layla, schon von Anfang an, du bist etwas Besonderes, das sieht man sofort, und duuu rieechst immer so gut.« Ich muss über sein Geleiere lachen. »Ich muss zugeben, dass ich dich auch mag.« Rafael tritt näher, gleichzeitig rieche ich den Alkohol. Er umfasst meine Taille und ich spüre gleich, dass dies keine gute Idee ist. So schnell wie er plötzlich ist, kann ich gar nicht reagieren, als er seine Lippen auf meine drückt, von dem heftigen Alkoholgeschmack wird mir übel, ich versuche, ihn weg-zudrücken. »Ich glaube, das ist gerade keine gute Idee.« Rafael lässt sich allerdings keinen Zentimeter wegschieben und umfasst mein Gesicht. »Na komm schon, Layla, ich habe doch gemerkt, dass du mich willst.«

Er versucht wieder meinen Mund zu erobern, doch diesmal stoße ich ihn fester weg. »Aber nicht so, du solltest erst einmal nüchtern werden.« Rafael wankt kurz nach hinten, ist aber genauso schnell wieder an mir dran, was mir langsam Panik macht. Seine Hand gleitet meine Hüfte entlang. »Hab dich nicht so, wie oft bekommst du schon so eine Chance? Einen richtigen Mann zu haben und nicht irgendeinen Loser?« Ich versuche mich ihm zu entwinden, doch sein Griff verstärkt sich, er schnappt sich meine Hände und hält sie hinter meinem Rücken zusammen, während seine Lippen wieder auf meine gelangen. Ein Würgereiz kehrt in meinen Mund, und völlig panisch ergreife ich die einzige Möglichkeit, die ich habe und stoße einmal kräftig mit meinem Knie zu. Dieses Mal weicht Rafael weg … und wie, offenbar hat der Stoß seine Wirkung nicht verfehlt.

34

»Du verdammte Puta!« Ich wische mir mit meinem Arm seine stinkenden Reste aus dem Gesicht. »Du bist total betrunken, was soll das denn?« Weiter komme ich nicht. Rafael holt aus und trifft mich im Gesicht, so fest, dass meine Beine kurz nachgeben.

»Lina?« Geschockt umfasse ich meine brennende Wange, während Rafael mich wütend anstarrt. Ich bemerke gar nicht, wie Josy zu mir tritt. »Was ist denn hier los? Was hast du gemacht? Verdammt, Lina, du blutest.« Sie untersucht mein Gesicht. »Was ich gemacht habe? Diese dumme Puta hat mich erst angemacht und dann meine Eier zerquetscht, was denkst du dir eigentlich? Ich sollte dir dafür gleich noch eine geben. Für was hältst du dich? Denkst du, dass du irgendetwas wert bist? Du kannst glücklich sein, dass dich überhaupt jemand wollte, dumme..« Rafael wendet sich torkelnd ab und geht wieder in Richtung des Clubs. »So ein Arsch«, zischt Josy und presst mir ein Taschentuch auf die Lippe. »Komm Süße, ich bringe dich nach Hause.«

Ich spüre, wie ich zittere, noch immer starre ich in die Richtung, in die Rafael davon wankt, ich bin unter Schock, noch nie hat jemand seine Hand gegen mich erhoben.

Als ich bei mir zu Hause aus der Dusche steige, legt sich die erste Benommenheit langsam wieder. Josy hat mich besorgt nach Hause gebracht, doch viel habe ich nicht mitbekommen. Zum Glück schlafen meine Mutter und Malik schon lange. Ich wische den Spiegel trocken, so dass ich mein Spiegelbild sehen kann. Meine Wange verfärbt sich schon leicht blau und brennt noch immer, meine Oberlippe ist etwas aufgeplatzt. Ich spüre, wie mir Tränen in die Augen steigen. Seit der Beerdigung meines Vaters habe ich nicht mehr geweint, was hätte schlimmer sein können, als dieses Erlebnis?

Doch heute Nacht fühle ich mich so gedemütigt, wie noch nie zuvor. Egal, wie mich die Leute im Club behandeln, wie sie mich anlächeln, ich gehöre nicht zu ihnen, und heute Abend hat sich das mehr als deutlich gezeigt. Angefangen von den Frauen bei Nando, von ihm selber und von Rafael. Letztlich bin ich genau das, was sie denken. Eine einfache Bedienung, die es in deren Augen nicht mal wert ist, anständig behandelt zu werden. Die Blicke der Frauen, als sie mich und Malik in dieser Gegend gesehen haben, diese Mischung aus Mitleid und Abscheu hat sich tief in mein Gedächtnis gebrannt. Rafaels Worte hallen noch immer in meinem Kopf nach, ich bin nichts wert und kann froh sein, wenn überhaupt jemand mich haben will.

Wie viel Wahrheit steckt hinter diesen Worten? Durch unseren Abstieg in unser jetziges Leben muss ich mich wohl daran gewöhnen, anders behandelt und angesehen zu werden. Muss ich mich damit abfinden, dass jemand wie Rafael mich nie als eine Frau für eine feste Beziehung in Betracht ziehen wird? Ich finde die restliche Nacht keinen Schlaf, ich liege im Bett und nehme Malik fest in meine Arme. Ich hasse das alles, diese Stadt, dieses neue Leben, ich frage mich immer öfter, wann wir alle aus diesem Alptraum aufwachen.

Meiner Mutter erzähle ich am nächsten Morgen, dass ich gegen eine offene Schranktür gelaufen bin. Viel zu auffällig und zu einfach die Lüge, aber was soll sie tun, was für eine Wahl hätten wir denn? Ich schminke mich etwas mehr als sonst, doch meine verletzte Lippe kann ich trotz Lipgloss nicht verbergen. Da ich heute nicht bei den Perez arbeiten muss, lege ich mich nachmittags nochmal hin und schlafe dann endlich ein paar Stunden, bis mich Josy abholt.

Wir beide haben erst später Schicht im B.B. und auf dem Weg dorthin redet Josy auf mich ein, dass ich das Ganze unbedingt Casper sagen soll, damit Rafael zumindest Hausverbot bekommt. Ich beschließe, dies auch zu tun. So muss ich diesen Mistkerl wenigstens nicht mehr sehen. Als wir auf dem Parkplatz vor dem B.B. einbiegen, sehe ich gleich, dass es schon sehr gut besucht zu sein scheint. Wir wollen gerade die Treppen hinauf, als Rafael hinauskommt. Er blickt wütend zu uns. »Da seid ihr ja.« Ich bleibe erwartungsvoll stehen, auch wenn eine Entschuldigung nichts gut macht, ist das ja wohl das mindeste.

»Sollte eine von euch Putas daran denken, dass ihr über gestern Abend auch nur ein Wort verliert, könnt ihr diesen Job hier vergessen. Es gibt genug Leute, die euch schon beim Klauen gesehen haben, und eurem Chef wird das alles sicher nicht gefallen. Casper und unsere Kanzlei haben schon lange geschäftlich miteinander zu tun, das wird er wegen euch beiden sicher nicht aufs Spiel setzen. Also überlegt euch lieber genau, mit wem ihr euch anlegt«. Mit diesen Worten spuckt er noch einmal demonstrativ neben uns auf den Boden und geht wieder hinein. Ich kriege meinen Mund kaum noch zu, wie konnte ich diesen Kerl jemals für liebenswürdig halten? Josy verflucht ihn laut. »Jetzt erst recht! Komm, wir gehen direkt zu Casper, wir und Klauen bei dem...« Doch ich halte sie am Arm zurück.

»Nein, Josy, ich brauche diesen Job, du weißt, wie einflussreich die sind, selbst wenn Casper uns glaubt, was hat er für eine Wahl, wenn die anfangen Stress zu machen? Belassen wir es dabei. Ich kann es nicht riskieren den Job zu verlieren.« Josy seufzt laut auf und reibt sich über die Stirn. »Das ist so ungerecht, weißt du das? Er kommt einfach so davon.« Ich lache bitter auf. »Glaub mir, Josy, ich erwarte schon lange nicht mehr vom Leben, dass es gerecht ist. Komm, wir sind schon spät dran«. Als wir uns umgezogen haben und ich nochmal mit mäßigem Erfolg probiert habe, meine Wunden zu verstecken, stelle ich erleichtert fest, dass heute Josy die Natos-Tische hat und ich die Ecke um die VIP-Tanzfläche zugeteilt bekommen habe.

In diese kleine Ecke ziehen sich meistens Pärchen zurück, um etwas ungestört zu sein, und man hat nicht viel zu tun. Ich steuere direkt diesen Bereich an, und winke Joe nur kurz zu, doch ihm entgeht das nicht. Er kommt hinter der Bar vor, tritt zu mir und streicht meine Haare zur Seite. »Was ist mit dir passiert? Wer war das?« Ich winke ab und sehe mich um, sofort treffe ich auf Rafaels Blick, der mich ganz genau beobachtet. »Nichts, ich hatte heute einen blöden Unfall bei meinem anderen Job, keine Sorge.« Ich muss lächeln über Joes besorgten Blick, doch er kann dazu nichts mehr sagen, denn die Bar füllt sich gerade, und er muss wieder seinen Job machen. Ich nehme die ersten Bestellungen entgegen, und versuche mich so normal wie möglich zu benehmen, mit den besorgten Blicken von Joe und Josy und dem warnenden Blick von Rafael im Nacken.

Ich sehe aus dem Augenwinkel, dass Fernando und José eintreffen, doch heute kann ich ihnen wenigstens etwas aus dem Weg gehen. Als ich allerdings etwas später eine Bestellung an der Bar hole, treffe ich dort auf José, der gerade mit Joe quatscht. »Hey Lina«, José grüßt mich freundlich, und ich lächele ihn leicht an, was allerdings etwas schmerzhaft ist durch meine Wange. Ich versuche meine andere Gesichtshälfte zu verbergen, doch Joe vermasselt das. Er zieht die Augenbrauen hoch. »Hat Nando dich heute schon gesehen?« Ich runzele die Stirn. »Wieso sollte er?« Ich verstehe überhaupt nicht, warum alle denken, dass es irgendetwas gibt, was ich mit Fernando zu tun haben könnte. Doch scheinbar reicht José diese Aussage, um neugierig zu werden, und er sieht mich genauer an.

»Was ist passiert?« Ich seufze leise auf, langsam habe ich das Gefühl, dass die Nato- Brüder denken, ich wäre schon ein Mitglied ihrer Gang. »Ein Unfall auf der Arbeit«, macht Joe mich nach und zeigt deutlich, wie sehr er meinen Worten Glauben schenkt. Zum Glück kommen in dem Moment Kunden an den Tresen, die Geld für den Zigarettenautomaten gewechselt haben wollen. Ich nutze die Gelegenheit und mache mich schnell auf den Weg in meine ruhige Ecke.

Nachdem ich die Getränke abgestellt habe, ziehe ich mich etwas zurück und beobachte die zwei Pärchen, die an der Tanzfläche sitzen und nicht genug voneinander bekommen können. Werde ich jemals die Chance bekommen, auch so glücklich zu sein? Eine Frau kuschelt sich an ihren Begleiter, während er ihren Hals liebkost. Ich hätte noch ewig die anderen bei ihrem Glück beobachten können, doch plötzlich wird mir die Sicht von einem breitgebauten großen Mann versperrt.

Ich blicke hoch, direkt in Fernandos Gesicht, der sich vor mir aufbaut. Seine sonst eigentlich immer freundliche Miene, zumindest mir gegenüber, weicht, als er still mein Gesicht und meine Verletzung an der Lippe mustert. Noch nie habe ich Nando so gesehen, aber plötzlich verstehe ich, warum er einer der meist gefürchtetsten Männer Puerto Ricos ist. Ohne es zu wollen oder mir dessen bewusst zu sein, zucke ich zusammen, als er seine Hand nach mir ausstreckt, um mir meine Haare zur Seite zu schieben. Er schaut mir, verwundert über meine Reaktion, in die Augen.

»Was ist passiert, Celina?« Offensichtlich bin ich wirklich die einzige hier, die irgendwie glaubt, dass zwischen Fernando Nato und mir keinerlei Beziehung besteht und dass es so bleiben wird. »Ich wüsste nicht, was dich das angeht, aber es ist nichts weiter.« Nando scheint meine Worte überhaupt nicht zu beachten und streicht meine Haare zur Seite. Er zieht leicht die Luft ein, als er meine ganze Wange sieht. »Verdammt, Celina, wer zum Teufel war das?« Ich bin irritiert über Nandos wütenden Gesichtsausdruck und seine gleichzeitig so zärtlichen und vorsichtigen Bewegungen, wie er mit seiner Hand mein Gesicht hält und mir mit dem Daumen über die brennende Wange streichelt. Ich muss zugeben, dass ich in diesem Moment seine Aufmerksamkeit und seine Berührungen, seine ganze Anwesenheit, genieße, auch wenn ich das nicht sollte. Ich spüre, wie mir die Tränen in die Augen steigen, und ich wünschte nur einmal nicht stark sein zu müssen und mich einfach fallen zu lassen.

Ich atme tief ein und schließe die Augen, um die aufkommenden Tränen herunter zu schlucken. Doch als ich sie wieder öffne, blicke ich direkt in Nandos dunkle Augen, und für einen kurzen Augenblick bilde ich mir ein, es läge ein Versprechen in ihnen, dass ich ihm vertrauen kann.

»Sag mir bitte was passiert ist, Celina. Bist du noch irgendwo verletzt?« Ich schüttele den Kopf, noch immer ruht Nandos Hand auf meiner Wange. »Es ist nichts passiert, womit ich nicht alleine klar komme, Nando, ich weiß gar nicht wieso dich das alles so interessiert? Es ist lieb gemeint, aber ich komme schon klar.« Ich nicke zu seinem Tisch, an dem José, Alonzo und ein paar Frauen uns beobachten, auch Josy und Joe sehen zu uns. Ich entziehe mein Gesicht seiner großen Hand wieder. »Geh zurück in deine Welt Nando, ich habe hier in meiner zu arbeiten.«

Ich höre selbst, wie bitter sich das anhört und als ich von ihm weggehe, weiß ich, dass es ungerecht ist, all das, was in letzter Zeit passiert ist an ihm auszulassen, aber am Ende sage ich doch die Wahrheit. Seine Welt, in der sicher keine der Frauen so behandelt wird wie ich. Wo sie so viel Geld an einem Abend ausgeben, wie wir für einen Monat zur Verfügung haben und diese, seine Welt steht für alles, was ich schon immer gehasst habe. Da kann mir seine Anwesenheit gut tun so viel sie will, über gewisse Tatsachen kann ich nicht hinwegsehen und ich wünschte, er würde das auch endlich einsehen.

Ich gehe den gesamten restlichen Abend allen aus dem Weg. Josy kommt irgendwann zu mir und beschwört mich, Nando zu sagen, was passiert ist, dass Nando etwas an mir liegt und dass er sich darum kümmern kann, ohne dass ich irgendeinen Schaden davon trage. Allein bei ihren Worten bekomme ich eine Gänsehaut. Ich sage ihr, dass meine Angelegenheiten Fernando Nato nichts angehen, genauso wenig, wie seine mich etwas angehen.

Ich stelle allerdings irgendwann fest, dass Josy länger am Tisch der Natos stehen bleibt und mit Nando redet, woraufhin er Rafael im Auge behält. Ein ungutes Bauchgefühl breitet sich in mir aus. Als ich etwas später kurz zu Casper ins Büro gehe und wiederkomme, sind beide Tische leer.

Kapitel 4

Ich habe keine Ahnung, was mit Rafael passiert ist und ob Fernando etwas damit zu tun hat, aber seit dem Abend ist der Anwalt nicht mehr ins B.B. gekommen. Als ich Josy gefragt habe, hat sie zugegeben, dass Nando sie so lange genervt hat, bis sie ihm schließlich gesagt hat, was genau passiert ist. Weiter weiß sie auch nicht, was geschehen ist.

Auch wenn ich Nando nach diesem Abend noch ein paar Mal im B.B. gesehen habe, gehen wir uns beide etwas aus dem Weg. Ich habe ihn auch nicht danach gefragt, ob er sich eingemischt hat. Letztlich weiß ich nicht einmal, ob ich es wirklich wissen will. Am Ende kommt Rafael nicht mehr und Casper hat nichts mitbekommen. Die Situation ist so am erträglichsten für mich, vielleicht ist es sogar besser, wenn ich die genauen Hintergründe dazu nicht kenne. Selbst wenn es gegen alles spricht, was ich glaube und wie ich lebe, muss ich zugeben, dass dies wohl die beste Lösung ist.

Offenbar hat Fernando verstanden, was ich ihm an dem Tag vor dem Kopf geworfen habe, denn er ignoriert mich genauso, wie ich ihn. Eigentlich sollte ich mit diesem Zustand zufrieden sein, aber in mir brodeln gespaltene Gefühle, wenn es um Fernando geht. Zum einen mein schlechtes Gewissen, dass ich ihn jedes Mal so abgewiesen habe, obwohl er mir, außer bei unserer ersten Begegnung, immer höflich begegnet ist, zum anderen der Grund, warum ich dies getan habe, allein wegen der Tatsache, wer er ist, nicht wie er ist, sondern einfach wer.

Öfter als mir lieb ist, muss ich wiederum an seine sanften Berührungen denken, seine dunklen Augen und sein schönes Gesicht, denn das hat er auf jeden Fall. Fernando ist ein wirklich hübscher Mann, und ich muss mich immer wieder ermahnen, meine Gedanken an ihn in den Griff zu bekommen. Er nickt mir zwar weiterhin höflich zu, wenn sich unsere Wege kreuzen, doch seine Blicke verfolgen mich nicht mehr, er widmet sich wieder mehr den Frauen, die ihn umgeben. Woher ich das so genau weiß? Wahrscheinlich, weil meine Blicke dafür immer öfter zu ihm gleiten.

Nach etwas mehr als einer Woche ist mein Gesicht wieder gut abgeheilt und ich habe es geschafft, Rafael und diese miese Aktion langsam zu verdrängen. Es ist Montag, ich habe gerade bei den Perez Schluss gemacht und beeile mich, denn Malik ist heute mit Petro nach Hause gegangen und hat mittlerweile sicher schon Hunger. Ich besorge noch einige Sachen im Supermarkt, danach hetze ich mich ab, um so schnell wie möglich zu Hause zu sein. Als ich in unsere Straße einbiege, entdecke ich sofort das gleiche Auto, mit dem Fernando das letzte Mal hier war, wieder auf derselben Stelle, gegenüber dem Tortilla-Laden. Fernando lehnt sich ans Auto und beißt gerade genüsslich in einen dieser Brotfladen. Ich folge seinem Blick und entdecke, dass er Malik, Petro und Alonzo beim Fußball beobachtet. Alle drei essen beim Spielen ebenfalls Tortilla, was sie aber nicht davon abhält, trotzdem hinter dem Ball her zu rennen. Als ich näher komme, bemerkt mich Nando, aber er lächelt nicht, er sieht mir einfach zu, wie ich auf ihn zu komme.

»Hey«, begrüße ich ihn, als ich zu ihm trete. »Hallo«, wieder beißt er in seine Tortilla. »Was führt euch wieder hierher?« Fernando hält die Tortilla hoch, diesmal lächelt er leicht. »Lina!« Malik winkt mir begeistert zu. »Guck mal, Nando ist wieder da, und ich mache Alonzo gerade fertig, wir haben um einen Ball gewettet«. Ich halte den Daumen hoch und wende mich wieder zu Fernando um. »Dein Bruder hat mich offenbar vermisst«, stellt er fest. »Er hat ab und zu nach dir gefragt.« Nando holt eine eingepackte Tortilla aus einer Tüte und hält sie mir hin, ich schüttele den Kopf und beuge mich zu meinen Tüten. »Ich….« Nando seufzt laut. »Bist du sogar zu stolz, um eine einfache Tortilla von mir anzunehmen?«

Ich sehe auf und mein schlechtes Gewissen meldet sich wieder. »Nein, tut mir leid, ich bin nicht….zu stolz, danke.« Ich nehme die Tortilla und stelle mich neben ihn ans Auto. Nando lacht leise. »Doch bist du! Ich habe noch nie so eine Frau wie dich getroffen.« Ich beiße in die Tortilla und zucke die Schultern, ich weiß ja, dass er es normalerweise mit einer ganz anderen Sorte von Frauen zu tun hat. Ich bin wirklich geschafft, meine Füße bringen mich um. Ich habe es heute noch nicht einmal geschafft, mich zwischendurch hinzusetzen. Langsam hebe ich meine Füße und lasse sie kreisen.

»Malik hat mir erzählt, dass du arbeiten warst? Wie viele Jobs hast du denn?« Fernando öffnet mir die Beifahrertür und deutet mir mich hinzusetzen. Ich nehme seine Geste gerne an und setze mich in das gemütliche Leder, lasse meine Beine aus der Tür hängen und streife meine Schuhe ab. »Zwei.« Nando sieht auf meine nackten Füße und lächelt. »Wie schaffen es so kleine, schmale Füße, eine solche Last zu tragen?« Ich seufze und lasse meine Füße kreisen. Der rote Nagellack, den Josy mir gestern aufgetragen hat, sieht gut aus.

»Das müssen sie einfach.« Ich beiße wieder in die Tortilla, es gibt wirklich die besten hier in diesem Laden. Fernando und ich beobachten, wie Malik ein Tor nach dem anderen schießt. Ich muss lachen, als Alonzo verzweifelt seine Arme in die Luft hält und zu uns grinst, auch Nando lacht. »Dein Bruder kann wirklich gut Fußball spielen.« Ich nicke und schlucke den letzten Bissen herunter. »Er ist der Beste.« Nando dreht sich zu mir um. »Ihr liebt euch beide sehr«, stellt er fest und ich zerknülle das Papier, als ich die Tortilla aufgegessen habe.

»Natürlich, er ist mein Herz, du hast doch auch einen Bruder, liebst du ihn etwa nicht?« Ich ziehe mir die Schuhe wieder über und nehme meine Einkaufstüten. »Doch, sicher, aber ich habe das Gefühl, ihr beide habt ein besonders enges Verhältnis.« Er hilft mir und hält mir eine Tüte hin. »Wir …haben schon viel durchgemacht, vielleicht deswegen«, gebe ich leise zu und merke gar nicht, dass Fernando näher an mich heran getreten ist. »Was muss ich tun, damit du mich nicht immer abweist?« Ich muss lächeln, am liebsten würde ich ihm sagen, dass dies nicht möglich ist, alleine die Tatsache, dass er zu einer Gang gehört, macht das unmöglich.

»Danke für die Tortilla, Fernando!« Er seufzt aufgebend und ich wende mich ab. »Komm bald nach Hause, Malik.«

Zu Hause stelle ich die Einkäufe weg und da ich nun nicht zu kochen brauche, gehe ich direkt unter die Dusche. Meine Gedanken schweifen zu Fernando, wäre es nicht so, wäre er kein Nato, könnte ich mich ihm nicht entziehen. Selbst mit diesem Wissen fällt es mir immer schwerer, wobei ich nicht verstehen kann, was er eigentlich von mir will, wo er doch sonst Frauen um sich hat, die so anders, so reizvoller sind als ich und vor allem, die sich nicht so quer stellen wie ich.

»Ahhh!« Gott, wie ich das hasse, mitten unter der Dusche springt das heiße Wasser aus, andauernd passiert das. Wir haben die Rechnung für diesen Monat doch bezahlt. Wütend springe ich klitschnass aus der Dusche, binde mir ein Handtuch um und schlüpfe in Flipflops. Ich mache mir nicht mal die Mühe, meine Haare zusammenzubinden, so dass die Wassertropfen aus meinen hüftlangen Locken einen nassen Weg hinter sich lassen, während ich stinksauer in den Hausflur eile und an die gegenüberliegende Tür hämmere, wo unser Hauswart wohnt. Wie zu erwarten, macht sein dicker, ungepflegter Sohn die Tür auf und sein Blick wandert über meinen, nur durch das Handtuch verdeckten Körper, was mich noch wütender werden lässt.

»Was soll das? Warum stellt ihr andauernd das warme Wasser ab? Die Rechnung ist diesen Monat doch bezahlt.« Der Sohn zuckt nur die Schultern. »Der Schalter springt manchmal von alleine aus, ich werde das gleich wieder beheben.« Wirklich großartig. »Vielen Dank, aber jetzt eilt das auch nicht mehr«, zische ich ihn an und will mich gerade umdrehen, als ich bemerke, dass ein ziemlich amüsierter Nando mit Malik im Arm auf der Treppe steht und uns beobachtet.

Bevor ich etwas sagen kann, bemerke ich, dass Maliks Hose kaputt ist und er aus einer Wunde am Knie blutet. Sofort eile ich die zwei Stufen hinunter, doch Nando scheint sich wieder gefangen zu haben und kommt mir entgegen. »Ist nicht so schlimm, nur eine kleine Platzwunde.« Malik nickt tapfer, aber ich sehe, dass er sich seine Tränen verkneift, wahrscheinlich, um vor Fernando nicht zu weinen. »Hey Süßer, tut es weh? Komm, ich mache dir die Wunde sauber und dann kriegst du ein Pflaster.« Nando trägt Malik in unsere Wohnung, ich laufe hinterher und ziehe mein Handtuch fester zu. Wunderbar, nicht nur, dass er sieht, wie klein und einfach wir wohnen, er findet mich auch noch herumschreiend, klitschnass und nur mit Handtuch bekleidet im Hausflur vor. Nando setzt Malik auf unsere Couch und wuschelt ihm über den Kopf. »Du bist wirklich tapfer, Malik, und gewonnen hast du auch noch.«

Jetzt strahlt Malik wieder. »Ja, ich bekomme einen neuen Ball«. Fernando lacht und schlägt bei Malik ein. »Den besten, versprochen, das nächste Mal spielst du dann gegen mich.« Malik nickt begeistert, dann dreht sich Nando zu mir um. Ich begleite ihn in den Flur. »Danke, dass du ihn gebracht hast.« Plötzlich hat er wieder dieses belustigte Grinsen im Gesicht. »Weißt du Celina, ich gebe dir mal einen Tipp. Wenn ich an der Stelle dieses Mannes wäre und nur einen Schalter zu betätigen bräuchte, um dich so zu sehen, würde ich das wahrscheinlich noch viel öfter tun als er.« Er lacht und sieht an mir herunter. Ich sehe empört zur Tür des Hausmeisters, deswegen passiert das nur, wenn der Sohn da ist, daran habe ich noch gar nicht gedacht.

»Arbeitest du heute?«, holt mich Fernando aus meinen Gedanken. »Nein erst morgen wieder.« Er nickt und wendet sich ab. »Bis morgen.«

Maliks Knie geht es nach einem Pflaster und einem Eis viel besser, den restlichen Abend sitzen wir beide eingekuschelt auf der Couch und sehen fern. Meine Gedanken driften immer wieder zu Fernando, aber ich zwinge mich, diesem leichten Kribbeln im Bauch keinerlei Beachtung zu schenken. Auch, dass Malik so von ihm schwärmt, versuche ich erst zu ignorieren und bemühe mich dann, ihm etwas von der Begeisterung zu nehmen, auch wenn es mir schwerfällt. Er soll sich nicht zu sehr an Fernando Nato gewöhnen.

Der nächste Tag mutiert sofort nach dem Aufstehen zur Katastrophe. Wir haben verschlafen. Meine Mutter kommt gerade erst von der Arbeit und legt sich sofort hin, während Malik und ich uns abhetzen und zur Kita rennen. Ich komme viel zu spät zu den Perez, und genau heute ist Frau Perez da. Normalerweise bin ich fast immer allein mit der Köchin, da Frau Perez ihre Zeit beim Einkaufen oder Frisör verbringt, aber ausgerechnet heute bekommt sie abends Besuch und scheucht uns alle bis zum späten Abend durch das Haus.

Zum Glück hat meine Mutter nachmittags frei, so dass ich mir wegen Malik keine Sorgen zu machen brauche. Allerdings komme ich erst so spät bei den Perez raus, dass ich sofort ins B.B. eilen muss. Ich habe es den ganzen Tag über nur geschafft eine Banane runterzuschlingen, nicht mal ein Dankeschön für die extra Stunden hat einer von uns bekommen, aber etwas anderes hätte ich auch nicht erwartet. Sobald die ersten Gäste eingetroffen sind, hat sie uns alle schnell hinaus gescheucht.

Als ich im B.B. ankomme und hinein flitze, stolpere ich fast über Fernando und seine übrigen Begleiter, die gerade an der Garderobe stehen und ihre Jacken abgeben. Nadia ist heute an der Garderobe eingeteilt und sieht mich mitleidig an, als ich kurz zu Nando und José nicke und gleich weiter will. »Stressig heute?« Ich gebe ihr zur Begrüßung einen Kuss auf die Wange. »Eine absolute Katastrophe, kannst du Joe oben an der Bar anrufen? Ich brauche irgendetwas zum Essen, ich muss mich aber erst umziehen.« Sie nickt. »Ich kümmere mich darum, wie viel soll ich dir bringen? Hast du noch nichts gegessen?« Ich spurte schnell in Richtung Garderobe. »Viel bitte, ich habe heute noch gar nichts gegessen.«

Ich höre sie seufzen, aber gehe direkt in die Garderobe und beginne mich umzuziehen, bis ich in einer Ecke Josy tieftraurig auf einem Sessel sitzen sehe. Als ich zu ihr gehe, schüttet sie mir sofort ihr Herz aus, scheinbar hat sie auf meine Ankunft gewartet. Ich

46

weiß, dass sie mit Casper so etwas wie eine Liebelei hat, als mehr würde ich es nicht bezeichnen. Die Tatsache, dass sie in unregelmäßigen Abständen nach den Schichten miteinander schlafen, bedeutet für mich zumindest nicht mehr und auch, wenn Josy es nicht zugibt, zeigen ihre Tränen, dass sie sich mehr davon erhofft hat. Heute musste sie allerdings feststellen, dass sie nicht die einzige der Kellnerinnen ist, mit der er schläft.

Ich versuche sie zu trösten, sie hat heute gar keinen Dienst und wollte nur schnell nach mir sehen, als sie es erfahren hat. Ich weiß nicht, ob ich ihr in der Eile wirklich helfen konnte, aber nachdem ich sie beschworen habe, seinetwegen keine Träne zu verlieren, und dass wir beide an unserem nächsten freien Abend die Stadt solange unsicher machen, bis wir anständige Männer für uns gefunden haben, lächelt sie wenigstens wieder. Nadia kommt herein und bringt mir einen Teller mit mehreren Sandwiches und einen mit Obst. Ich bedanke mich freudig, doch an Josys Blick erkenne ich, dass Nadia eine der besagten Kellnerinnen ist.

Ich beiße sofort in ein Sandwich und ziehe mich weiter um, bis Casper hereinplatzt. So was wie Anklopfen kennt er in seinem Club nicht, also ziehe ich schnell das Shirt über meinen BH. »Ah, Lina, du bist auch schon da, sieh mal was ich habe.« Er hält mir grinsend ein paar hochhackige schwarze Pumps hin. Oh nein, nicht das auch noch. »Da du ja nicht dazu kommst, habe ich die heute besorgen lassen.« Er hält sie mir hin, wenigstens haben sie nicht ganz so extrem hohe Absätze. »Danke Casper, wie ...nett von dir.« Er lacht. »Heute ist eine Neue im Normalo- Bereich. Ich habe dich dort mit ihr eingeteilt, damit du sie einweist. Also, ihr Süßen, bis später.« Damit ist er wieder verschwunden, und ich lasse mich auf einen Stuhl vor den Schminkspiegel fallen. Kann die Nacht noch grausamer werden als der Tag?

Drei Stunden später eile ich wie eine Wahnsinnige durch den unteren Normalo-Bereich, und mein Blick fällt immer wieder sehnsüchtig nach oben in den VIP- Bereich, wo es heute ruhig zugeht. Der untere Bereich ist überfüllt, ich komme kaum hinterher, zumindest ist die Neue gut und hilft schnell mit. Die Schuhe sind die Hölle, dreimal bin ich schon weggeknickt. Erst taten sie weh, mittlerweile spüre ich meine Füße kaum noch, da sie wahrscheinlich gerade am Absterben sind. Ich bin noch nicht einmal dazu gekommen, mich bei Joe für die leckeren Essensteller zu bedanken, die ich schnell in mich reingeschlungen habe. Ab ein Uhr bemerke ich dann allerdings die Vorzüge des Normalo-Bereiches, denn hier muss fast jeder am nächsten Tag arbeiten, da es ja unter der Woche ist. Der Normalo-Bereich leert sich zunehmend. Ich kapsele mich langsam ab und schlendere fix und fertig hoch in den VIP-Bereich, wo ich mich zu Joe an die Bar setze.

»Danke für das Essen, du warst meine Rettung.« Joe gibt mir einen Kuss auf die Wange und stellt mir ein Glas Cola hin. »Da musst du nicht mir danken, Nando ist hochgekommen und hat das Essen für dich bestellt. Ich hätte dir auch was zusammengebastelt, aber er hat darauf bestanden, dass du genau das bekommst. Hatte ich schon erwähnt, dass er dich meiner Meinung nach mag?« Ich seufze laut. »Warum hast du ihm nicht gesagt....« Joe lacht. »Dass du das bestimmt nicht willst? Glaub mir, das habe ich, aber er hat grinsend behauptet, du nimmst mittlerweile Essen von ihm an.« Ich muss selber lachen, das hört sich an, als wäre ich ein verwöhntes Monster. Ich drehe mich um und sehe zum üblichen Natos-Tisch, aber ich entdecke Fernando nirgendwo.

Ich lasse meinen Blick schweifen, und ich erblicke ihn dann in der Tanzecke, eine Frau sitzt auf seinem Schoss und beide sind schwer beschäftigt. Einen kurzen bitteren Aufschnaufer kann ich mir nicht verkneifen. »Da sieht man ja, was ein Fernando Nato unter 'jemanden mögen' versteht.« Joe folgt meinem Blick und lacht. »Glaub mir, Kleine, auch, wenn ihr Frauen das nie versteht, aber wir Männer können einen Unterschied machen zwischen dem..«, er zeigt auf sein Herz, »und dem.« Er deutet auf ... eine Stelle weiter unten. »Okaaay, darauf werden wir jetzt nicht näher eingehen«, lachend verziehe ich mein Gesicht zu einer Grimasse und trinke das Glas leer.

»Ist Casper im Büro?« Joe nickt und ich mache mich auf dorthin. Ich lasse mir von Casper das Trinkgeld der letzten Nächte ausrechnen und geben, da er die Nächte davor immer schon früher weg war und wir keine Abrechnung machen konnten. Da der Normalo-Bereich fast leer ist, soll ich der Neuen nur noch die Garderobe richtig zeigen, dann kann ich Schluss machen. Auf dem Weg zurück schaue ich bewusst nicht nochmal in die Ecke, in der sich Nando gerade amüsiert, so sehr ich es hasse, aber es versetzt mir doch einen Stich, das zu sehen. Als ich mit der neuen Kellnerin, Belinda, zur Garderobe hinunterlaufe, knicke ich zum vierten Mal um und diesmal schmerzt mein Fuß noch heftiger.

Ich fluche, ziehe die verdammten Stöckelschuhe aus und schmeiße sie gegen die Wand. Dieser Tag und diese Nacht sind eine reine Katastrophe, ich will nur noch nach Hause ins Bett und schlafen. Den Rest des Weges humpele ich, da ich kaum noch auftreten kann. Ich bin mittlerweile viel zu geschafft um mich umzuziehen, also lasse ich einfach die Sachen vom B.B. an, stopfe meine anderen in meine Tasche und zeige Belinda auf die Schnelle, wo sie die frisch gewaschenen Anziehsachen, das Schminkzeug und alles weitere findet.

Nachdem ich mich bei Nadia verabschiedet habe und sie mir verschiedene Tipps gegeben hat, wie ich den Fuß bis morgen wieder einsatzfähig bekomme, trete ich an die frische Luft und könnte wirklich anfangen zu heulen. Mein Fuß bringt mich um, ich bin so erschöpft, dass ich auf der Stelle einschlafen könnte und …es regnet. Wie selten regnet es hier? Aber jetzt und ausgerechnet heute, regnet es. Resigniert lasse ich mich auf den Treppen vor dem Club nieder und ziehe meinen Schuh von dem schmerzenden Fuß. Ich komme mit diesem Fuß sowieso nicht nach Hause, kann kaum einen Schritt laufen, es wird mir nichts übrig bleiben, als auf Joe zu warten, damit er mich mitnimmt.

Bevor ich zurückkehre, ziehe ich mir auch den zweiten Schuh aus und strecke meine Beine aus. Ich werde noch von dem kleinen Vordach beim Eingang bedeckt, aber als ich die Beine ausstrecke, meine Beine nicht mehr, so dass der Regen auf sie tropft. Verträumt blicke ich in den Regen und frage mich, wie oft ich in letzter Zeit gedacht habe, wie schrecklich mein Leben gerade verläuft, wie sehr ich das alles hasse und wann ich das letzte Mal wirklich glücklich war. Ohne Probleme, ohne Sorgen und Verpflichtungen. Ich bin gerade 20 Jahre alt und komme mir so viel älter vor, denn ich kann nicht das unbeschwerte Leben führen, wie andere in meinem Alter.

»Celina?« Ich schrecke zusammen, ich muss so in Gedanken vertieft gewesen sein, dass ich nicht gemerkt habe, dass Gäste den Club verlassen. Fernando, José und zwei Frauen, eine von ihnen, um die Nando seinen Arm legt, erkenne ich als diejenige, mit der er vorhin offensichtlich so viel Spaß hatte. »Was tust du hier?« Nando sieht mich verwundert an und vor allem auf meine Beine, die ich in den Regen halte. Ich ziehe sie zurück. »Ich wollte gerade nochmal zurück.« Ich deute auf den Club. Er sieht in den Regen hinaus. »Soll ich dich nach Hause bringen?« Ich ziehe meine Beine zurück und schlüpfe wieder in meine Schuhe, allein das schmerzt schon. »Nein danke, das brauchst du nicht.« Er zeigt auf die Autos. »Das ist kein Problem, wir sind mit zwei Autos hier.« Ich stehe auf, wobei ich leise aufstöhne, als ich den Fuß aufsetze, was natürlich niemandem entgeht.

»Bist du verletzt?« Ich winke ab und will zurück humpeln. »Nur leicht umgeknickt, es geht schon, ich warte auf Joe, der fährt mich nach Hause, aber danke für das Angebot.« Fernando will mich am Arm festhalten, aber in dem Moment verliere ich mein Gleichgewicht beim Versuch, den einen Fuß nicht zu belasten, und plötzlich klammere ich mich an seinem Arm fest.

Natürlich kann er sich ein Grinsen nicht verkneifen. »Ich fahre dich, der VIP-Bereich ist noch voll, du willst doch sicher nicht noch so lange hier warten, nachdem du schon den ganzen Tag gearbeitet hast und noch nicht einmal zum Essen gekommen bist?« Auch wenn Fernando mich leicht aufzieht, muss ich lächeln. »Ach ja, danke für das Essen vorhin, ich hatte wirklich Hunger, aber keine Sorge, ich kriege das schon hin. Du hast doch sicher noch etwas vor, ich will dich nicht um deinen Spaß bringen.« Ich deute mit dem Kopf zu der Frau, die neben José und seiner Begleitung steht, alle drei beobachten uns.

Die Frauen wirken genervt, José hat sich mittlerweile an die Diskussionen zwischen Fernando und mir gewöhnt. Nando lacht leise. »Meine Güte, du bist wirklich unglaublich, ich fahre dich und glaub mir, es gibt nichts, was ich gerade lieber tun würde.« Etwas verwundert über diese Antwort, vor allem in Anbetracht dessen, dass besagte Frau gerade neben uns steht, gebe ich einmal nach. Was kann schon passieren, wenn ich mich schnell von ihm nach Hause bringen lasse? Da ich auch nicht gerade eine gute Alternative dazu habe, außer noch mehrere Stunden mit schmerzendem Fuß auf Joe zu warten, stimme ich zu.

Kapitel 5

»Ich bringe Celina nach Hause.« Nando wendet sich an seinen Bruder, die Frau mit der er sich vorhin noch so offensichtlich vergnügt hat, verdreht beleidigt die Augen. «Okay, viel Spaß, bye Lina.« José scheint das Ganze nicht weiter zu erstaunen, die drei gehen die Treppen herunter, wobei die Frau einen enttäuschten Blick zu Fernando zurückwirft. Ich muss leise lachen. »Tut mir wirklich leid, ich glaube, du hast viel Spaß verpasst.«

Nando grinst. »Bleib hier, das Auto steht zu weit hinten auf dem Parkplatz, ich hole es schnell.« Während er das Auto vom hinteren Parkplatz holt, gehe ich langsam die Stufen herab, bis ich unten angekommen bin, ist Fernando schon vorgefahren und steigt schnell aus. »Der Sinn der Sache war, dass du nicht nass wirst.« Er hält mir lachend die Beifahrertür auf und ich steige ein. Dieses Auto ist der pure Luxus, ich seufze wohlig auf, als ich mich in das weiche Leder setze.

Fernando setzt sich auf die Fahrerseite und startet den Wagen, wobei tausend Knöpfe aufleuchten. Ich kann mich nicht daran erinnern, schon einmal in solch einem Auto gesessen zu haben. Während er das Radio leiser stellt, sehe ich, wie José mit den beiden Frauen vom Parkplatz fährt. »Ist sie deine Freundin?« Ich streife mir den Schuh vom Fuß, es ist gleich eine Erleichterung. Fernando fährt los. »Wer?« Ich sehe ihn verwundert an. »Naja, die Frau eben, ich habe euch schon vorhin an der Tanzfläche zusammen gesehen.«

Fernando sieht von der Straße weg zu mir und lächelt. »Sie ist nicht meine Freundin, sie ist nur ein Zeitvertreib.« Ich ziehe die Augenbrauen hoch. »Okay, das ist ehrlich. Weiß sie das auch?« Doch dann fällt mir wieder ein, dass ich zu dieser Frage gar nicht berechtigt bin. »Ähmmm, vergiss es, das geht mich gar nichts an.« Ich blicke aus dem Fenster. »Sie weiß, dass ich nichts Ernstes von ihr will, so wie auch die anderen. Jeder hat seinen Spaß, jeder weiß offen, worum es geht.« Ich drehe mich wieder zu ihm um und mustere ihn von der Seite.

Jetzt sehe ich sein Tattoo am Hals aus der Nähe. Es ist ein N, was sicherlich für Nato steht. Normalerweise mag ich solche Tätowierungen gar nicht, aber ich muss zugeben, es sieht gut aus, gefährlich und irgendwie sexy. Auf jeden Fall lässt es keinen Zweifel daran, wer er ist. »Habe ich dich jetzt schockiert?« Sein Blick richtet sich wieder auf mich und er sieht mir in die Augen. »Nein, jeder wie er es mag.« Fernando lacht leise. »Es ist nicht so, dass ich das bevorzuge, aber… bis jetzt habe ich noch keine Frau getroffen, mit der ich eine feste Beziehung führen möchte.« Sein Blick ändert sich, ich wende mich ab und sehe aus dem Fenster.

»Wie geht es Malik und seinem Knie?« Ich zucke mit den Schultern. »Ich habe ihn heute nicht gesehen oder besser gesagt gestern.« Ich schaue zur Uhr. »Ich bringe ihn in ein paar Stunden zur Kita, dann sehe ich mal nach.« Aus den Augenwinkeln merke ich, dass Fernando mich immer wieder ansieht, aber mein Blick bleibt aus dem Fenster gerichtet. Hier im Auto ist seine Präsenz, sein männlicher Duft, alles, noch viel intensiver, als für gewöhnlich. Da fällt es mir schon immer schwerer, mich ihm zu entziehen.

»Glaubst du an das Schicksal, el destino, Celina?« Diese Frage bringt mich allerdings dazu, ihn wieder anzusehen. »Nein, nicht sonderlich. Warum, du etwa?« Fernando grinst. »Bis jetzt auch nicht, aber findest du es nicht merkwürdig, wie oft sich unsere Wege kreuzen?« Obwohl sein Ton ernst ist, muss ich auflachen. »So merkwürdig ist das nicht, wenn man bedenkt, dass ich in dem Club arbeite, wo du ja Stammkunde bist.« Fernando hält an einer Ampel und sieht mir in die Augen. »So oft wie jetzt war ich früher nicht da. An dem Tag, als ich dich das erste Mal gesehen habe, war es eher ein Zufall, dass ich dorthin gekommen bin, eigentlich wollte ich woanders hingehen. Seitdem komme ich eigentlich nur, um dich zu sehen.«

Verdammt, Nando ist wirklich sehr direkt, ich räuspere mich, doch er macht ungehindert weiter. »Und was ist mit den anderen

Ereignissen, Celina? Warum schießt Malik genau in mein Auto? Warum habe ich dich gerade vor dem Club gefunden? Wir wären noch geblieben, aber José wollte unbedingt früher gehen, um mit seiner Eroberung ungestört zu sein und wer sitzt da vor dem Club? El Destino.«

Auch er muss über seine Theorie lachen, aber ich muss zugeben, dass sie nicht so ganz von der Hand zu weisen ist. »Na gut und was denkst du, will das Schicksal uns sagen?« Immer noch lachend gehe ich auf sein Schicksalsspiel ein. Nando zuckt die Schultern. »Mal sehen, das wird sich zeigen, auf jeden Fall sträube ich mich nicht so dagegen, wie du. Ich finde, das Schicksal meint es sehr gut mit mir.« Er zieht die Augenbrauen hoch und sieht mich leicht tadelnd an. Erst jetzt bemerke ich, dass wir vor meiner Haustür halten und wende mich von Fernandos intensivem Blick ab.

Ich will meinen Schuh wieder überziehen und fluche leise, weil es so schmerzt. »Kann ich mal sehen?« Fernando sieht zu meinem Fuß. »Bist du etwa ein Arzt?« Er zuckt die Schultern. »Ich hatte schon so einige Verletzungen.« Darauf wette ich, doch ich halte meinen Fuß etwas höher. Anstatt, dass Fernando nur einen Blick darauf wirft, nimmt er ihn in seine Hand. »Celina, der ist geschwollen, du musst das untersuchen lassen.« Sein Finger streichelt vorsichtig über die am meisten schmerzende Stelle. Langsam entziehe ich ihm meinen Fuß wieder. »Das geht schon, Nadia hat gesagt, etwas Quark raufstreichen … « Fernando startet den Motor wieder. »Etwas Quark? Ich bringe dich zum Arzt!« Ich platziere meinen Fuß wieder in eine angenehme Position, wahrscheinlich ist das wirklich besser, mit einem guten Verband kann ich wenigstens morgen die Arbeit bei den Perez überstehen.

Während Fernando die Autobahn ansteuert, kuschele ich mich noch mehr in den weichen Sitz und gähne leise. »Du überraschst mich, ich hätte gedacht, du wehrst dich mit Händen und Füßen dagegen, dass du noch länger hier bei mir sein musst.« Mein Blick verweilt wieder auf ihm. »Ich denke, ich sollte mich nicht gegen das Schicksal stellen?« Fernando lächelt leicht. »Tut mir leid, wenn ich manchmal so abweisend bin, es ist nicht so, dass ich dich nicht mag, es ist einfach … komplizierter …« Ich will gerade weiterreden, da merke ich, dass wir am städtischen Krankenhaus vorbeifahren. »Wir müssen hier raus.«

Fernando folgt meinem Blick. »Willst du drei Stunden warten, damit dich dann ein Vollidiot untersucht? Wir fahren zu einem richtigen Arzt.« Ich seufze schwer. »Das kann ich mir nicht leisten, Fernando, das sollte dir doch mittlerweile aufgefallen sein.« Sein Blick geht wieder auf die Fahrbahn. »Du brauchst da nichts zu zahlen, der Arzt … sagen wir, er steht in unserer Schuld, also behandelt er uns umsonst, und er ist wirklich gut.« Ohne es zu beabsichtigen, bekomme ich eine Gänsehaut, er steht in unserer Schuld, Schicksal hin oder her, an so etwas würde ich mich nie gewöhnen können.

»Ich gehöre aber nicht zu euch, also werde ich bezahlen müssen«, stelle ich trocken fest, doch das zaubert nur ein Lächeln in Fernandos Gesicht. »So schnell ist das nicht-gegen-das-Schicksal-stellen wieder vergessen? Du bist mit mir, also gehörst du zu mir und bezahlst nichts.« Fernando fährt einen kleinen Weg hinein und hält vor einer teuer aussehenden Privatklinik. Bevor er aussteigen kann, halte ich seine Hand fest, und er sieht mich verwundert an.

»Was ist mit Rafael passiert?« Er bleibt sitzen und mustert mich fragend. »Mit wem?« Ich schlucke leise, kann aber seine Hand auch nicht loslassen. »Rafael, derjenige, der mich so bedrängt hat.« Nando scheint zu begreifen und umfasst meine Hand, mit der ich seine gerade noch festgehalten habe, nun vollständig mit seiner. »Du meinst diesen Anwaltstypen, der dich geschlagen hat? Was soll mit ihm sein? Er wird es sicher nicht mehr wagen, in deine Nähe zu kommen.«

Ich räuspere mich. »Ist er…also lebt er noch?« Meine Stimme wird immer leiser, ich hätte gar nicht erst fragen sollen, doch Nando lacht auf. »Sicher tut er das, auch wenn ich mich dafür wirklich zurückhalten musste.« Damit steigt er aus und kommt auf meine

Seite. Ich lege den Kopf in den Nacken, was zum Teufel tue ich hier eigentlich?

Fernando öffnet die Tür und hält mir seine Hand hin. Erst laufen wir sehr langsam Richtung Eingang, doch Nando scheint nicht der Geduldigste zu sein und ohne mich vorzuwarnen, hebt er mich auf seine Arme. Mir bleibt nichts übrig, als meine Hände um seinen Nacken zu legen und mich festzuhalten. »Das hätte ich schon geschafft.« Fernando lacht. »Das war ja klar, natürlich hättest du das, aber dann wären wir erst morgen in der Klinik angekommen. Ich merke schon, dass du heute scheinbar alles in die Länge ziehen willst, erst das städtische Krankenhaus, dann den Weg langsam laufen. Es ist nicht so, dass ich nicht gerne bei dir bleiben will, du musst nur ein Wort sagen, dann finden wir bestimmt noch bessere Sachen, die wir machen können, als im Krankenhaus die Zeit totzuschlagen.«

Obwohl ich selber meine Gesichtsröte spüre, schnaufe ich sauer auf, was Nando zum Lachen bringt. Er zieht mich enger an sich, mein Atem stockt, als er seine Nase an meinem Hals vergräbt. »Ich liebe deinen Geruch, welches Parfüm benutzt du?« Er zieht seinen Kopf wieder zurück und sieht mich fragend an, während ich durchatme. »Ich habe heute kein Parfüm drauf, Fernando, da kommt eine Treppe«, weise ich ihn zurecht und habe das Gefühl, dass mein Gesicht sicherlich mittlerweile die Farbe einer reifen Tomate hat. Fernando scheint das alles zu amüsieren, überhaupt scheine ich ihn ständig zu amüsieren.

»Hallo, Maria. Ist Senor Lopez da?« Die dickliche Empfangsdame in der Privatklinik sieht auf, als Fernando sie anspricht. Er denkt offensichtlich nicht daran, mich wieder herunterzulassen. Ich sehe mir die hochmoderne Klinikeinrichtung genau an und nehme einen widerlichen Geruch wahr, der in meiner Nase brennt. Mir fällt auf, dass ich noch nie in einer Klink war. In Lares hatten wir einen Hausarzt, der immer zu uns nach Hause gekommen ist. Und hier weiß ich zwar, wo das Krankenhaus ist, aber zum Glück musste noch niemand von uns dahin. »Oh, Hallo, Fernando. Ja, der ist da. Ich sage ihm sofort Bescheid, ist es ein Notfall?«

Nando sieht zu meinem Fuß herunter. »Ja!« Ich schlage ihm leicht auf die Brust und er lacht, doch Maria ist schon los geeilt, ohne dass ich ihr sagen kann, der Arzt muss meinetwegen keinen anderen Menschen verbluten lassen. Da noch andere Leute im Eingangsbereich warten, beuge ich mich näher zu Nandos Ohr. Weil er mich noch immer auf seinen Armen hält, ist das nicht mal umständlich. »Nach was riecht das hier? Übrigens kannst du mich wieder runterlassen.« Amüsiert stelle ich fest, dass Fernando eine Gänsehaut bekommt, als ich ihm in sein Ohr flüstere.

»Es riecht eben nach Krankenhaus, und ich denke gar nicht daran, dich wieder runterzulassen.« Ich ziehe noch einmal den Geruch in meine Nase und schüttele mich leicht. »Es riecht nach Tod«, flüstere ich zurück, doch bevor Fernando antworten kann, tritt ein älterer Mann mit einer Halbglatze und einer dünnen Brille auf der Nase zu uns. Durch unsere geheime Konversation haben wir den Arzt gar nicht bemerkt. »Fernando, wie geht es dir? Was hast du denn da heute mitgebracht?« Der Arzt mustert uns amüsiert, wie ich so in Fernandos Armen liege.

Nando lässt mich erst auf der Liege im Behandlungszimmer herunter, nachdem der Arzt uns dorthin geführt hat. Auf dem Weg hat sich der Arzt ausführlich angehört, wie es zu meinem angeschwollenen Fuß gekommen ist und gleich gesagt, er wolle ihn röntgen. Sofort kommt eine Krankenschwester in den Raum, Nando und der Arzt gehen hinaus, während sie meinen Fuß röntgt. Erst danach kommen beide wieder herein, Fernando tritt automatisch zu mir an die Liege, während er sich mit dem Arzt unterhält. Offensichtlich kennen sich die beiden wirklich gut, denn der Arzt fragt nach mehreren Personen, wobei ich nur den Namen José kenne. Er erkundigt sich auch nach einer schwangeren Olivia, und Fernando berichtet, dass es ihr gut gehe, dass nur Arturo alle in den Wahnsinn treibe. Ich werde zwar nicht ganz schlau aus der Unterhaltung, aber ich merke, dass Fernando von seiner Familie redet. Die Art und Weise, wie er von ihnen redet, zeigt, dass sie ihm nahestehen.

Ich höre ihrer Unterhaltung zu und spüre, wie erschöpft ich bin. Die Uhr zeigt an, dass es bereits drei Uhr früh ist, und ich kann meine Augen kaum noch offen halten. Es wird erst besser, als der Arzt sich wieder an mich wendet und ein paar Angaben zu mir erfragt. Während ich sie beantworte, spüre ich, dass Nando genau zuhört. »Oh, wie schön, sie werden ja in einer Woche 21«, stellt der Arzt fest und ich nicke nur unbeteiligt. Mein Geburtstag wird sowieso kein großes Ereignis in diesem Jahr, dessen bin ich mir bewusst.

Als die Krankenschwester mit den Röntgenaufnahmen hereinkommt, sieht sich der Arzt die Bilder an und stellt fest, dass nichts gebrochen ist. Mein Fuß ist verstaucht, er macht mir einen festen Verband um, in zwei Tagen sollte die Schwellung und der Schmerz vorbei sein. Er gibt mir noch eine Spritze, die mir erst einmal die Schmerzen nimmt und erwähnt, dass ich sicher sehr müde werde und gefahren werden müsste. Beides ist offensichtlich kein Problem, müde bin ich so oder so, und Fernandos wachsame Augen auf mir scheinen Versprechen genug, dass ich nach Hause gebracht werde.

»Fernando, ich würde mir gerne noch einmal deine Schulter ansehen, gibt es damit noch Probleme?« Jetzt blicke ich doch etwas wacher zu Nando, der nur die Schultern zuckt. »Es geht wieder, ich denke es ist gut verheilt.« Der Arzt lächelt mild. »Lass mich mal sehen.« Fernando erhebt sich neben mir und zieht sein Shirt aus. Als erstes erblicke ich eine schwarze Waffe, die er unter seinem Shirt in den hinteren Hosenbund gesteckt hatte. Als wäre es das natürlichste der Welt, legt er diese auf die Liege. Auch der Arzt findet das überhaupt nicht merkwürdig, im Gegenteil, es scheint fast so, als hätte er nichts anderes erwartet. Ich betrachte die neben mir liegende Waffe, während der Arzt zu Nando tritt, dann erst wende ich meinen Blick wieder zu ihnen.

Obwohl ich weiß, dass ich es nicht so offensichtlich tun sollte, kann ich meinen Blick nicht von seinem Oberkörper nehmen, während der Arzt eine Narbe auf Nandos linker Schulter untersucht. Sie scheint noch ziemlich frisch zu sein, auch ist sie etwas länger, was auf eine größere Wunde schließen lässt. Fernandos Oberkörper habe ich schon immer als gut gebaut eingeschätzt, aber so durchtrainiert habe ich ihn auch wieder nicht erwartet. Er sieht fantastisch aus, seine braune Haut glänzt, und außer einem kleinen schwarzen Flaum, der sich von seinem Bauchnabel bis zur Hose zieht, hat er keine Haare auf der Brust.

Neben seiner Tätowierung am Hals, die ich nun vollständig sehen kann, hat er auf seinem massigen, rechten Bizeps eine Hand, die zwei Finger kreuzt. 'Los Natos' steht darunter. Ohne Zweifel das Zeichen der Natos. Im Kontrast zu all dem steht ein goldenes Kreuz, welches er an einer dünnen Kette um seinen Hals hängt. »Das war wirklich knapp, zum Glück hat es keine wichtigen Nerven oder Knochen zerstört, Fernando, aber es war nicht einfach, die Kugel heraus zu bekommen.« Erst durch die Blicke beider Männer, die zu mir herum schnellen, merke ich, dass ich wohl ziemlich laut die Luft eingezogen haben muss.

Nando zieht sein Shirt über und steckt die Waffe wieder in seinen Hosenbund, während der Arzt mir eine Packung mit Schmerzmitteln gibt. Er sagt Nando, dass er in ein paar Tagen bei ihm zu Hause vorbeikommt, um nach Olivia zu sehen. Wir verabschieden uns, und ohne einmal zu zögern, hebt mich Fernando wieder in seine Arme. Scheinbar wirkt die Spritze schon, denn auf dem Weg zum Auto lege ich meinen Kopf an seine Brust und schließe die Augen, es ist mir unmöglich sie noch länger offen zu halten.

Ich spüre, wie Nando mich vorsichtig in den Sitz setzt und ihn nach hinten stellt. Das nächste, was ich mitbekomme, ist, wie ich wieder hochgenommen werde. Halbwach registriere ich Nando, und ohne es steuern zu können, kuschele ich mich an seine Brust, ich weiß nicht, ob ich es mir einbilde, aber ich habe für einen kurzen Moment das Gefühl, als berühren weiche Lippen meine Wange.

60

Ich höre die besorgte Stimme meiner Mutter und will mich zwingen richtig wach zu werden, um sie zu beruhigen, doch meine Augen weigern sich. Dann spüre ich mein Bett und wie sich Malik sofort an mich heran kuschelt.

Als ich am nächsten Morgen meine Augen öffne und auf die Spiderman-Uhr neben dem Bett blicke, welche Malik erst vor ein paar Tagen bekommen hat, falle ich vor Schreck fast aus dem Bett. Es ist schon nachmittags. Wie verrückt sprinte ich aus dem Bett, nur um mit einem stechenden Schmerz im Fuß gleich wieder dafür bestraft zu werden. Ich gehe in den Flur und finde meine Handtasche, suche mein Handy heraus und wähle die Nummer meiner Mutter. Sie beruhigt mich sofort, die Perez wissen Bescheid, dass ich heute nicht komme. Frau Perez war zwar nicht glücklich, aber da ich noch nie gefehlt habe, wird sie es wohl einmal verkraften.

Im B.B. habe ich erst morgen Nacht wieder Dienst, deswegen lasse ich mich beruhigt aufs Sofa plumpsen. »Wer war eigentlich der nette junge Mann, der dich gestern nach Hause gebracht hat?« Man kann das Grinsen meiner Mutter förmlich durchs Telefon sehen, mein Herz beginnt unruhig zu rasen. »Das war Fernando … ich kenne ihn … von der Arbeit.« Sie lacht leise. »Ach, das ist also dieser Nando, von dem Malik immer redet. Er scheint sehr nett zu sein, ich war ihm gestern so dankbar, dass er sich um dich gekümmert hat. Er hat dich bis in dein Bett getragen. Übrigens liegt im Flur seine Handynummer, falls irgendetwas ist, können wir ihn immer dort erreichen. Er ist ein freundlicher Mann und sehr gutaussehend.« Ich stöhne leise auf. »Wir sind nur … «, ich stocke, keine Ahnung was wir sind. »Okay Mama, bis später.« Meine Mutter kichert noch einmal, und ich lege auf.

Eine Weile starre ich auf mein Handy, lange habe ich nicht mehr so eine Freude in der Stimme meiner Mutter gehört. Wahrscheinlich denkt sie, dass ihre Tochter einen vernünftigen, guten Mann kennengelernt hat und freut sich deshalb. Wie sollte sie es auch erkennen, mir selber fällt es so schwer, in dem gutaussehenden, lieben und witzigen Fernando, der er sicher auch ist, zumindest mir gegenüber, den anderen Fernando zu sehen.

Den Nando, der mit Schussverletzungen ins Krankenhaus kommt und eine Waffe bei sich trägt, der Probleme auf seine Art und Weise löst, und ich will mir nicht einmal wirklich vorstellen, wie diese aussieht.

Ich werfe das Handy auf den Tisch, wenn sie wüsste was bzw. wer Fernando Nato ist, würde sie ausflippen, zurecht.

El destino? Eher un desastre!

Kapitel 6

Nachdem ich aufgrund des Fußes umständlich geduscht habe, und diesmal lief das warme Wasser, ziehe ich mich an und mache etwas sauber. Ich kann mich viel besser bewegen, der Fuß schmerzt nur noch leicht dank des festen Verbandes, den der Arzt mir gestern gelegt hat.

Meine Gedanken driften immer wieder zu Fernando ab, wieso muss ich mich ausgerechnet zu ihm hingezogen fühlen, und warum kreuzen sich ausgerechnet unsere Wege immer wieder? Ich werde garantiert nicht anfangen, an so etwas wie an das Schicksal zu glauben. Während ich meinen Gedanken hinterher hänge, klingelt es an der Haustür. Als ich sie öffne, sehe ich erst einmal nur auf einen riesigen Blumenstrauß. Etwas verwirrt entdecke ich schließlich den kleinen Lieferanten, den man durch den großen Strauß kaum erkennen kann. »Celina Sanchez?« Ich nicke und der Mann übergibt mir den Strauß. »Können sie sich ausweisen?« Noch verwirrter gehe ich zurück und hole meine Tasche. Seit wann muss man sich wegen Blumen ausweisen? Als ich dem Mann meinen Ausweis gebe, überprüft er ihn und vergleicht die Daten mit einer Liste, dann zieht er ein Päckchen aus seiner Umhängetasche und überreicht es mir. »Schönen Tag noch.«

Total verdattert blicke ich ihm hinterher und mir fällt ein, dass ich nicht mal weiß, von wem das alles kommt, obwohl ich es mir schon denken kann. In dem Moment, als der Lieferant aus dem Haus geht und ich ihm hinterherrufen will, kommt Josy hinein und blickt von ihm zu mir. »Oh, Lina, Schätzchen, ich habe dich auch vermisst, aber so ein Empfang ist nicht nötig«, witzelt sie und schiebt mich in die Wohnung. Ich lege die Blumen beiseite, suche nach einer Karte und werde fündig. Inmitten der vielen Rosen und anderen Blumen steckt eine einfache weiße Karte.

Ich hoffe, deinem Fuß geht es wieder besser.
Übrigens siehst du aus wie ein Engel, wenn du schläfst.
Fernando

Ich schließe die Karte wieder und sehe zu Josy, die mich erwartungsvoll anblickt. Jetzt erst scheint sie meinen Fuß zu bemerken. »Okay, was habe ich verpasst?« Nachdem wir uns Kaffee aufgebrüht und es uns in der Küche gemütlich gemacht haben, erzähle ich Josy alles, was gestern passiert ist. Sie hat das Ganze ja nicht mitbekommen und ist entzückt über Nandos Verhalten, wobei ihr gleich wieder einfällt, über Casper herzufallen und sein Verhalten mit dem von Nando zu vergleichen.

Nun schauen wir schon geschlagene fünf Minuten auf das eingepackte Päckchen, was auf dem Tisch zwischen uns liegt. »Stell dich nicht so an, Lina, öffne es, er wird dir sicher keine Bombe geschickt haben.« Ich seufze leise und werfe ihr einen bösen Blick zu. Wirklich erklären, warum ich den Inhalt des Paketes nicht wissen will, kann ich nicht. Es ist mehr ein Bauchgefühl, vielleicht weil es droht einen Schritt weiter zu gehen. Bis jetzt war Fernando höflich und nett zu mir, hat mir geholfen und wenn man will, kann man auch Interesse an mir aus seinem Verhalten schließen, aber es war halt nie eindeutig.

Das kann alles ändern, und wahrscheinlich habe ich deswegen diese Panik. Letztlich nehme ich das Päckchen und entferne das blaue Geschenkpapier. Darunter verbirgt sich eine schwarze Samtschachtel und als ich die Aufschrift lese, stockt mein Atem, während Josy losquietscht. Als ich das Päckchen öffne, blicke ich auf ein wunderschönes goldenes Armband. Ich nehme dieses heraus, es ist ein feines Armband und es glänzt unwahrscheinlich. Ich entdecke, dass es einen kleinen Engel als Anhänger hat. Es ist wunderschön, ich will mir nicht einmal vorstellen, wie teuer es war. »Du hast einen Verehrer… und was für einen.« Josy nimmt das Armband, das ich wieder zurückgelegt habe und betrachtet es. »Ich

64

habe noch nie so etwas Schönes bekommen«, schmollt sie und ich stütze meinen Kopf in die Hände. Was zum Teufel passiert hier gerade?

»Kannst du mir jetzt mal verraten, was du für ein Problem mit Nando hast? Es gibt Frauen, die sind bereit, alles zu geben, um von ihm beachtet zu werden und ich habe gesehen, dass du ihn magst. Also wo liegt das Problem?« Ich versuche Josy zu erklären, dass mich nicht Nando stört, sondern einfach, was er ist und bei der Gelegenheit will ich gleich rauskriegen, was es eigentlich bedeutet, dass Fernando zu den Los Natos gehört. Wirklich viel weiß ich über die Los Natos nicht gerade, außer das, was man sich erzählt, was in Familias passiert, was ich selber auf dem Land mitbekommen habe, aber so richtig Bescheid weiß ich nicht.

Leider weiß Josy auch nicht sehr viel mehr, sie erzählt, dass die Los Natos die größte Familia in Puerto Rico ist, dass sie sehr gefährlich sind und sich deswegen niemand mit ihnen anlegt. Dass sie sehr reich sind, muss sie nicht erwähnen, tut sie allerdings trotzdem. Außer José, Fernando und Alonzo kennt sie aber sonst niemanden weiter von ihnen. Nur José und Fernando gehören zu den engsten Mitgliedern, die zur richtigen Familie gehören, die anderen, die mit ihnen sind, gehören auch dazu, aber sind in keiner führenden Position. So wie sie das erzählt, hört es sich an, als wäre es ein kleiner netter Familienbetrieb.

Fernando hat scheinbar einen eindeutigen Ruf, er soll der Gefährlichste von ihnen allen sein und keine Gnade kennen. Es ist mir unmöglich, das mit dem Fernando in Verbindung zu bringen, der mich gestern durch die Gegend getragen hat, auch wenn ich seine Waffen und Verletzungen gesehen habe. Mittlerweile weiß ich, dass genau das mein Problem ist. Ich weiß was und wer er ist, aber sobald er bei mir ist, kann ich das nicht mehr miteinander in Verbindung bringen, und das macht mich wahnsinnig. Ich nehme mein Handy und schreibe Fernando eine Nachricht.

Vielen Dank für die Blumen und das Armband,
aber ich kann das unmöglich annehmen.
Lina

Ich nehme seine Nummer aus dem Flur und schicke die Nachricht ab, kurze Zeit später wird Malik von Petros Mutter nach Hause gebracht. Den restlichen Nachmittag und Abend liege ich faul auf der Couch, was für mich ziemlich ungewohnt ist und obwohl ich es sollte, kann ich mich nicht richtig entspannen. Josy ist irgendwann zum B.B. aufgebrochen, da sie heute arbeiten muss und als Malik schläft, hole ich das Armband nochmal hervor. Ich drehe und wende es in meiner Hand und betrachte den kleinen Engel, versuche zu begreifen, was Fernando eigentlich von mir will. Wie Josy schon gesagt hat, er kann jede Frau haben. Die Frauen, von denen er meistens umgeben ist, sind so anders als ich und vor allem sind sie nicht so ablehnend gegenüber seinen Bemühungen, wie ich. Wieso sollte er ausgerechnet an mir Interesse haben?

Am nächsten Morgen wird Malik von Petros Mutter mitgenommen. Während meine Mutter schläft, gehe ich einkaufen. Meinem Fuß geht es wieder ziemlich gut, ich lasse den Verband zur Sicherheit aber noch dran. Als ich vom Einkaufen wiederkomme, ist meine Mutter schon mit dem halben Bein aus der Tür, um zur Arbeit zu kommen und ich beginne zu kochen. Da ich im Haus der Perez die Möglichkeit habe, mir vieles bei ihrer fantastischen Köchin abzuschauen, liebe ich es mittlerweile etwas Leckeres zuzubereiten, wenn ich die Zeit dafür habe.

Ich mache eine Lasagne mit der Spezialsoße, die mir die Köchin gezeigt hat und kurz nachdem ich diese in den Ofen geschoben habe, klingelt es. Etwas überrumpelt blicke ich auf Fernando, als ich die Haustür öffne. »Hey«, Fernando lächelt, und in mir breitet sich gleich wieder dieses Kribbeln aus, welches ich nicht zulassen darf. »Hallo, ich wollte nachsehen, wie es deinem Fuß geht.« Ich trete zur Seite, damit er hineinkommen kann, mittlerweile weiß er ja, wie wir leben. Nando tritt an mir vorbei in die Wohnung. »Meinem Fuß geht es schon viel besser, ich brauchte heute nicht mal mehr die Schmerztabletten.« Ich schließe die Tür wieder und drehe mich zu ihm um.

»Bist du allein?« Ich nicke und Fernando sieht sich um, dabei fällt ihm wohl das Kästchen mit dem Armband auf. »Ich habe deine Nachricht gestern bekommen«, murmelt er leise, ich gehe in die Küche, um dieser Diskussion aus dem Weg zu gehen. »Willst du was trinken?« Er kommt mir hinterher. Ich hole Gläser aus dem Schrank. Als ich mich ihm wieder zuwende, fällt mir auf, dass er heute viel legerer angezogen ist als sonst, wenn ich ihn angetroffen habe. Er trägt eine helle Jeans und ein einfaches weißes Shirt, dazu weiße Turnschuhe.

»Was stimmt mit dem Armband nicht? Du trägst doch goldenen Schmuck.« Er deutet auf meine Kette, die mein Vater mir geschenkt hat, ich liebe sie, diese Kette ist eine meiner wichtigsten Erinnerungen an ihn. Ich berühre sie automatisch mit meinen Fingern. »Tue ich auch, und ich habe mich gestern wirklich gefreut, die Blumen sind wunderschön.« Ich zeige auf den Küchentisch, wo diese in einer Vase stehen. Meine Mutter hat sich gar nicht mehr eingekriegt, als sie die gestern entdeckt hat. »Aber das Armband ist einfach ... zu viel.«

Fernando geht zurück in den Flur und holt das Kästchen. »Gefällt es dir nicht? Ich habe es gesehen und dachte, es wäre genau das richtige.« Ich muss lächeln, als ich seinen Gesichtsausdruck sehe. »Doch, es ist wunderschön, aber verstehst du nicht, ich bin einfach nicht so. Ich nehme keine teuren Geschenke von Männern an und bin deswegen nett zu ihnen. Ich bin nicht käuflich, auch wenn man es von mir wohl erwarten sollte.«

Ich lasse meinen Blick durch unsere kleine Küche schweifen. Fernando verschränkt die Arme. »Ich weiß, dass du nicht käuflich bist, und du nimmst keine teuren Geschenke von irgendwelchen Männern, du nimmt es von mir. Ich wollte dich damit nicht kränken, ich habe es einfach gesehen und an dich gedacht. Als du neben mir im Auto geschlafen hast, sahst du wirklich wie ein Engel aus.« Ich kann mir ein leises Aufseufzen nicht verkneifen, immer stoße ich ihn vor den Kopf. »Willst du etwas essen? Ich habe gekocht.«

Als wir uns setzen und die Lasagne genießen, lobt Fernando das Essen immer wieder, langsam lockert sich die Stimmung zwischen uns. Er blickt zu einem Foto, was meine Familie vor unserem alten Haus in Lares zeigt, es entstand ein paar Wochen vor dem Tod meines Vaters. »Was ist passiert, Celina? Wieso seid ihr hierher gekommen?« Fernando sieht mich neugierig an und ich beschließe, offen mit ihm zu reden. Bevor alles noch komplizierter wird, sollte er einfach wissen, was in meinem Kopf vor sich geht. Ich erzähle ihm von unserem Leben in Lares, von unserem Hof, unseren Freunden und Nachbarn, meiner Kindheit.

Nando hört mir aufmerksam zu und als ich dann anfange zu erzählen, wie ich das erste Mal mitbekommen habe, wie die Familias zu uns kamen und wie mein Vater reagiert hat, beobachte ich ihn ganz genau. Fernando scheint dies zu merken, doch er erwidert meinen Blick ohne Skrupel. Als ich ihm von dem Hass meines Vaters gegen die Familias erzähle, zuckt er nicht einmal mit der Wimper, und als ich ihm sage, dass ich dieselbe Meinung habe, lehnt er sich zwar zurück, unterbricht unseren Augenkontakt aber nicht.

Letztlich bin ich diejenige, die sich wieder zurückzieht und wegguckt, als ich von dem Tod meines Vaters erzähle, von den Vermutungen über die Ursache und den Folgen, wie wir um alles gekämpft und doch alles verloren haben und hierher kamen. Wie es uns hier geht, brauche ich nicht zu erwähnen, das weiß er von allein, er sitzt ja mittendrin. Nachdem ich ihm alles erzählt habe, herrscht eine unangenehme Stille zwischen uns. Ich sehe zur Tischplatte, mein Herz schlägt wie verrückt, als hätte ich gerade einen Kampf ausgeführt, und letztlich ist es fast so.

Ich mag Fernando mehr als mir lieb ist, und nun habe ich ihm alles vor den Kopf geknallt, was mich von ihm fernhält, was unüberbrückbar ist, und es fühlt sich befreiend und schmerzvoll zugleich an.

»Das ist es, oder, Celina? Die ganze Zeit frage ich mich … ich meine, ich merke doch, dass du mich auch magst, dass du gerne mit mir zusammen bist und trotzdem habe ich immer wieder das Gefühl, ich laufe gegen eine Mauer. Du weißt, wer ich bin, Celina, oder?« Erst jetzt blicke ich wieder hoch und direkt in seine Augen. »Ja das weiß ich … und doch wieder nicht.« Ich versuche mich zu erklären. »Ich … wenn wir zusammen sind, vergesse ich, wer du bist, aber wenn du weg bist oder im Club … dann geht das einfach nicht, ich kann damit einfach nicht zurechtkommen. Mit allem was ihr tut, wofür ihr steht, was ihr anderen antut, es tut mir leid, aber so ist das nun mal.«

Fernando seufzt laut und reibt sich über die Augen. »Weißt du, was wir tun? Wer wir sind? Ich meine, ich kann wirklich verstehen, was in deinem Kopf vor sich geht, dass du diesen Hass auf das alles hast. Diejenigen, die das getan haben und so hart es auch klingt, bin ich mir ziemlich sicher, dass es keine Tiere waren. Diese Leute haben den Tod deines Vaters zu verantworten. Das haben sie gemacht, um ein Zeichen zu setzen, dass sich niemand gegen sie aufzulehnen hat.«

Er muss sehen, dass ich zusammenzucke, doch er fährt weiter fort. »Das mit deinem Vater tut mir von Herzen leid, Celina, und was du und deine Familie durchmachen musstet und noch immer machen müsst. Wenn du wirklich die Wahrheit wissen willst, werde ich offen mit dir reden, normalerweise tue ich so etwas nicht, nie, mit niemanden, der nicht zu uns gehört, aber ich mag dich und ich will ehrlich zu dir sein. Ich werde dich nicht belügen, auch wenn dir die Wahrheit nicht gefällt.«

Fernando sieht mich eindringlich an und wartet meine Antwort ab. Mittlerweile sind wir aber schon zu weit, als dass ich jetzt noch zurück könnte und ich nicke. Fernando verschränkt die Arme hinter seinem Kopf und fängt an zu erzählen. »Diese Familia oder was auch immer sie darstellen wollen, die auf den Dörfern umherfahren um Geld einzutreiben, das sind einfach nur ... harmlose kleine Fische, sie verdienen sich so ihr Geld. Ehrlich gesagt müsste niemand denen etwas zum Schutz geben, das ist vollkommen schwachsinnig. Das Gebiet um die Stadt und noch viel weiter unterliegt meiner Familie. Keiner muss an irgendwelche Klein-gangster einen Cent bezahlen, weil das Gebiet so oder so geschützt ist. Meine Familie, die Natos, haben noch nie, und das schwöre ich dir Celina, von irgendwelchen Höfen oder sonstigem Geld kas-siert. Das sind kleine Gruppen, die sich wichtig tun wollen, mehr nicht. Sie gehören nicht zu uns.«

Ich sehe ihn erwartungsvoll an. »Und was ist dann mit euch, Fer-nando? Was stellt ihr dann dar, wenn das nur kleine Gangster sind?«

»Ich bin Fernando Natos, Celina, ich könnte dir jetzt erzählen, was besser für mich wäre, aber ich werde dir die Wahrheit sagen. Ich habe es mir nicht ausgesucht, ich bin da hineingeboren wor-den, aber könnte ich wählen, würde ich mein Leben wieder so wählen. Ich liebe meine Familie über alles, unsere Familia. Ich wer-de immer dazu gehören und ich werde nie verleugnen, was oder wer ich bin. Meine Familie macht nicht solche kleinen Sachen, wir betreiben Export und Import und wenn ich wollte, könnte ich dir jetzt erzählen, dass es sich dabei um Bananen handelt, aber ich tue es nicht, weil ich weiß, dass du nicht so dumm bist und weil ich dich nicht anlügen will.

Was dich irritiert, wenn du mich siehst, ist verständlich, du erwar-test, dass ich auf einmal anders werde, mein wahres Gesicht zeige, aber so ist das nicht. Das, was du siehst, wie ich jetzt bin, das bin ich, so bin ich, ich habe mich nie vor dir verstellt. Du bedeutest mir etwas und zu den Menschen, die mir etwas bedeuten, bin ich offen und ehrlich. Ich tue alles für die Menschen, die ich liebe, das heißt aber nicht, dass ich nicht für meine Familie kämpfe, mich um die Geschäfte kümmere und unsere Familia vertrete. Das sind zwei Seiten an mir, die einfach da sind.

70

Ich habe vier Brüder, eine Schwester und einige Cousins. Wir sind insgesamt fünfundzwanzig Männer, die den engsten Kreis der Familia ausmachen. Danach folgen viele weitere. Uns gibt es überall auf der Welt, doch hier lebt der Hauptkern. Ich werde mich nicht hinstellen und lügen und behaupten, was wir tun, verstoße nicht gegen die Gesetze oder gegen manche Moral, aber ich kann dir sagen, dass keiner von uns einfach aus Spaß jemanden tötet oder ausnimmt. So arbeiten wir nicht.«

Ich merke, dass er weiterreden will oder könnte, doch scheinbar spürt er, dass allein diese Informationen schon zu viel für mich sind. Ich weiß gar nicht, wie ich das alles verarbeiten soll, ich habe das Gefühl, keine Luft mehr zu bekommen. Um mir etwas Raum zu verschaffen, stehe ich auf und räume den Tisch ab. Als ich an der Spüle stehe und die Teller reingestellt habe, drehe ich mich wieder zu ihm um. Wir sehen uns beide an. »Jetzt wissen wir wenigstens, wo wir stehen«, murmele ich leise. »Ich will dich einfach nicht belügen, Celina, du bist anders als die anderen Frauen, die ich bisher getroffen habe, das wusste ich schon vom ersten Moment, als ich dich gesehen habe, aber ich bin, wer ich bin.«

Wieder trennen wir unseren Blickkontakt nicht, es ist, als würde jeder auf die Reaktion des anderen warten, bis mein Handy klingelt, meine Mutter. Sie fragt, ob ich es schaffe Malik abzuholen und ich sage ihr, dass ich es mache, die Mutter von Petro hat uns schon genug geholfen. Als ich auflege, ist Fernando bereits aufgestanden und kommt zu mir. »Musst du Malik abholen?«

Ich nicke und weiche seinem Blick aus. »Ich bringe dich, ich habe noch etwas für ihn.« Als ich nicht reagiere, hebt er mein Kinn, so dass ich ihn ansehe, jedoch ist seine Berührung wieder so behutsam, als wäre ich aus Zucker. Wir sehen uns an und ich weiß, dass bei uns beiden im Kopf dasselbe vor sich geht. Ich weiß jetzt ganz genau, wer er ist und er weiß, wie sehr ich das hasse, was er ist. Wahrscheinlich spürt Fernando, wie durcheinander ich bin, wie sehr meine Gefühle gerade verrückt spielen, denn er zieht mich in seine Arme.

Anstatt wegzuweichen oder ihn auf Abstand zu halten, lasse ich die Umarmung zu und lehne meinen Kopf an seine breite Brust.

Fernando legt sein Kinn auf meinen Scheitel. »Ich weiß nicht, wie ich damit umgehen soll«, gebe ich zu und sehe zu ihm hoch, er lächelt. »Wer hat gesagt, dass das Schicksal leicht ist, ich weiß es auch noch nicht, Celina. Lass uns doch einfach sehen, was passiert, versuche, mich an dich heranzulassen um es herauszufinden. Du kannst dir sicher sein, dass ich ehrlich zu dir sein werde und jetzt, wo ich weiß was los ist, verstehe ich dich auch besser. Wir sind keine Heiligen, aber wir sind nicht wie diese Familias, die deinen Vater auf dem Gewissen haben. Wenn du das merkst, vielleicht kannst du das alles dann anders sehen.«

Er gibt mir einen Kuss auf die Stirn und ich zucke überfordert die Schultern. »Ich muss das alles erst einmal verdauen, lass uns gehen.«

Während wir zum Kindergarten fahren, sind wir beide ruhig, bis mir einfällt, was der Arzt gesagt hat und ich Nando frage, wer Olivia und Arturo sind. Er wirkt etwas erleichtert, dass unser Gespräch langsam wieder etwas harmloser wird und erzählt, dass Arturo sein ältester Bruder ist und Olivia dessen Frau. Beide erwarten demnächst ein Baby, Nandos erste Nichte. Arturo scheint wohl gerade alle mit seiner übertriebenen Sorge um seine Frau wahnsinnig zu machen. Neben José, Arturo und Nando gibt es noch Gabriel und Nathan und ihre Schwester Elisa, diese lebt aber mit ihrem Mann in Italien.

Als ich nach seinen Eltern frage, erzählt Fernando mir, dass beide gestorben sind, er beendet das Thema schnell wieder und ich traue mich nicht, weiter zu fragen, denn ich merke, dass er nicht darüber sprechen möchte. Dafür fragt er mich, wie es kommt, dass ich mich nicht auf meinen Geburtstag freue und ich erkläre ihm, dass ich meine Geburtstage nur in Lares genießen kann, mit dem Kuchen aus meiner Lieblingsbäckerei und meinem Lieblingshügel.

Als wir bei Malik im Kindergarten ankommen und hineingehen, kommt uns Malik sofort entgegen gestürmt und fällt Nando freudig in die Arme. »Hey, Großer.« Malik freut sich unglaublich, dass ich Nando mitgebracht habe und präsentiert ihn stolz seinen Freunden. Natürlich weiß ich, dass Malik oft darunter leidet, dass ihn nie ein Papa abholt, er ist traurig, wenn seine Freunde von ihren Vätern abgeholt werden und ich freue mich für ihn, dass er nun auch einen großen starken Mann an seiner Seite präsentieren kann, auch wenn ich nicht weiß, wie und ob es überhaupt noch Kontakt zwischen Fernando und mir geben wird, dazu bin ich noch viel zu durcheinander.

Nachdem Malik auch all seinen Kindergärtnerinnen Nando vorgestellt hat und dieser das alles lachend über sich ergehen lassen hat, kehren wir zum Auto zurück. Malik hüpft aufgeregt vor dem Kofferraum hin und her, als Fernando ihm erzählt, dass er noch eine Überraschung für ihn hat. Erst beobachte ich Maliks Herumgehopse, doch als Nando den Kofferraum öffnen will, kriege ich auf einmal Panik. Was ist wenn etwas darin ist, was Malik nicht sehen sollte? Nando bemerkt meine Reaktion und wirft mir einen Blick zu, der mir scheinbar sagen soll, dass ich mir keine Sorgen zu machen brauche. Der Kofferraum ist fast leer, es steht eine Tasche darin und eine Tüte von einem Sportladen. Fernando holt sie heraus. Er übergibt Malik einen Ball, offenbar einen guten, denn Malik freut sich sehr und als Nando dann auch noch ein Trikot heausholt, wird Malik auf einmal ganz ruhig.

Er sieht hoch zu Nando, der das Trikot ausklappt und dann sehe auch ich, dass es ein Ronaldo - Trikot ist, weswegen Malik wohl auch so ruhig geworden ist. Plötzlich laufen dicke Kullertränen aus Maliks großen braunen Augen und mein Herz schmilzt. Am liebsten hätte ich mitgeweint, doch bevor ich zu ihm kann, kniet sich Fernando zu ihm herunter. »Das habe ich mir schon immer gewünscht.« Malik wischt sich tapfer seine Tränen weg und Nando nimmt ihn in den Arm. »Das habe ich mir gedacht, und weil du so gut warst und Alonzo besiegt hast, hast du dir das verdient. Komm wir gucken mal, ob es passt.«

Er zieht Malik das Shirt über und der rennt zurück in den Kindergarten, um es seinen Freunden zu zeigen. »Ich denke, das zieht er erst mal nicht mehr aus. Danke, das ist wirklich lieb, er freut sich wahnsinnig.« Fernando lacht leise. »Wenigstens einer aus eurer Familie, der Geschenke annimmt.« Als Malik wieder rauskommt, fährt Nando uns zurück. Die ganze Zeit auf der Rückfahrt erzählt Malik begeistert von seinem Kindergartentag, bis Fernandos Handy klingelt. Ich höre bewusst genauer hin und merke, dass wohl irgendetwas los ist und Fernando kommen soll, worum es allerdings genau geht, finde ich nicht heraus.

Als wir vor der Haustür halten, bedankt sich Malik noch einmal bei Fernando und umarmt ihn. Ich will auch aussteigen und verabschiede mich, doch Fernando hält mich kurz zurück. »Arbeitest du heute?« Ich nicke. »Bis später«, und steige aus.

Den ganzen restlichen Nachmittag sitze ich in einer Ecke auf dem Fußballplatz und beobachte Malik und Petro beim Spielen. Ich weiß nicht, wie ich mit der Situation, die jetzt entstanden ist, umgehen soll. Fernando war ehrlich zu mir, sehr ehrlich, und jeder von uns weiß jetzt, was der andere ist und wie seine Einstellung dazu ist, doch inwiefern wirkt sich das jetzt auf mein Leben aus? Einerseits fühle ich mich so sehr zu Fernando hingezogen, er ist so lieb zu mir und ich bin gerne mit ihm zusammen, doch habe ich heute aus seinem Mund gehört, dass er wirklich das verkörpert, was ich schon so lange verachte. Auch wenn seine Familie nichts mit den Verbrechen zu tun hat, die auf dem Land passieren, so sind sie doch kriminell, wenn auch eher im großen Stil.

Es erscheint mir unmöglich zu glauben, dass Nando, so liebevoll wie er immer zu mir ist, so vorsichtig und zärtlich, wie er Malik behandelt und dass er, dieser Nando, Menschen getötet hat. Kann ich damit leben? Kann ich mich ihm überhaupt entziehen, wenn jetzt schon alle meine Gedanken so um ihn kreisen? Egal wie viel ich darüber nachdenke, zu einer Lösung oder einem Entschluss komme ich nicht und letztlich beschließe ich, einfach alles auf mich zukommen zu lassen.

Heute Nacht muss ich wieder arbeiten, doch bevor ich ins B.B. aufbreche, unterziehe ich mich einem umfassenden Beautyprogramm. Ich wasche mir die Haare und anstatt der Locken, die ich normalerweise habe, glätte ich mir die Haare und drehe nur in die Spitzen, die bis zu meiner Hüfte reichen, leichte Wellen hinein. Ich schminke mich etwas mehr und trage mir roten Nagellack auf. Wenn schon mein Inneres ein einziges Gefühlschaos ist, so will ich das wenigstens nicht nach außen tragen.

Als ich im B.B. ankomme und in der Umkleide bin, stelle ich fest, dass wir voll besetzt sind, auch Josy wundert sich etwas, doch das löst sich auf, als Casper breit grinsend hineinspaziert kommt. Er verkündet uns allen, dass er sich etwas Neues hat einfallen lassen und es ab jetzt regelmäßig Themenabende gibt. Heute ist der erste und es findet der Miss - Black – Butterfly - Abend statt. Von allen Gästen dürfen die männlichen unter den Frauen die schönste aussuchen. Diese ist dann einen Monat lang Miss Black Butterfly, hat freien Eintritt und gewinnt einen Gutschein für ein Candle Light Dinner mit anschließender Übernachtung in einem Hotel für sich und einen Herrn ihrer Wahl. Egal, wie bescheuert wir die Idee finden und darüber witzeln, Casper meint es ernst.

Alle werden eingeteilt, bis auf Josy und mich, uns grinst er besonders breit an. »Und für euch Hübschen habe ich eine besondere Aufgabe und dafür die passenden Outfits.« Er hält uns sehr gewagte Kleider und Stiefel hin. Josy und ich tauschen einen verwirrten Blick aus und müssen loslachen, so ganz können wir Casper und seine Miss – Black – Butterfly - Aktion nicht ernst nehmen. Letztlich ziehen wir die Kleider über und als ich in den Spiegel sehe, muss ich zweimal hinsehen. Beide Kleider sind weiß, passend zum Laden. Sie gehen nur bis kurz unter den Po und heben diesen sehr hervor. Aber das, was diese Kleider ausmacht, ist der Ausschnitt. Er ist nicht nur gewagt, er gehört verboten, allerdings sieht es wirklich unglaublich gut aus, muss ich feststellen. Der Ausschnitt hat die Form eines Schmetterlings und zeigt viel Haut. Ich glaube, ich war noch nie so sexy angezogen wie heute, dazu noch die Stiefel, die wir bekommen.

Trotz so viel Haut und so kurzer Kleider schafft Casper es immer, dass es nicht billig wirkt, er hat echt ein Händchen dafür. Josy ist auch zufrieden und wir bekommen die Aufgabe, am Eingang die Namensschilder an die Frauen zu verteilen und den Herren die Wahlzettel zu geben. Ich bin glücklich, dann muss ich mit dem, zwar nicht mehr schmerzenden, aber immer noch etwas geschwollenen Fuß nicht zu viel herumrennen. Auf dem Weg zum Ausgang merken wir sofort, dass unser Outfit gut ankommt und gehen lachend zum Haupteingang. Da Janosz, einer der wenigen männlichen Kellner aus dem B.B., heute an der Garderobe steht, haben wir viel Spaß und diese Ablenkung brauche ich gerade dringend. Wir fragen die Damen nach den Namen, stellen ihnen Namensanstecker aus und geben den Herren die Wahlzettel.

Auch den Gästen scheint die Idee zu gefallen, alle reagieren positiv und machen mit. Irgendwann gegen 22 Uhr geht die Tür auf und die Los Natos kommen herein. Diesmal sind es wirklich viele, mehr als sonst, aber vielleicht bilde ich mir das nach dem Gespräch mit Fernando auch nur ein. Sie sind wie immer in Begleitung einiger Frauen, doch ich registriere sofort, dass Fernando diesmal um keine von ihnen seinen Arm gelegt hat. Da ich noch beschäftigt bin mit den vorigen Gästen, die in den Laden gekommen sind, ein paar leicht angetrunkene Männer, die sich auch alle unbedingt zur Wahl stellen lassen wollen und denen ich Anstecker verpasse, übernimmt Josy die Natos und klärt sie auf, was heute passiert.

Ich spüre Fernandos Blick auf mir und bin mir sicher, dass ihm das neue Outfit auch auffällt. Als ich den Männern die Anstecker anmache und ihnen nochmal erkläre, dass es eigentlich eine Damenwahl ist, flirten sie etwas laut mit mir, und ich mache lächelnd mit. Irgendwie fühlt es sich nicht schlecht an, auch mal von Männern vor Fernando umgeben zu sein, normalerweise ist das ja eher sein Part. Als ich die Männer abgespeist habe, wende ich mich kurz an Janosz, bevor ich zu Josy gehe und ihr helfe. Ich nicke allen aus der großen Gruppe zu, die ich kenne, und als sich Fernandos und mein Blick treffen, merke ich, dass er leicht sauer wirkt, doch ich ignoriere es und widme mich deren reizenden Begleitungen.

Als ich nach ihren Namen frage, sehen mich die Frauen nur an als spreche ich Chinesisch und Alonzo klärt mich auf, dass sie Touristinnen sind, die kein Wort Spanisch verstehen. Ich sehe etwas verwirrt hin und her. »Kein Wort?« José nickt und legt den Arm um eine von ihnen. »Das kann sehr angenehm sein«, lacht Alonzo und ich muss lächeln. »Das kann ich mir vorstellen.« Schließlich fragt einer der anderen Jungs in gebrochenem Englisch nach und wir erfahren ihre Namen. Sie scheinen aus dem osteuropäischen Raum zu kommen und als wir ihnen die Anstecker befestigen, ruft Janosz uns zu, dass wir ihre Silikonbrüste nicht zerstechen sollen.

Lachend justiere ich die Schilder und gebe jedem Mann ein Formular zum Ausfüllen. Als ich Fernando seines geben will, sieht er mich eindringlich an. »Bist du heute nicht oben im VIP- Bereich?« Ich schüttele den Kopf. »Nein, erst einmal nicht, ich bin hier eingeteilt.« Er sieht nicht gerade glücklich aus, aber geht mit den anderen nach oben.

Es kommen immer mehr Gäste und eine Weile haben wir ganz schön zu tun, zwischendurch bemerke ich, dass Fernando am Geländer des VIP- Bereiches steht und zu mir hinunter sieht. Als es langsam voll ist, kommt Casper nach unten und sagt, dass genug Teilnehmerinnen da sind. Janosz soll nur noch Zettel an die Herren verteilen und Josy und ich den Club mit unserer Anwesenheit verschönern und die Herren auffordern, die Zettel auszufüllen und diese anschließend einsammeln, dabei sieht er immer wieder zu Josy … Ob da jemand ein schlechtes Gewissen hat?

Ich gehe hoch in den VIP- Bereich, während Josy unten im Normalo-Bereich umherläuft. Als erstes gehe ich zu Joe an die Bar, ihn habe ich heute noch gar nicht gesehen. Er macht mir Komplimente über mein Outfit und ich trinke etwas, bevor ich mich auf den

Weg zu den Tischen mache. Gerade, als ich zu den Natos-Tischen blicke, sehe ich das Unglück, das dort gerade passiert. Es ist so voll, dass die neue Kellnerin Belinda, die ich vorgestern erst einge-arbeitet habe, angestoßen wird und stolpert. Das Glas, samt rotem Inhalt, welches auf ihrem Tablett stand, kippt direkt auf eine der Frauen, die heute die Los Natos begleiten. Die neue Kellnerin wird ganz rot und entschuldigt sich tausendmal, ich nehme viele Servi-etten und gehe dorthin, um ihr zu helfen. Die Arme steht kurz davor in Tränen auszubrechen. Fernando sehe ich nicht, dafür José mit seiner Begleitung, die beide aber nicht viel mitbekommen, sie sind zu sehr mit sich selbst beschäftigt. Als ich an den Tisch trete und der Neuen zur Hilfe komme, fängt die blonde Frau, die den gesamten Inhalt des Glases auf ihrem beigefarbenen Kleid hat, gerade an, in ihrer Sprache lauthals herumzuschreien und es scheint so, als würde sie Belinda mehr als verfluchen.

Ich reiche Belinda die Servietten und sie will sie an die Frau wei-tergeben, doch die schlägt sie ihr aus der Hand und schreit weiter herum. Ich verstehe das Wort Puta und sehe verblüfft zu ihr, ich denke, sie spricht kein Spanisch? Ich werde langsam sauer, die neue Kellnerin entschuldigt sich das abertausendste Mal und bietet der aufgebrachten Frau ihre Hilfe an, ich sehe die ersten Tränen in ihren Augen, sie wirkt vollkommen überfordert.

»Das reicht, du brauchst dich nicht nochmal zu entschuldigen, das war keine...« Der Mann neben der Frau, einer von den Los Natos, den ich bisher noch nie gesehen habe, reißt mir unsanft eine Serviette aus der Hand und tupft auf dem Kleid der Frau rum. »Was denkst du dir? Kannst du nicht aufpassen? Wie dumm bist du eigentlich....?«, fährt er jetzt Belinda auch noch an und ich schiebe sie hinter mich, als sie vollkommen aufgelöst anfängt zu weinen. »Das reicht langsam, sie hat sich entschuldigt, es war keine Absicht von ihr, sie wurde angerempelt.«

Scheinbar bemerkt José erst jetzt langsam, was hier gerade pas-siert, denn plötzlich steht er auf, doch bevor er etwas sagen kann, wendet sich der andere Mann sauer an mich. »Wirklich? Denkst du eine Entschuldigung reicht? Hast du eine Vorstellung davon, wie viel das Kleid kostet? Es ist sicher zehnmal so viel wert wie…..« Jetzt stoppt José ihn sehr heftig, ich selber erschrecke kurz. »Du solltest dir überlegen, wie du mit ihr redest, Sami, sie gehört zu Nando.«

Das war eindeutig, denn dieser Sami wird sofort ruhig, ich schüttele meinen Kopf, die Worte 'sie gehört zu Fernando' scheinen darin widerzuhallen. »Es ist egal, zu wem ich gehöre oder nicht, so behandelt man niemanden, sie hat sich entschuldigt, mehr kann sie auch nicht tun«, zische ich sauer zu der Frau und diesem Sami und genau in diesem Moment spüre ich eine Hand an meinem Rücken und bemerke, dass Fernando neben mich tritt. Ohne es beeinflussen zu können, beruhigt mich Nandos Anwesenheit sofort etwas.

»Was ist hier los?«, fragt er und selbst ich höre, dass er wütend ist. Offensichtlich merkt die Frau, dass sich das Blatt wendet und setzt sich wieder hin. Dieser Sami sieht auf einmal etwas verloren aus, und auch José setzt sich wieder. Ich gebe Belinda eine Serviette für ihre Tränen und sie sieht mich dankbar an. »Die neue Kellnerin hat aus Versehen etwas verschüttet und alle haben sich aufgeregt«, erklärt José die Situation.

Fernando sieht von der vollgekleckerten Frau neben Sami zu mir. »Hat sie dich beleidigt?« Ich erwidere seinen Blick. »Mich nicht, aber scheinbar versteht sie genug Spanisch, um sie…«, ich zeige auf Belinda, »…als Schlampe zu bezeichnen und dieser Sami hier wollte mir gerade erzählen, dass das Kleid, was sie trägt, viel wertvoller als wir ist«, sprudelt es aus mir heraus. Der Mann sieht zu Nando. »Ich wusste nicht, dass sie zu dir…« Ich unterbreche ihn. »Das hat doch damit nichts zu tun, so kannst du mit niemandem reden, jemanden wegen eines Kleides so fertig zu machen, ist doch nicht normal«.

Fernando sieht sauer zu diesem Sami. »Dann merke es dir ab jetzt und sie hat Recht, wegen so einer Tussi machst du hier so einen Aufstand? Wenn sie ein Problem hat, soll sie verschwinden, du findest hier genug andere.« Die Frau merkt, dass nun niemand mehr auf ihrer Seite ist und zeigt an, dass alles in Ordnung ist. Ich seufze und deute Belinda, dass wir gehen. Als ich mich zu Fernando umdrehe, sehe ich in seine dunklen Augen, die auf mich gerichtet sind. »Weißt du, ich frage mich echt, was in deinem Kopf vor sich geht, dass du dich mit solchen Frauen abgibst.«

Fernando kann sich ein Grinsen nicht verkneifen und hebt die Arme. »Ich habe doch gar nichts getan.« Ich antworte nicht und gehe weg. »Danke, Sami, wirklich klasse, jetzt bin ich der Schuldige«, höre ich Nando hinter mir sagen, doch man hört sein Grinsen immer noch heraus und Josés Lachen dringt zu mir. Ich muss auch lächeln... solche Idioten.

Ich bringe Belinda zur Toilette, wo sie sich waschen kann und sie beruhigt sich etwas. Als wir wieder herauskommen und zum Sitzbereich treten, werde ich von hinten festgehalten. »Ich habe nichts mit diesen Frauen zu tun, wie du siehst, bin ich ohne Begleitung hier.« Ich muss leise lachen, als Fernando mir ins Ohr flüstert und mich mit seinen Armen umfasst. »Bist du jetzt sauer auf mich?« Ich drehe mich zu ihm um und wir sind uns plötzlich sehr nah. »Du bist manchmal ... « Ich stocke, denn seine Augen lenken mich viel zu sehr ab, er lacht und gibt mir einen Kuss auf die Stirn. »Sami tut es leid, wenn du willst, sagt er es dir auch nochmal.«

Ich seufze auf. »Das ist nicht nötig und du solltest mich lieber loslassen, sonst kommt Joe gleich hierher, weil er denkt, mir passiert wieder etwas.« Fernando sieht mir in die Augen und lächelt. »Ich denke nicht, dass er sich bei mir um dich Sorgen macht, er weiß, dass ich auf dich aufpasse.« Fernando trennt unseren Augenkontakt nicht, seine Hand geht in meinen Nacken und unsere Gesichter nähern sich einander, doch dann rempelt jemand gegen uns und wir lösen uns.

»Ich... werde mal nach den Zetteln sehen«, nuschele ich leicht verwirrt und lasse Fernando stehen. Als ich aus seiner Reichweite bin, atme ich aus, meine Güte, es wird immer unmöglicher für mich ihm zu widerstehen. Ich sammle an den Tischen die Zettel von den Männern ein, damit das Wahlergebnis ermittelt werden kann. Als ich an den Tisch von Fernando komme, bemerkt er mich zuerst nicht. Er unterhält sich gerade sehr angeregt mit einem anderen Mann, den ich noch nie gesehen habe. Ich frage nach den Zetteln und alle geben mir einen. Als ich Fernando frage, grinst dieser nur frech. »Ich mache da nicht mit, ich habe meine Miss Black Butterfly schon gefunden.« Der Mann neben ihm und José lachen und prosten ihm zu, ich verdrehe leicht die Augen und sammle weiter ein.

Josy und ich bringen alle Zettel zu Casper und der verschwindet mit Janosz im Büro. Während die Wahl ausgewertet wird, verdrücke ich mich mit Josy zu Joe an die Bar, Belinda nehmen wir mit uns. Wir versuchen ihr etwas Mut zuzusprechen und erzählen ihr, was uns schon alles passiert ist. Nach einer halben Stunde kommt Casper raus und schließt ein Mikrofon an die Anlage. Er steht am Geländer des VIP- Bereiches, so dass er in alle Bereiche blicken kann.

Er hält eine kurze Rede über das B.B. und als er endlich zur Siegesverkündung kommt, wundert es mich nicht wirklich, dass es eine von den Nato- Frauen ist. Zwar nicht die von Sami oder José, aber eine der anderen, die ich schon mit fast jedem von ihnen gesehen habe. Sie ist wirklich sehr hübsch, auch wenn sie ebenso künstlich wirkt, wie alle Frauen, die mit den Los Natos sind. Sie versteht nicht viel und Casper beweist, dass er Englisch kann. Nachdem die Dame verstanden hat, dass sie die Gewinnerin ist, geht sie zu Casper und bekommt eine Schärpe.

Josy und ich müssen lachen, Casper meint die Wahl wohl wirklich ernst. Er übergibt ihr den Gutschein und erklärt, was sie gewonnen hat. Dann fragt er sie, mit welchem Herren sie den Gutschein für das Essen und die Hotelübernachtung teilen will. Mein Bauchgefühl springt gleich an, schon bevor sie lasziv zu Fernando lächelt und auf ihn zeigt, wusste ich, dass sie ihn wählen wird. Es ist ja normal, dass nicht nur ich seinem Charme verfalle. Wenn ich ihn jetzt so ansehe inmitten seiner Leute, wirkt er so mächtig und gefährlich, nicht zu vergleichen mit dem Fernando, der heute Mittag in meiner Küche war. Alle beginnen zu pfeifen und Fernando lacht, ich kann nicht verhindern, dass sich mein Magen zusammenzieht, auch wenn ich sehr gespannt auf seine Reaktion bin.

Ich lehne mich zurück und beobachte ihn ganz genau. Nachdem sich die Menge beruhigt hat, will Casper, dass Fernando auch nach vorne kommt, doch der schüttelt ablehnend seine Hände. »Nein, tut mir leid, aber ich steige aus dieser Sache aus. Ich bin für so etwas nicht mehr zu haben.« Es scheinen einige verwundert zu sein, Fernando blickt zu mir, unsere Augen treffen sich und in diesem Moment wird mir endgültig klar, dass Fernando es ernst mit mir meint. Egal wie viel dagegen spricht, mein Herz beginnt vor Freude zu rasen und in seinen Augen erkenne ich den Mann aus meiner Küche wieder.

Casper wirkt auch etwas verblüfft. »Na gut, offenbar ist Fernando nun in festen Händen, wen hätten Sie denn sonst gerne? Es gibt genug Freiwillige.« Sehr enttäuscht ist die Dame nicht, denn sie hat schnell willigen Ersatz gefunden. Nachdem der ganze Zirkus beendet ist, wird wieder laut Musik gespielt. Ich helfe den Kellnerinnen hier oben langsam aufzuräumen und gehe zu den kleinen Nischentischen an der VIP- Tanzfläche zum Abräumen.

Scheinbar sind alle Pärchen, die sich normalerweise hierher zurückziehen und Ruhe suchen, schon gegangen, ich räume nur noch deren Geschirr zusammen. »Hey«, ich schrecke hoch und lasse fast ein Tablett fallen, Fernando hält es gerade noch fest und stellt es auf den Tisch. »Tut mir leid, ich wollte dich nicht erschrecken.« Ich drehe mich zu ihm um. Sofort bemerke ich, dass Nando gar nicht mehr so selbstbewusst ist wie vorhin, er wirkt plötzlich ziemlich unsicher und ich sehe ihn fragend an. »Ich muss los, Celina, ähmm … keine Ahnung, irgendwie hatte ich das Gefühl, es dir sagen zu müssen … ich bin ein paar Tage weg. Nicht, dass du, falls du dich fragst … « Er flucht leise, offenbar fällt es ihm nicht leicht zu sagen, was er will, und ich helfe ihm lächelnd aus der Situation.

»Okay, es ist nett, dass du mir das sagst.« Er lacht leise. »Tut mir leid, ich habe keine Ahnung wie man so etwas macht, ob ich dir

Bescheid sagen sollte oder nicht. Ich hatte einfach das Gefühl, dass es besser ist, wenn ich es dir sage.« Ich blicke ihn an und als er noch einen Schritt näher tritt, spüre ich diese Unsicherheit nicht mehr an ihm. Als Nando mein Gesicht in seine Hände nimmt, denke ich im ersten Moment, er gibt mir wieder einen Kuss auf die Stirn, doch als seine Lippen dann meine berühren, bin ich etwas überrascht.

Nando küsst mich nur kurz und entfernt sich dann, aber nur Millimeter, um mir in die Augen zu sehen. Auch wenn mein Verstand nein sagt, scheint er die Zustimmung in meinem Herzen zu sehen und küsst mich erneut.

Diesmal bin ich nicht mehr überrascht, seine Lippen sind so liebevoll und behutsam, wenn ich über seine bisherigen Berührungen erstaunt war, lässt mich dieser Kuss zerschmelzen. Ich seufze leise in den Kuss hinein, als ich seinen Geschmack und seinen Geruch so intensiv spüre und schmecke. Fernando streichelt über meine Wange. Er liebkost meine Lippen zärtlich. Als unsere Zungen sich dann finden, kann ich mich nicht mehr zurückhalten und werfe auch noch meinen letzten Zweifel über Bord. Ich lege meine Hände um seinen Nacken, berühre das erste Mal seine Tätowierung am Hals und schmiege mich enger an ihn. Seine Hände umfassen mich und halten mich fest an sich gedrückt. Es ist sicher nicht mein erster Kuss, aber noch nie habe ich dabei so viel empfunden, wie bei diesem einen Kuss von Fernando, es ist, als könnten wir uns nicht mehr trennen.

Er hält mich so fest, als wäre es ein Versprechen von ihm an mich und ich genieße es, von ihm gehalten zu werden. Wenn sich unsere Lippen kurz verlieren, finden sie gleich wieder zueinander. Erst als Fernandos Handy klingelt, lösen wir uns und er legt seine Stirn an meine, unser beider Atem geht schneller, und noch immer hält er mein Gesicht in seinen großen Händen. »Ich muss los, Celina, unser Flug geht bald.« Ich nicke nur leicht, mein Herz rast viel zu schnell, um klar denken zu können. Noch einmal will er nur kurz meine Lippen streifen, doch wieder vereinen sich unsere Lippen zu einem zärtlichen Kuss.

Fernando umfasst diesmal meinen Nacken und seine andere Hand streichelt meinen Rücken entlang. Als sein Handy erneut klingelt, lassen wir nicht voneinander ab. Erst als Josy um die Ecke kommt und erst laut und dann leise. »Ach hier… uppss tschuldigung«, murmelt, trennen wir uns wieder.

Ich muss leise lachen, auch er lächelt und gibt mir noch einen Kuss auf die Lippen, bevor er geht.

Kapitel 7

Fünf Tage sind seit dem Kuss vergangen. Am nächsten Tag hat Nando mir irgendwann am Nachmittag eine SMS geschickt, ob alles in Ordnung sei und wie es mir gehe. Ich habe ihm geantwortet und auch er hat mir gesagt, dass es ihm gut gehe und er gerade in Venezuela sei. Von da an haben wir uns die Tage immer wieder ein paar harmlose Fragen, die man sich auch unter guten Freunden schreibt, hin und her geschickt. Doch auch wenn unser Kontakt nicht sonderlich intensiv ist, muss ich ständig an Fernando denken.

Nach dem Kuss viel mehr als vorher, und schon da hat er meine Gedanken beherrscht. Wenn ich ein paar Minuten Ruhe habe, nehme ich das Armband heraus, was er mir geschenkt hat und überlege, was ich wegen diesem Kerl anstellen soll. Ich versuche einen klaren Kopf zu behalten, doch ich komme um die Tatsache, dass ich ziemlich verrückt nach ihm bin, nicht herum. Ich vergesse nicht, was er ist, zu welcher Familie er gehört und dass ich nicht weiß, was er da gerade in Venezuela macht. Aber eines vergesse ich auch nicht. Ich weiß, dass wenn ich Nando fragen würde, was er gerade tut, er mir die Wahrheit sagen würde, und ich schätze seine Ehrlichkeit sehr.

Obwohl ich nicht weiß, was zwischen Fernando und mir ist, wie es weitergeht und ob es überhaupt weitergeht, weiß ich doch, dass ich ihn vermisse, ihn sehen möchte, egal, was mein Verstand sagt, mein Herz will ihn.

»Lina, Lina«, sanft werde ich am Arm gerüttelt. »Lina, wach auf!« Ich öffne meine Augen und blicke in Josys grinsendes Gesicht und in das von Malik, der neben mir auf dem Bett sitzt. Ich schaue zur Uhr und sehe, dass es 10 Uhr früh ist, spinnen die? Ich bin nach einer anstrengenden Schicht im B.B. erst um 3 Uhr nachts ins Bett gekommen. Ich will mich wieder abwenden, doch Josy lacht und hält meinen Arm fest.

»Herzlichen Glückwunsch zum Geburtstag. Komm schon Süße, wach auf, du hast Geburtstag.« Ich seufze leise. »Ich habe in zwei Stunden Geburtstag, okay?« Malik und Josy lachen, nun kommt auch meine Mutter ins Zimmer. Sie hat einen Kuchen in der Hand mit vielen Kerzen drauf. Ich werde echt schon einundzwanzig. Etwas verblüfft sehe ich zu allen. »Warum so früh?«, frage ich verschlafen, doch scheinbar will mir niemand antworten und sie stimmen ein Geburtstagslied an. Ich werde in die Küche gebracht, bekomme zum Frühstück Geburtstagskuchen und darf sofort Geschenke öffnen.

Josy und meine Mutter schenken mir ein wunderschönes weißes Sommerkleid, dazu braune Stiefel und einen braunen dünnen Schal, ich freue mich wahnsinnig darüber und auch über Maliks fünf selbstgemalte Bilder. Als mich Josy dann schnell zum Fertigmachen ins Bad verfrachtet, werde ich stutzig. Es sieht so aus, als wollen sie meinen Geburtstag innerhalb einer Stunde feiern. Verwundert, aber noch zu müde um zu reagieren, dusche ich ausgiebig und beschließe, meinen Geburtstag heute zu genießen, auch wenn ich eigentlich gar keine Lust darauf hatte. Als ich fertig bin, wartet Josy schon ungeduldig mit Glätteisen, Lockenstab und Schminkutensilien vor der Tür.

»Was ist hier los?« Sie grinst und setzt mich auf einen Stuhl. »Heute erwartet dich eine Überraschung.« Sie beginnt zu summen und trocknet meine Haare. »Ich habe doch schon eure Geschenke bekommen, also was hast du vor? Du denkst daran, dass ich heute Abend im B.B. arbeiten muss?« Sie lächelt. »Musst du nicht, dein Dienst wurde auf morgen geschoben, also entspann dich und höre auf nachzufragen, lass dich überraschen.«

Malik setzt sich zu uns und beginnt, sich mit meinen Schminksachen zu einem Piraten zu bemalen. Meine Mutter wirbelt gutgelaunt durch die Wohnung und lobt Josy immer wieder, wie gut sie meine Haare hinbekommt. Als sie meine Mutter nach den Blumen fragt, die Fernando mir geschenkt hat, wundere ich mich kaum noch. Obwohl sie schon fast eine Woche alt sind, sehen sie noch aus wie neu. Sie zupft weiße Blüten raus und als ich mir die Frisur ansehe, nachdem Josy fertig ist, staune ich wirklich.

»Du solltest Frisöse werden«, ich schaue auf meine Haare und kann kaum glauben, was Josy da gezaubert hat. Sie hat sie geglättet und nur die Spitzen gelockt, dann hat sie die mittlere Haarpartie von oben bis unten durchgeflochten und weiße Blumen hineingesteckt. Ich ziehe das Kleid und die Stiefel über. Josy holt die Schachtel mit dem Armband. »Trage das heute, es passt perfekt, du siehst aus wie ein Engel.« Ich nehme das Armband und mache es um mein Handgelenk. Meine Mutter und Josy sehen mich verträumt an. »Du siehst wunderschön aus, Lina«.

»Jaaaa, wie eine Prinzessin«, Malik klammert sich an mein Bein und ich nehme ihn auf den Arm, als es plötzlich klingelt. Während Josy zur Tür eilt, laufe ich mit Malik auf dem Arm langsam hinterher. Josy öffnet die Tür, und sofort schlägt mein Herz schneller.

»Fernando«, ich kann nicht verbergen, dass ich mich ehrlich freue ihn wiederzusehen, er hat mir gefehlt. Fernando lächelt, als ich zu ihm eile und er mich in den Arm nimmt und somit auch Malik, der sich ja noch immer auf meinem Arm befindet. Sofort umhüllt mich sein männlicher Duft, an den ich die Tage so oft denken musste. »Herzlichen Glückwunsch zum Geburtstag, Celina.« Ich trete aus seiner Umarmung um ihn anzusehen, aber Malik hat das scheinbar nicht vor und wechselt auf Nandos Arm. Fernando gibt mir einen Strauß mit roten Rosen. Ich zähle genau einundzwanzig.

»Danke, seit wann bist du wieder hier?« Ich trete zur Seite, damit er hineinkommt und wir gehen zurück in die Wohnung. »Seit gestern Nacht«, er begrüßt meine Mutter, die mir die Blumen abnimmt. »Komm, Fernando, noch Kuchen essen«, bittet Malik ihn, Nando kitzelt ihn auf seinem Arm. Die beiden mögen sich wirklich. Ich kann meine Augen kaum von Fernando nehmen, er ist wieder brauner geworden, seine Augen funkeln richtig durch die braune Haut. Er trägt eine Jeans und ein einfaches Shirt, mir gefällt es wirklich besser, wenn er so leger gekleidet ist, wahrscheinlich, weil mich das nicht so an seine … Geschäfte erinnert. Er scheint sich die Haare geschnitten zu haben, sie wirken kürzer, und wieder hat er einen leichten, aber gepflegten Dreitagebart.

»Das geht heute nicht, Malik, nächstes Mal, wir müssen los.« Nando sieht zu mir und lächelt. »Bist du bereit?« Verwundert sehe ich zu ihm. »Bereit wozu?« Er sieht zu Josy und meiner Mutter. »Wow… ihr habt ihr echt nichts verraten?« Beide nicken und Fernando hält mir seine Hand hin. »Dann lass dich überraschen.« Ich komme nur noch dazu meine Tasche zu nehmen, und schon zieht mich Fernando mit hinaus. Meine Mutter, Josy und Malik wünschen uns viel Spaß und ich winke ihnen noch einmal zu. Als wir aus unserem Haus treten, halte ich Fernando an der Hand zurück. »Was hast du vor?« Er dreht sich um und streicht mir eine Strähne aus den Augen, die sich wegen des Windes dorthin verirrt hat. »Mal sehen, ob du selber darauf kommst. Du siehst übrigens wunderschön aus.«

Seine Augen wandern über mein Kleid und meine Stiefel. Ich blicke mich um. »Wo ist dein Wagen?« Fernando zeigt auf ein Motorrad, was vor unserer Haustür steht. Es sieht teuer aus und nicht gerade ungefährlich. Ich bemerke eine Decke, die daran befestigt ist. »Ich habe noch nie auf einem Motorrad gesessen«, murmele ich leise und sehe das schwere Gerät an. Fernando setzt sich auf das Monstrum und sieht mich auffordernd an. »Es gibt immer ein erstes Mal.« Ich trete zu Nando und setze mich hinter ihn. »Du musst dich festhalten.« Ich lege meine Arme um seine Taille und er dreht sich zu mir um. »Bist du bereit für deinen Geburtstag, meine Hübsche?« Ich muss lachen, nicke und Fernando gibt Gas.

Wir fahren durch die Stadt auf die Autobahn. Ich muss zugeben, es fühlt sich erst einmal komisch an, auf einem Motorrad zu sitzen und ich klammere mich an Fernando fest. Da es in der Stadt so laut ist, habe ich keine Möglichkeit ihn etwas zu fragen, aber sobald wir die Autobahn hinter uns lassen und langsam aus der Stadt fahren, fange ich an die Motorradfahrt zu genießen. Ich rücke näher an Fernando heran und lege meinen Kopf an seine Schulter, als wir die ersten Felder sehen und sich langsam um uns herum nur noch weite Landschaft ausbreitet. Ich habe sofort das Gefühl besser atmen zu können und seufze erleichtert auf, was mir ein leises Lachen von Fernando einbringt.

Ich sehe sehnsüchtig auf die weiten Felder, die vereinzelten Schafherden. »Das ist so schön hier«, flüstere ich Nando ins Ohr und er lächelt. »Du hast ja noch nicht einmal gesehen, wohin es geht.« Jetzt erst denke ich daran, wohin wir überhaupt fahren. Ein paar Meter weiter kommen die ersten Schilder und ich schrecke auf. »Warte, stopp!« Fernando hält und dreht sich verwirrt zu mir um. »Wir fahren doch nicht nach Lares?« Fernando dreht sich nun vollkommen zu mir um, zumindest, soweit es unsere Sitzposition erlaubt.

»Ich dachte, du willst deinen Geburtstag in Lares verbringen.« Ich spüre, wie mir die Tränen in die Augen steigen, denn meine Sehnsucht übermannt mich plötzlich. Ich lege meine Hand an Fernandos Wange. »Natürlich will ich das, aber es ist doch viel zu weit entfernt, mindestens zweieinhalb Autostunden..« Er stupst meine Nase mit seiner an. »Deswegen sind wir auch mit dem Motorrad und guck doch … « Er zeigt aufs Schild. »Wir brauchen nicht mehr lange.« Mein Herz hüpft vor Freude wild in meiner Brust beim Gedanken, wieder in Lares zu sein.

»Du bist wirklich unglaublich Fernando, vielen Dank, das ist das schönste Geschenk, was ich jemals bekommen habe.« Er zeigt auf das Armband. »Ich dachte, du bringst mich um, wenn ich dir so etwas noch einmal schenke, obwohl, offensichtlich magst du es mittlerweile.« Ich lache und gebe ihm einen flüchtigen Kuss auf den Mund. »Ich habe es von Anfang an gemocht.« Er will sich umdrehen, dann wendet er sich doch wieder zu mir. »Das war zu kurz.« Er grinst und legt seine Hand in meinen Nacken, um meine Lippen erneut zu seinen zu führen. Als ich Fernando wieder küsse, vergesse ich für diesen Moment, wo wir gerade sind, wohin wir unterwegs sind und ich rücke noch näher, um ihn noch mehr zu spüren und zu genießen.

Ich habe es vermisst, ich habe ihn diese paar Tage vermisst. »Das hat mir gefehlt, du hast mir gefehlt«, flüstert Nando leise an meine Lippen, als wir den Kuss lösen. »Du mir auch«, gebe ich zu und Nando sieht mir in die Augen. »Celina, wenn wir jetzt nach Lares fahren, nur heute und hier, will ich, dass es nur dich und mich gibt. Einfach Celina und Fernando, ohne Dinge, die zwischen uns stehen, ohne Los Natos ... einfach nur du und ich.« Lächelnd gebe ich ihm einen kurzen Kuss. »Abgemacht.«

Wir fahren noch eine längere Strecke, doch ich liebe es. Ich kuschele mich an Nando und zeige ihm verschiedene Sachen, die ich entdecke und meine, er als Stadtkind sollte sie auch genießen. Fernando hat Recht, heute vergesse ich alle Bedenken und Ängste und werde einfach meine Zeit mit ihm genießen, und so ignoriere ich einfach die Waffe in seinem hinteren Hosenbund, die ich spüre, wenn ich mich an ihn lehne.

Als wir dann endlich in die Vorstadt vor Lares hineinfahren, blicke ich mich sehnsüchtig um, es hat sich kaum etwas verändert. Fast alle Läden stehen noch, es wirkt, als wäre ich nie weggewesen. Mir kommt das so ewig vor, doch es ist ja nur knapp über ein Jahr her, dass wir weggezogen sind. Fernando fragt mich, wo das Lieblingslokal ist, von dem ihm meine Mutter berichtet hat und ich zeige ihm den Weg. Als er vor dem Salsas hält, werden alte Erinnerungen wach.

Immer, wenn etwas Besonderes war, Geburtstage, der Schulabschluss, wir sind alle zusammen hier essen gegangen. Hier gibt es die besten Empanadillas de carne der Welt. Niemand macht die gefüllten Teigtaschen so gut, wie die Besitzerin des kleinen Lokals, Rosamaria. Fernando nimmt meine Hand und zusammen betreten wir das Lokal, es ist mittags und mitten in der Woche, das heißt, fast alle sind auf den Feldern und Höfen arbeiten, deswegen ist es auch ziemlich leer. Zwei ältere Herren sitzen in einer Ecke und spielen Karten. Fernando lenkt mich zu einem der Tische, doch in dem Moment tritt Rosamaria aus der Küche um zu sehen, wer gekommen ist.

Als sie mich entdeckt, schlägt sie die Hand vor den Mund und Tränen steigen in ihre Augen. Sie war immer eine gute Freundin der Familie. »Madre Mia… Lina? Lina, bist du das? Oh Gott…« Sie kommt zu mir geeilt und drückt mich an ihren fülligen Körper. Ich muss auch anfangen zu weinen, alles, die vertraute Umgebung, die Gerüche, Rosamaria, alles wirkt auf mich ein. Sie schiebt mich von sich, um mich zu mustern und ich wische mir ebenso wie sie die Tränen weg. »Lass dich ansehen, Kind, meine Güte du wirst immer schöner, das ist unglaublich, wie kann man nur so eine Schönheit sein.«

Ich muss lachen, so war sie schon immer. Sie ruft ihren Mann Paolo und auch dieser umarmt mich. »Wie geht es deiner Mutter? Und Malik? Als ihr weg seid, haben wir so oft für euch gebetet …« Ich versuche, ihr alles zu beantworten und gleichzeitig werde ich immer wieder gemustert, gedrückt und abgeknutscht. Allerdings erwähne ich nicht, wie wir leben müssen, sondern sage einfach, dass es allen gut geht, Malik noch immer nur Fußball spielt und meine Mutter in einem Altersheim arbeitet.

Dann erst scheint Rosamaria Fernando zu bemerken und gibt ihm die Hand. Ich stelle ihn vor und sie lächelt. »Ist das dein Freund?« Etwas überrumpelt stocke ich erst kurz, doch dann nicke ich. »Ja das ist er.« Sie umarmt Fernando. »Herzlichen Glückwunsch, du hast dir das hübscheste Mädchen aus Lares ausgesucht, ach, was rede ich, bestimmt ist sie auch die schönste aus San Sebastian, die Jungs hier schwärmen noch immer von ihr.« Fernando lacht und legt den Arm um meine Taille. »Hast du sie hergebracht?« Ich unterbreche, bevor Fernando antworten kann. Wenn sie daran erinnert wird, dass heute mein Geburtstag ist, dann flippt sie vollkommen aus.

»Er wollte mich überraschen.« Sie lächelt und beugt sich näher zu Fernando. »Bring sie öfter vorbei, wir vermissen sie.« Fernando nickt. »Ja, das werde ich, sie vermisst euch offenbar auch alle.« Rosamaria klatscht in die Hände. »Na dann werde ich euch mal etwas richtiges zu essen machen, du bist dünn geworden mi amor ... gibt es in der Stadt nichts anständiges zu essen?« Ich muss lachen, sie ist wie immer und ich liebe es.

Wir setzen uns in eine Ecke, doch anstatt mich Fernando gegenüber zu setzen, setze ich mich neben ihn auf die Bank. Er legt seinen Arm um mich, dann streicht er mir eine Träne weg und küsst meine Wange. »Danke, das bedeutet mir wirklich viel.« Er nimmt eine Strähne von mir zwischen seine Finger. »Ich habe deine Augen noch nie so strahlen gesehen wie hier, wenn es das ist, was dich glücklich macht, bringe ich dich jeden Tag hierher.« Ich lächele und lehne meinen Kopf an seine Brust, »...dein Freund? Denkst du so, Celina?«

Ich zucke die Schultern. »Wir haben doch gesagt, dass wir hier einfach du und ich sind.« Er lacht leise und gibt mir einen Kuss auf den Scheitel. Wir verschränken unsere Finger ineinander und ich betrachte sie. Es ist unfassbar, wie klein und zerbrechlich meine Hand gegen seine große wirkt. Auch Fernando scheint es zu bemerken. »Du trägst viel zu viel Verantwortung für so einen zarten Körper«, murmelt er und ich bemerke erneut, wie braun er in Venezuela geworden ist. Offenbar hatte er auch viel Zeit zum Entspannen.

»Ähmm, sag mal, wie ist das eigentlich wenn du mit jemanden fest zusammen bist? Wegen der anderen Frauen, du scheinst sehr schnell deine Freundinnen zu wechseln«, druckse ich herum und betrachte weiter unsere Hände. »Was meinst du?« Ich weiß genau, dass er weiß, was ich meine und er das nur macht, weil er merkt, dass mir das unangenehm ist. »Ich meine, wenn du mit jemandem zusammen bist, fest, du bist doch immer mit so vielen Frauen unterwegs, machst du das dann trotzdem? Es gibt ja einige, die das Eine nicht wegen einer Freundin sein lassen ... « Ich runzele selber die Stirn über das Durcheinander, was ich da zusammendichte.

»Ich hatte bis jetzt noch nie eine feste Freundin.« Er betont das jetzt extra deutlich. Ich löse meine Hand und drehe mich zu ihm um. »Wie noch nie?« Er zuckt die Schultern. »Ich hatte nur meinen Spaß, noch nichts Festes, ich habe bis jetzt keine getroffen, mit der ich es ernst meinte.« Ich sehe ihn verdattert an. »Okay, also nur deinen Spaß gehabt? Und wenn du jemanden findest?« Er lächelt. »Wenn ich sie liebe, würden mich keine anderen interessieren.« Ich sehe ihn herausfordernd an. »Hast du, seit wir uns kennen, etwas mit jemandem gehabt? Ich meine nicht, dass du es nicht könntest, es interessiert mich einfach.« Ich grinse ihn an, aber er bleibt ernst. »Nein, nicht seit wir zusammen im Krankenhaus waren.« Er sieht mir in die Augen und ich nicke leicht, in dem Moment kommt Rosamaria und stellt uns Teller vollgepackt mit Leckereien hin. »Na, jetzt esst erst einmal richtig.«

Rosamaria verwöhnt uns durch und durch und nachdem Fernando und ich uns pappsatt zurücklehnen, setzt sie sich noch zu uns und erzählt uns den neuesten Klatsch, den es hier gibt. Zutiefst schockiert erfahre ich, dass viele unserer ehemaligen Nachbarn inzwischen auch ihre Höfe aufgeben mussten. Diese Familia kommt mittlerweile öfter vorbei, und vielen ist es nicht mehr möglich, die Höfe zu halten. Zudem sitzt ihnen die Regierung im Nacken, die auf dem Land ein Outlet-Center bauen möchte, für die reichen Stadtfrauen, damit sie ihre Markenkleider günstiger erhalten. Traurig erzählt Rosamaria, dass sie auf unserem alten Hof schon bauen. Ich bemerke, dass Fernando etwas sagen will und ich weiß, dass er Rosamaria mitteilen will, dass diese Familia gar nicht die Macht hat, Geld von den Bauern einzunehmen, doch ich stoppe ihn unauffällig.

Mittlerweile kenne ich Fernando, und ich glaube ihm auch, dass seine Familie damit nichts zu tun hat, aber man kann den Leuten hier nicht sagen, dass er weiß, dass sie es nicht zu zahlen haben, weil er eigentlich zu der mächtigsten Familia des Landes gehört. Sie würden es nicht verstehen, und ich will gar nicht daran denken, wie ich darauf reagiert hätte, wenn ich Nando vorher nicht schon gekannt hätte. Als wir den Laden verlassen, nachdem ich Rosamaria versprochen habe bald wieder zu kommen, schlendern wir die kleinen Straßen entlang. Fernando besteht darauf, zu meiner alten

Lieblingsbäckerei zu gehen, obwohl ich ihm erklärt habe, dass man meinen absoluten Lieblingskuchen vorher bestellen muss.

»Ich werde mich darum kümmern«, murmelt Nando plötzlich, während wir über die Gehwege schlendern und er seinen Arm um mich legt. »Worum wirst du dich kümmern?« Er zieht mich enger an sich und ich muss lächeln, es scheint so, als könne weder er noch ich momentan die Finger voneinander lassen. »Um diese Typen, die sich hier so aufspielen. Ich werde rauskriegen, wer das ist und denen mal einen Besuch abstatten.« Ich bleibe abrupt stehen. »Nein, wirst du nicht!« Er zieht die Augenbrauen hoch, und ich trete näher zu ihm. »Ich meine … du sollst dich da nicht einmischen, du weißt doch gar nicht genau, wer dahinter steckt, und wenn sie doch gefährlich sind? Außerdem … « Fernando nimmt mein Gesicht in seine Hände. »Celina, egal was zwischen uns beiden passiert, oder ist, oder wie es weitergeht, du musst mir versprechen, dass du dir niemals um mich Sorgen machst, das ist nicht nötig.« Ich sehe ihn empört an. »Wirklich? Und warum? Du bist auch nur ein Mensch, ich habe deine Schussverletzung gesehen und, egal wie groß deine Familia ist, man sollte nie denken, dass man unbesiegbar ist. Zum Beispiel, genau jetzt, was ist, wenn jetzt zwei Wagen mit denen kommen? Was ist dann? Du bist hier alleine … «

Fernando lächelt. »Keiner von ihnen würde es wagen mich anzufassen, Celina, niemals, das kannst du mir glauben. Außerdem bin ich nicht … Ich kann … Ich habe nicht umsonst so einen Ruf. So wie ich mit dir bin, zu dir bin und du mich kennst, so kennen mich nur die engsten Familienmitglieder. Glaube mir, um mich brauchst du dir keine Sorgen zu machen.« Ich sehe ihn an und er merkt, dass er mich nicht überzeugt hat und lacht leise. »Haben wir nicht gesagt, heute sind wir nur Celina und Fernando?« Er gibt mir einen Kuss und ich seufze aufgebend.

In der Bäckerei erkennt mich die Verkäuferin wieder, und ich stelle fest, dass Nando den Kuchen bereits vorbestellt hat. Er erzählt mir, dass er nachts im B.B. angerufen und mit Josy gesprochen hat, die hat ihm die Nummer meiner Mutter gegeben, und so haben sie alles zusammen geplant. Die Verkäuferin packt uns den Kuchen ein und zeigt uns stolz, dass sie jetzt ihre eigenen Pralinen herstellt. Nando und ich kosten uns da durch, sie sind wirklich gut. Fernando mischt zwei Tüten zusammen, eine für seine schwangere Schwägerin und eine für meine Mutter. Normalerweise würde ich protestieren, dass er so viel Geld für uns ausgibt, aber ich muss daran denken, wie sehr meine Mutter sich freuen wird und lasse ihn. Natürlich registriert er das sofort und nimmt noch eine Riesenpackung von Maliks Lieblingskeksen mit.

Wir besorgen noch etwas zu trinken und fahren dann hinaus in Richtung unseres alten Hauses. Ich zeige Fernando meinen Lieblingshügel, von dem man einen unglaublichen Ausblick hat und wir halten dort. Wir setzen uns auf die Decke und genießen den Kuchen und die Aussicht. Es macht unheimlichen Spaß mit Fernando, als wir so viel von dem Schokoladenkuchen gegessen haben, dass wirklich nichts mehr reinpasst, legt sich Fernando hin, ich lehne mich an ihn, und wir sehen in den Himmel. »Das erinnert mich an unsere Pfadfinderwoche.« Er lacht leise. »An was?«

Nando fängt wieder an, mit einer meiner Strähnen zu spielen. »Meine Oma stammte auch vom Land und hat immer gemeckert, dass wir das Leben auf dem Land nicht kennen, also haben meine Eltern uns einen Sommer für eine Woche auf so ein komisches Pfadfinderding geschickt. Ich war so ungefähr dreizehn, das muss auch hier in der Nähe gewesen sein.« Ich setze mich auf und fange an zu lachen. »Du warst eines der blöden ängstlichen Stadtkinder ... Ja, das war hier, ein paar Dörfer weiter. Das war immer unser größter Sommerspaß, jedes Jahr kamen die Stadtkinder und wir sind täglich dahin gegangen und haben ihnen Streiche gespielt. Ihr wart so ängstlich, das war wirklich ... uncool«, ziehe ich ihn lachend auf.

Nando lacht auch. »Ja stimmt, ich erinnere mich, dass manchmal ein paar Kinder kamen. Einer von ihnen hat meiner Schwester eine Spinne in den Pullover gesteckt und ich habe ihn verprügelt, ich war sicher nicht uncool. Meine Brüder und ich sind immer abgehauen und haben uns irgendwo faul hingelegt, so wie jetzt«, er schließt die Augen und ich muss lächeln. »Wer weiß, vielleicht haben wir uns damals schon getroffen, vielleicht warst du einer der Jungen, die ich geärgert habe.« Er öffnet die Augen wieder. »Da waren auch Mädchen, aber ich denke nicht, dass du dabei warst, sonst hätte ich mich da sofort in dich verliebt. Ich würde mich an eine kleine dunkle Schönheit mit Mandelaugen und langen Locken erinnern.«

Ich spüre eine leichte Röte in meine Wangen steigen. »Hättest du nicht, als du dreizehn warst, war ich elf, außerdem habe ich da meine Haare nie offen getragen. Die Jungs haben mir irgendwann immer an den Haaren gezogen, und meine Mutter hat sie mir jeden Morgen zusammengebunden, bevor ich rausgegangen bin.« Fernando lacht, »ich hätte sie mir alle für dich vorgeknöpft.« Ich muss auch lachen und lege mich an seine Schulter, »einen hättest du wirklich verprügeln dürfen, Hernandez Capri. Er hat mir einmal meine Haare so fest gezogen, dass er einen Büschel davon in seiner Hand hatte, bis heute wachsen die an dieser Stelle langsamer.«

Fernando küsst meine Stirn. »Ich hätte ihn fertiggemacht, dann hättest du dich in mich verliebt, und ich hätte dich mitgenommen in die Stadt.« Ich schüttele den Kopf. »Niemals!« Er beugt sich über mich. »Oh doch, Celina, hättest du, ich wäre mit meinem coolen Fahrrad gekommen und hätte dich entführt, da bin ich mir sicher. Ich hätte dir nie widerstehen können, egal wie alt ich war.« Er nähert sich, doch bevor er seine Lippen auf meine legt, hält er ein.

»Wärst du mit mir gekommen?« Ich streiche mit meinem Finger über seine Lippe und sehe ihn ernst an. »Wäre ich.« Als unsere Lippen sich treffen, weiß ich, dass ich es sogar ganz sicher getan hätte, weder jetzt noch damals bin ich in der Lage, Fernando zu widerstehen.

»Bist du sicher, Celina? Wir müssen nicht.« Nachdem wir genug auf dem Hügel herumgealbert haben, sind wir zu meinem alten Hof unterwegs. Nando hat mir die Entscheidung überlassen, da ich ja jetzt weiß, dass der Hof, so wie ich ihn in Erinnerung habe, nicht mehr besteht. »Doch, ich muss.« Jetzt, wo ich hier bin, muss ich einen Blick auf unser altes Zuhause werfen, auch wenn es das so nicht mehr gibt. Ich zeige Fernando den Weg, und er hält vor unserem alten Grundstück. Ich steige ab und keuche leise auf, ich kann nicht verhindern, dass meine Tränen laufen, als ich auf die Baustelle sehe, die aus unserem alten Grundstück geworden ist. Es steht nicht mal mehr ein Stein unseres alten Hauses, dafür Bagger, und nur noch die Erde ist übrig, kein einziger Grashalm wächst noch.

»Wir hätten nicht herkommen sollen.« Fernando stellt sich vor mich und wischt mir zärtlich meine Tränen von den Wangen. »Gott, ich kann das gar nicht sehen, hör auf zu weinen, okay? Komm, wir fahren.«

»Nein, …nein, das ist … ich musste das sehen, damit ich loslassen kann, Fernando.« Plötzlich entdecke ich etwas. »Warte, komm mal«, ich ziehe ihn um die Baustelle herum zu unserer alten Scheune, die noch unversehrt dort steht. Ich fasse es nicht, sie ist noch immer abgeschlossen, als wäre gar keiner hier gewesen. Ich schiebe den Stein weg, unter dem wir immer einen alten Ersatzschlüssel hatten und öffne die Scheune. Als wir diese betreten, kommt mir sofort der bekannte Geruch entgegen, und ich atme tief ein. Fernando bleibt immer dicht hinter mir, als ich die Treppe auf den Hängeboden hochklettere und die losen Holzdielen zu unserem alten Geheimversteck vom Boden entferne. Hier hatten wir immer alles gebunkert, was wir vor den Eltern versteckt hielten.

Ich entdecke alte Zeichnungen zu irgendwelchen Geheimverstecken im Wald. Mamas alte Vase, die ich kaputt gemacht und hier versteckt habe, die Schokolade von dem Mann, die ich nie angerührt habe, zwei Murmeln, die wir den Jungs geklaut haben. »Du warst eine ganz schön Wilde«, stellt Fernando grinsend fest, ich muss lachen und hole fünf alte Fackeln hervor. »Der Ufo-Platz«, murmele ich und schlage die oberen Teile der Fackeln ab, damit die feuchten Stellen abfallen. »Der was?« Fernando blickt mich leicht irritiert an. »Hast du Feuer?«

»Bist du sicher, dass du noch weißt, wo das ist?« Wir laufen in den Kornfeldern hinter den Höfen entlang. »Natürlich weiß ich das noch, wir waren früher fast jede Nacht hier«. Ich führe ihn weiter. Inmitten dieser Felder gibt es einen großen unbepflanzten Kreis, wo kein Korn mehr gewachsen ist. Die Erwachsenen haben uns erzählt, dass dort vor vielen Jahren mal ein Ufo gelandet sei und seitdem nichts mehr dort wächst. Wir haben uns immer wieder nachts mit den Fackeln hinausgeschlichen und in den Kreis gesetzt, uns Horrorgeschichten erzählt und gewartet, dass wieder ein Ufo kommt.

Ich führe Nando an die Stelle, obwohl langsam die Sonne untergeht, finde ich sie ohne Probleme. Nando lacht leise. »Das war aber ein kleines Ufo.« Ich merke selbst, dass der Kreis doch nicht so groß ist, wie in meinen Erinnerungen und wie ich es als Kind wahrscheinlich empfunden habe. Ich stecke die Fackeln in die Erde und zünde sie an. »Es sieht so aus, als gab es hier mal einen Brand oder jemandem ist zu viel Dünger ausgelaufen«, murmelt er. Ich blicke fasziniert auf den kleinen durch die Fackeln erleuchteten Kreis und breite die Decke in diesem aus, dann wirbele ich zu Fernando um.

»Das ist so typisch Stadtkind, vielleicht war es auch einfach ein kleines Ufo. Woher willst du wissen, dass es nur große Ufos gibt … ungläubiger Stadtjunge?« Fernando grinst und zieht mich an sich, seine Hand legt sich auf meine Wange. »Immerhin glaube ich an das Schicksal, … stures Landmädchen.« Seine Augen lächeln mich an, er senkt seine Lippen auf meine und gibt mir einen zärtlichen Kuss.

Ich bin diejenige, die den ersten Schritt tut.

Fernando behandelt mich von Anfang an so, als wäre ich kostbar, zu kostbar und er hätte den ersten Schritt wahrscheinlich nicht getan, aber ich will Fernando an diesem schönen Tag, an dem nur er und ich zählen und sonst nichts, ganz spüren. Als ich sein Shirt ausziehe und während unseres Kusses über seine Muskeln streiche, fällt die letzte Mauer, und er dirigiert mich zur Decke. Seine Hände sind so geschickt, ich kann erahnen, wie erfahren Fernando wirklich ist, als er mir mein Kleid vom Körper entfernt, während seine Lippen meinen Hals entlangfahren. Ich fahre über seine Tätowierungen, seine Narbe an der Schulter, seine durchtrainierte Brust und alles, was mich hätte abschrecken sollen, zieht mich plötzlich an. Unsere Küsse werden immer leidenschaftlicher, ich keuche leise auf, als Fernando meinen BH entfernt und sich meinen Brüsten zuwendet, meine Finger verselbständigen sich, während ich ihm die Jeans abstreife.

Erst als Fernando mich auf die Decke legt, sich erhebt und sein Blick über mich wandert, kommt mir ein kurzer Zweifel. Ich bin immer stolz auf meinen Körper gewesen, aber ich weiß, dass Nando mit ganz anderen Frauen zu tun hatte, Frauen, die ihren Körper künstlich perfekt machen, doch dann nimmt er mir alle Zweifel, indem er mir in die Augen sieht und seine Lippen sich wieder meinen nähern. »Ich habe noch nie so etwas Schönes wie dich gesehen«, flüstert er ehrfürchtig, bevor er anfängt, mich am ganzen Körper zu verwöhnen.

Ich zittere unter Fernandos Berührungen, die so zärtlich und gleichzeitig gekonnt sind, dass ich mich vollkommen in seine Hände begebe. Ich atme seinen Duft ein, schmecke ihn, betrachte unsere Haut, die in diesem schönen Fackelschein aufeinander liegt und kann mir nicht vorstellen, genug davon zu bekommen. Er entfernt das letzte bisschen Stoff, das uns trennt, und als er langsam in mich eindringt, hält er kurz ein um mich anzusehen. Ich kann mir ein leises Stöhnen an seinen Lippen nicht verkneifen, was ihm offensichtlich gefällt, denn er fängt an, sich in mir zu bewegen.

Es fühlt sich richtig und gut an, als wir beide uns vereinen, ich habe noch nie etwas Intensiveres gefühlt. Meine Hände streicheln über seinen Rücken, seinen Hals, ich ziehe ihn so nah wie nur möglich an mich. Nando liebt mich, als wäre es das Wertvollste, was er je getan hat, seine Lippen liebkosen mein Gesicht, seine Finger verschränken sich mit meinen, und seine Augen finden immer wieder die meinen. Als ich mich so drehe, dass ich auf ihm sitze und meinen Kopf in den Nacken lege, so dass meine Haare auf seinen Beinen entlangfahren, genieße ich seinen Blick auf mir und erwidere ihn, bevor sich unsere Lippen erneut treffen.

Keiner von uns beiden scheint irgendein Interesse daran zu haben, diesen Platz wieder zu verlassen. Noch lange, nachdem wir uns geliebt haben, liegen wir ineinander verschlungen auf der Decke zwischen den Fackeln und können nicht voneinander lassen. Fernando hält mich fest in seinen Armen, wie ein Versprechen, dass es so bleibt. »Das tut so gut«, flüstere ich und küsse seine Brust. »Was genau?« Fernandos Stimme ist fast ebenso leise wie meine. »Hier bei dir zu sein, so gehalten zu werden, ich merke, dass ich das brauche … einfach mal nur gehalten zu werden. Es ist, als ob ich alle Lasten, die im Moment auf meinen Schultern liegen, loslassen kann …du hast keine Ahnung, wie gut das tut.«

Nando streicht meine Haare nach hinten und sieht mich an. »Ich würde dir gern alles abnehmen, aber du sträubst dich so dagegen«, er küsst meine Nase. »Das musst du nicht, halte mich einfach, das reicht mir schon.«

Es gibt in diesem Moment nur uns beide, und nichts auf der Welt könnte das ändern.

Als wir viel später mit dem Motorrad in Richtung Stadt aufbrechen, ist es schon mitten in der Nacht. Ich kuschele mich so eng wie möglich an Fernando und atme seinen Duft ein. Anstatt darüber traurig zu sein, dass ich Lares wieder verlasse, fällt es mir schwer, diesen unbeschwerten Tag mit Nando hinter mir zu lassen, denn ich bezweifle, dass es in der Stadt so sein kann. Fernando scheint ähnlich zu empfinden, denn bevor er in die Stadt hineinfährt, hält er und dreht sich zu mir. »Was heißt das jetzt für uns, Celina? Wenn wir wieder Fernando Nato und Celina, die so etwas wie mich eigentlich hasst, sein werden?« Er lächelt, und ich sehe weg. »Ich weiß es nicht.«

Er beugt sich zu mir und küsst meine Wange entlang, ich reagiere sofort auf seine Berührung und kriege eine Gänsehaut. »Ich denke nicht ... ich weiß, dass ich darauf nicht verzichten will, nicht kann ... nicht nachdem was wir heute hatten, Celina, das ist unmöglich.« Ich muss lächeln und sehe ihn an.

Ich gebe ihm einen Kuss, denn eine Antwort fällt mir nicht ein, ich weiß es nicht. Fernando bringt mich zu meiner Haustür, ich bedanke mich tausendmal für den Tag, und er gibt mir einen letzten Kuss. Ich schlüpfe schnell in die Wohnung, denn mittlerweile bin ich erschöpft von diesem unglaublichen, einzigartigen Tag.

Ich bin wieder im richtigen Leben und muss in ein paar Stunden bei den Perez arbeiten.

Kapitel 8

»Verdammt!« Ich sehe erschrocken auf die Uhr, als ich aus dem Bus hetze. Meine Schicht im B.B. fängt in fünf Minuten an. Der ganze Tag war eine Qual. Ich konnte gestern Nacht kaum einschlafen, meine Gedanken drehen sich um Fernando und unseren gemeinsamen Tag. Sein Geruch, sein Geschmack, seine schönen Augen, die mich so liebevoll ansehen. Alles scheint so in mir eingebrannt zu sein, dass ich kaum meine Augen schließen konnte, ohne schon so schnell, nachdem wir uns getrennt haben, eine kleine Sehnsucht nach ihm zu verspüren. Was mich sofort noch unruhiger werden ließ, bin ich jetzt noch in der Lage gegen meine Gefühle für ihn anzukämpfen und meinem Verstand zu folgen?

Als ich dann endlich eingeschlafen bin, hatte ich nur noch zwei Stunden, bevor ich aufstehen musste. Meine Mutter und Malik haben sich sehr über die mitgebrachten Sachen gefreut, und ich merke, dass meine Mutter Fernando jetzt schon in ihr Herz geschlossen hat. Ich schiebe den Gedanken, was sie sagen würde, wenn sie wüsste, wer er wirklich ist, erst mal beiseite, was für eine Möglichkeit habe ich sonst? Bei den Perez war es heute anstrengend, nicht, weil mehr zu tun war, sondern weil ich einfach zu müde war. Als ich dann Malik abgeholt habe und wir zu Hause angekommen sind, wollte ich mich nur kurz ausruhen und muss dabei eingeschlafen sein. Ich bin viel zu spät wach geworden, so dass ich jetzt so knapp dran bin.

Im B.B. ziehe ich mich schnell um und sehe nochmal in den Spiegel. Ich habe meine Haare heute zu einem langen, dicken Zopf geflochten und muss diesen erst mal öffnen, was zur Folge hat, dass meine gestern noch so glatten Haare heute wieder wild gelockt bis zu meinen Hüften fallen. Ich trete schnell hinaus und flitze hoch in den VIP - Bereich, um bei Joe an der Bar zu sehen, wo ich eingeteilt bin, doch dann stocke ich, als ich die Treppen hochkomme.

An der Bar stehen Joe und Josy, ein paar andere Kellnerinnen kommen, als sie mich entdecken und auch Janosz kommt hinter mir die Treppe rauf aus dem Normalo-Bereich und umarmt mich von hinten. Er führt mich grinsend zu den anderen »Happy Birthday, Lina … Alles Liebe nachträglich.« Selbst Casper steht hier an der Bar. Joe holt einen kleinen Kuchen hinter der Theke vor. »Kommt zu ihrer eigenen kleinen Geburtstagsrunde zu spät.« Ich muss lachen und umarme alle. Sie sind so süß und für mich sind sie wirklich schon so etwas wie eine kleine Familie geworden. Ich umarme auch Casper und er holt eine Schachtel hervor. »Von den Mitarbeitern, alles Gute, Lina … und das nächste Mal geh an dein Handy, wir haben gestern alle probiert dich zu erreichen.«

Ich spüre, wie ich etwas rot werde. Josy grinst. »Sie war gestern schwer beschäftigt.« Ich werfe ihr einen warnenden Blick zu, dann bedanke ich mich nochmals bei allen. Vor allem knuddele ich Joe lange durch, als er hinter der Bar hervorkommt, und er hebt mich kurz hoch. »Alles Gute Süße, ich hoffe du weißt, dass du etwas ganz Besonderes bist.« Ich entdecke nun auch die neue Kellnerin Belinda, sie umarmt mich ebenfalls, bevor ich das kleine Paket öffne.

Ich traue meinen Augen nicht. »Ihr seid wahnsinnig«, sage ich leise. Josy tritt vor und macht mir das goldene Armband um, direkt neben dem Armband von Fernando. Das Armband, das sie mir schenken, ist auch ganz zart, verziert mit zwei glänzenden B´s, dazwischen ein schwarzer Schmetterling.

Es ist wunderschön.

Ich bedanke mich bei allen, und Janosz füttert mich mit dem leckeren Schokoladenkuchen. Eigentlich kann ich nach gestern erst mal keinen mehr sehen, aber ich lasse mich tapfer füttern. Dann scheucht uns Casper alle zum Arbeiten und sagt, ich soll zuerst mal Janosz helfen im Normalo-Bereich und wenn der leerer wird, im VIP-Bereich mithelfen. Als ich mit Janosz runterlaufen will, fällt mein Blick zum ersten Mal, seit ich hochgekommen bin zum Natos - Tisch, und ich treffe sofort auf Fernandos Augen. Er sitzt mit José und ein paar anderen Männern am Tisch. Auch ein paar Frauen sind bei ihnen. Dieser Alonzo sitzt neben ihm und noch ein Mann, alle scheinen sich zu unterhalten, nur dass Nando nicht zuhört, sondern seinen Blick auf mir hält. Ich muss lächeln, doch er wirkt nicht sehr glücklich.

Ich habe nicht mal eine Vorstellung davon, wie ich ihn begrüßen soll nach gestern, doch das erledigt sich sowieso, als wir auf einmal von unten lautes Gebrüll hören und Janosz mich mit hinunterzieht. Zwei betrunkene Gäste streiten sich, Joe und Janosz verfrachten sie nach draußen. Es ist heute für einen Wochentag ungewöhnlich voll im Normalo-Bereich, und ich komme nicht von unten weg, obwohl ich gerne zwischendurch einen Blick auf Fernando geworfen hätte. Es interessiert mich, wie er sich nach gestern den Frauen an seinem Tisch gegenüber verhält. Fernando ist wundervoll zu mir, doch wie oft passiert es, dass bei einem Mann, wenn er eine Frau gehabt hat, das Interesse verloren geht?

Vielleicht zerbreche ich mir umsonst meinen Kopf mit Überlegungen, wie und ob es zwischen uns weitergeht, und er hat schon wieder eine neue Beschäftigung gefunden. Zuzutrauen wäre es ihm durchaus, noch nie habe ich ihn mal mit einer Frau länger als ein paar Tage gesehen. Als Belinda von ihrer Pause aus der Garderobe kommt und zum VIP- Bereich hoch will, halte ich sie fest und bitte sie, unauffällig ein Auge auf Fernando zu haben. Ich will ihr erklären, wer er ist, doch sie lächelt nur. »Der Mann, der dich immer im Blick hat, ich weiß schon, wen du meinst.« Erst als es schon nach Mitternacht ist, komme ich zum Durchatmen, ich spüre jeden meiner Knochen, bin müde und hungrig.

Ich sage Janosz Bescheid, dass ich Pause mache und gehe in den VIP- Bereich. Als ich hochkomme, sehe ich, dass Fernando lachend mit einigen Männern im Gespräch ist und gehe zur Bar. Ich gehe dahinter, schnappe mir ein paar Sandwiches, frisches Obst und etwas zum Trinken.

»Er war die ganze Zeit lieb, zwar hatte eine Frau wohl Interesse an ihm, aber er hat sie nicht weiter beachtet. Dafür ist er immer wieder am Geländer in den Normalo-Bereich gucken gegangen, und ich habe gesehen, wie er dich beobachtet hat«, die neue Kellnerin stellt sich neben mich und tut so, als würde sie mir helfen. Ich muss lächeln. »Er scheint dich wirklich zu mögen«, fügt sie ihren Beobachtungen hinzu und fasst mir kurz an die Schulter, bevor sie weiterarbeiten geht. Ich sehe auf zu Nandos Tisch und treffe seine Augen. Ich nehme meinen Teller, sehe ihn nochmal an und hoffe er versteht, dass ich Pause mache. Ich ziehe mich in einen der leerstehenden Räume zurück, den die Gäste mit den gebuchten Kellnerinnen benutzen und kontrolliere, ob auch alles sauber ist, aber der Raum wurde anscheinend heute noch nicht benutzt.

Noch während ich meinen Teller auf den Tisch stelle, erscheint Fernando in der Tür und schließt sie hinter sich. »Hey«, ich ziehe meine Schuhe aus und seufze leise auf. »Hallo.« Fernando kommt näher und setzt sich neben mich. »Ich habe dich heute viermal angerufen, warum bist du nicht rangegangen?« Ich nehme ein Sandwich und beiße ab. Ich halte ihm auch eines hin, doch er lehnt ab. »Tut mir leid, ich habe es nicht gehört, mein Handy spinnt gerade. Ich kann den Klingelton nicht lauter stellen und überhöre es ständig. Der Tag heute war sowieso die Hölle. Nach der Arbeit habe ich Malik abgeholt, bin zu Hause eingeschlafen und habe verschlafen, da habe ich gar nicht mehr auf das Handy gesehen.«

Ich lehne mich zurück. »Ich bin echt fertig.« Fernando nimmt meinen Arm und sieht sich das Armband an, welches ich heute bekommen habe. »Bei anderen fällt es dir also leichter, ein Geschenk anzunehmen.« Ich muss lachen und rücke noch ein Stück näher an ihn heran, lege meinen Kopf an seine Schulter und kuschele mich in seine Arme, die er sofort um mich legt. Ich kann mir ein zufriedenes Aufseufzen nicht verkneifen, und Fernando lacht leise.

»Ich dachte wirklich, dass du jetzt so tun willst, als kennen wir uns nicht mehr«, murmelt er leise an meinen Kopf, bevor er mir einen Kuss auf meinen Scheitel gibt. »Ich weiß nicht, was wir tun sollen und was nicht, ich bin zu müde, um darüber nachzudenken. Auf jeden Fall finde ich es schon mal sehr beruhigend, dass du dich heute von anderen Frauen ferngehalten hast.« Ich grinse frech und Fernando rückt mich so, dass ich ihn ansehe. »Wie kommst du darauf?« Ich zucke die Schultern. »Naja, ich dachte nach gestern wendest du dich heute vielleicht wieder anderen Frauen zu.« Nandos Blick wird ernster und auch etwas böse. »Hast du eigentlich eine Vorstellung, was du hier gerade mit mir machst?«

Ich sehe ihn verwirrt an, ich weiß nicht, worauf er hinaus will. »Celina, seit ich dich kenne, erkenne ich mich selbst kaum wieder. Normalerweise interessieren mich die Frauen nur für eine Sache, und dann kommst du hierher und wirbelst alles um. Zum ersten Mal muss ich mich um jemanden bemühen, und ich habe immer noch das Gefühl, bei dir gegen eine Mauer zu rennen. Noch nie hatte ich so etwas wie wir beide gestern hatten, noch nie habe ich danach eine Frau noch so lange in meinen Armen gehalten und gewünscht, sie nicht mehr loslassen zu müssen, noch nie habe ich mir gewünscht, dass jemand bei mir bleibt für die Nacht. Für gewöhnlich schicke ich die Frauen danach nach Hause, und das war es dann. Heute Morgen, als ich aufgewacht bin, habe ich mir gewünscht, du wärst bei mir.

Noch nie bin ich sauer geworden, wenn ich eine Frau mit einem anderen Mann gesehen habe, aber wenn ich nochmal sehe, dass dieser komische Kellner so seine Arme um dich legt, hat er die bald nicht mehr... und Celina, noch nie bin ich hinter einer Frau hergelaufen, so wie ich es bei dir mache. Ich weiß selber nicht, was du mit mir gerade anstellst, aber dass ich an einer anderen Frau Interesse habe, ist ausgeschlossen, also mach dir mal deswegen keine Sorgen.«

Es dauert eine Weile, bis seine Worte wirklich bis zu mir durchdringen, doch dann muss ich lächeln über seine süßen Worte, seine verwirrten Gefühle und den eingeschnappten Gesichtsausdruck, mit dem er mich ansieht. Ich setze mich auf seinen Schoss und obwohl er immer noch sauer guckt, umfangen mich seine Arme bereitwillig. Ich nähere mich seinem Gesicht. »Und noch nie, Fernando, habe ich die Küsse und Berührungen eines Mannes so schnell und so stark vermisst wie deine«, flüstere ich und bringe ihn wieder zum Lächeln, bevor sich unsere Lippen treffen.

Erst ist unser Kuss zärtlich und süß, dann wird er fordernder, und ich streiche mit meinen Händen über seinen Hals, zu seinem Nacken und verwuschele seine kurzen Haare im Nacken, während Fernando unter meinem Shirt meinen Rücken streichelt. »Was machst du bloß mit mir, Celina?« flüstert Fernando, als wir den Kuss lösen und er meinen Hals mit seinen Lippen verwöhnt. »Warum nennst du mich eigentlich als einziger Celina und nicht Lina?« Ich seufze auf, als er die empfindliche Stelle unter meinem Ohr trifft. »Weil ich das schöner finde«, er lächelt, seine Lippen wandern wieder zu meinem Gesicht, treffen meine Lippen. »Wie lange hast du Zeit?« Ich streiche mit meiner Nase über seine. »Ich muss gleich wieder arbeiten.« Er gibt mir einen kleinen Kuss. »Dann iss etwas, weißt du schon, wie lange du heute arbeiten musst?« Ich zucke die Schultern. »Mal sehen, aber sicherlich nicht mehr ganz so lange.« Er nickt, und während ich mein Sandwich esse, mich an ihn kuschele und er mich mit Obst füttert, genieße ich meine kleine Pause.

Als wir beide aus dem Raum treten und wieder in den VIP-Bereich kommen, merke ich, dass nicht nur der Natos - Tisch, sondern auch Josy, Joe und einige andere etwas verwundert zu uns sehen. Janosz kommt gerade hoch. »Kommst du nochmal kurz runter, Lina? Mir ist langweilig unten«, nörgelt er. Ich nicke, dann drehe ich mich nochmal zu Fernando um und sehe, wie er Janosz wütend hinterherschaut. Ich stelle mich auf die Zehnspitzen, umfasse seinen Nacken und gebe ihm einen Kuss, wohl wissend, dass uns alle beobachten. Fernando erwidert diesen und umfasst mich lächelnd. »Damit wäre wohl alles gesagt.« Er blickt auf den Natos - Tisch, ich schüttele den Kopf. »Nein noch nicht ganz. Janosz steht auf Männer, also ganz ruhig bleiben.«

Ich grinse ihn frech an, gebe ihm erneut einen Kuss und gehe hinter Janosz her in den Normalo-Bereich, dabei beachte ich die erstaunten Blicke der anderen nicht. Noch zwei Stunden muss ich durchhalten, dann binde ich mir an der Bar die Schürze ab. »Ich kann nicht mehr«, murmele ich zu Joe und dieser lächelt, doch ich merke erst, als ich Fernandos Arm um mich spüre, warum. »Nein das macht ihr nicht, erst wenn ich komme, wird das angesprochen ...«

Nando legt auf und gibt mir einen Kuss auf die Wange. »Fertig?« Ich nicke und Joe legt Fernando die Rechnung hin. Als ich zum Tisch der Natos schaue, entdecke ich, dass nur noch Alonzo mit einer Frau dort sitzt. Fernando legt mehrere Scheine hin. »Für die neue Kellnerin.« Er legt einen Extraschein hin und Joe nickt. »Und für die schönste Kellnerin hier«, er legt mehrere Scheine hin und seine Lippen knabbern an meinem Ohr entlang. Ich muss lachen, nehme die Scheine wieder und stecke sie in seine Hosentasche zurück. »Vergiss es.« Fernando grinst. »Oh doch, du hast vorhin ein Glas zu uns gebracht.« Joe lacht und ich seufze.

»Nein Fernando, ich kriege kein Trinkgeld mehr von dir, das fühlt sich komisch an. Als würdest du für ... etwas anderes bezahlen.« Ich ziehe die Augenbrauen hoch und hoffe, er versteht. »Okay, aber du brauchst doch das Geld, dann nimm es so. Ich will sowieso nicht, dass du noch so viel arbeitest ...« Joe pfeift leise durch die Zähne und schüttelt den Kopf. » ... Nicht schlau, Nando«, flüstert er, und ich sehe Fernando lange an, bevor ich ihm etwas dazu sage.

»Fernando, ich weiß, dass du es gut meinst, aber merk dir eins, ich werde kein Geld von dir nehmen, und ich werde mich nicht von dir aushalten lassen, du weißt, wo du solche Frauen findest, aber ich tue so etwas nicht. Ich bin mit dir zusammen, weil ich das möchte und nicht wegen des Geldes.« Fernando sieht zu Joe und grinst. »Sie ist einmalig, oder?« Joe nickt. »Absolut, pass gut auf, dass du sie behalten kannst.« Fernando lacht und hebt noch einmal die Hand zu Alonzo. Wir verabschieden uns von Joe, bevor ich mich schnell umziehen gehe.

Am nächsten Morgen kann ich endlich meinen Schlaf nachholen, da ich nicht bei den Perez arbeiten muss. Die Verabschiedung von Nando, nachdem er mich zu Hause abgesetzt hat, ging schnell, da er noch weg musste. Irgendwie merke ich, wie wenig wir gestern voneinander hatten, so dass er mir schon wieder fehlt. Das entwickelt sich wirklich großartig, wenn ich jetzt schon so verrückt nach ihm bin. Ich warte, bis meine Mutter aus dem Bad ist, um sich für die Arbeit fertig zu machen, dann gehe ich ausgiebig duschen. Ich liebe das Duschgel, was meine Mutter neu gekauft hat, es riecht nach Rosen, und ich schäume mich ausgiebig ein. Als ich aus der Dusche heraustrete und meine nassen Haare durchkämme höre ich, wie meine Mutter mit jemandem redet, dann ruft sie nach mir. »Ich bin weg, Lina, vergiss nicht Malik abzuholen, Schatz, ich rufe später an.« Ich ziehe mir einen frischen Slip über und creme mein Gesicht ein, bevor ich nur im Slip das Bad verlasse. »Madre mia…« Ich erschrecke mich fast zu Tode, als auf einmal Fernando im Flur steht und mich angrinst. »Verdammt, Nando, du hast mich erschreckt«, fluche ich leise und sehe ihn entsetzt an, während sein Grinsen nur größer wird und er die Haustür abschließt. »Was tust du hier?« frage ich noch immer aufgebracht, er hält ein Paket hoch. »Deine Mutter hat mich hereingelassen. Ich habe dir ein Handy gekauft.«

Ich stütze die Hände an meine Hüften. »Du hast was?« Fernando kommt näher, und sein Blick wandert über meinen Körper. Erst jetzt fällt mir wieder ein, dass ich außer meinem Slip nichts anhabe, allein meine nassen Locken verdecken meine Brüste. Nando legt das Paket beiseite und überbrückt die letzten Schritte zwischen uns, und sobald ich seinen Geruch noch stärker wahrnehme werde ich schwach, kuschele mich an ihn und vergrabe meine Nase an seiner Schulter. »Warst du nicht gerade sauer?« Ich küsse seine

110

Schulter und sehe ihn an. »Bin ich … absolut, aber ich habe dich vermisst.« Ich muss lächeln.

»Deswegen habe ich mir auch etwas ausgedacht, das Handy habe ich für mich gekauft, damit ich dich erreichen kann.« Er zieht stolz seine Augenbrauen hoch und grinst zufrieden über seine Erklärung. »Das hast du dir ja schön ausgedacht.« Er lacht und gibt mir einen kurzen Kuss auf den Mund. »Du hast mir auch gefehlt.« Ich beuge mich hoch zu ihm. »Du mir mehr.« Erst erobern meine Lippen die seinen, doch dann erobert er vollständig meinen Mund und ich spüre seine Erregung an mir, was mich in den Kuss hinein stöhnen lässt.

Ich ziehe ihm ungeduldig sein Shirt aus und streichle über seine Muskeln, trenne meine Lippen von seinen und schmecke seine Haut, während meine Hand immer weiter nach unten wandert. Sobald ich seine Jeans geöffnet habe, schlüpft meine Hand in seine Boxershorts und findet ihr Ziel. Fernando flucht leise und stützt seine Hände an der Wand neben meinem Kopf ab, als ich ihn anlächle und meine Lippen meiner Hand folgen. »Celina…. du machst mich verrückt.« Seine Stimme ist so rau, dass meine Haut prickelt, und als ich wieder hochkomme, zeigt mir Fernando, was er alles mit seinen Händen und seinem Mund anstellen kann. In dem Moment als er mich sanft gegen die Wand drückt, hoch nimmt und in mich eindringt, sieht er mir in die Augen, seine Lippen sind nur Millimeter von meinen entfernt, doch erst als ich stöhne, verschließt er sie zufrieden mit seinen und übernimmt die Führung.

Nachdem wir lange auf der Couch gekuschelt haben und er mir mein neues Handy eingestellt hat, fahren wir Malik abholen und Fernando setzt uns am Fußballplatz ab, da er noch weg muss. Er sagt mir, dass er es auch nicht ins B.B. schafft, aber mich abholen kommt. So geht das die nächsten Tage, ich arbeite viel, und Fernando scheint auch viel zu tun zu haben. Weder sagt er mir, was er zu tun hat, noch frage ich ihn danach, er holt mich aber immer aus dem B.B. ab, manchmal auch bei den Perez, und wir finden jeden

Tag ein paar Momente zusammen, wenn sie auch nur kurz sind. Am Donnerstag muss ich bei den Perez arbeiten. Frau Perez hat es sich langsam zur Gewohnheit gemacht öfter Besuch einzuladen, wir müssen alle wie verrückt schuften und ich merke, dass ich es nicht schaffe, Malik vom Kindergarten abzuholen.

Sofort rufe ich meine Mutter an, aber ihre Schicht hat gerade erst angefangen, und sie muss bis morgens arbeiten. Josy kann ich nicht erreichen und Petro liegt krank im Bett, also wende ich mich das erste Mal an Fernando, um ihn um Hilfe zu bitten. Als ich ihm am Telefon sage, was los ist, zögert er nicht eine Sekunde, im Gegenteil, er sagt, dass er sowieso gerade in der Nähe ist und Malik schon früher abholt. Ich weiß, dass ich ihn Fernando anvertrauen kann, aber ein schlechtes Gefühl bleibt trotzdem, ich will Nando einfach nicht in unsere Probleme reinziehen. Erst am späten Nachmittag komme ich bei den Perez raus und mit einem unheimlich schlechten Gewissen rufe ich Fernando an, doch der reagiert gar nicht auf meine Entschuldigungen und sagt, ich soll ein Taxi nehmen, sie sind nur ein paar Straßen weiter in einem Café.

Ich mache mich zu Fuß auf den Weg. Dort angekommen entdecke ich Malik, Fernando, Alonzo und einen weiteren Jungen in Maliks Alter, den ich als Alonzos Sohn Jason vorgestellt bekomme, glücklich um einen Kickertisch herum stehen und spielen. Malik ist hin und weg, außer mit einem kleinen Kuss kann ich seine Aufmerksamkeit nicht vom Spiel ablenken. Ich entdecke, dass Malik neue Schuhe und eine neue Jacke hat, Fernando führt mich zu deren Tisch und ich stelle fest, dass er nach meinem Anruf die halbe Speisekarte für mich bestellt haben muss.

Meine Tränen kommen automatisch, ich versuche sie zu unterdrücken. Fernando zieht mich eng an sich. »Hey, iss mal etwas, ich wette, du hast heute noch nicht viel gegessen.« Ich blicke extra etwas zur Seite, denn meine Tränen sind nicht mehr aufzuhalten. »Was ist los, Celina?« Fernando lässt es nicht zu, dass ich mich abwende und nimmt mein Gesicht in seine Hände, während er mir meine Tränen wegwischt. »Es tut mir so leid, dass ich dich jetzt da so mit reinzieh, in unser ganzes … Familienchaos. Du solltest wirklich nicht so einen Stress haben und eine wie mich, die kaum Zeit hat und wenn, dann so müde ist und dass du jetzt auf Malik aufpassen musst …« Fernando stoppt mich. »Was redest du da, ich will aber genau dich, und es ist überhaupt kein Stress für mich, Celina.«

Ich will wegsehen, doch er hält mein Kinn fest. »Nein, ich meine es ernst, es macht mich krank, dass du so viel arbeitest. Ich habe schon sehr viel Geld für Frauen ausgegeben, die mir nichts bedeutet haben. Am liebsten will ich, dass du gar nicht mehr arbeiten gehst, aber du lässt mich dir nicht helfen. Auf Malik aufzupassen ist für mich kein Problem, ich tue es gerne, darum musst du mich nicht bitten. Celina, bitte zögere nicht, mich wegen irgendwas um Hilfe zu bitten. Ich habe sowieso das Gefühl zu wenig zu tun, um dir zu helfen, also lass es mich wenigstens auf diese Weise tun.«

Ich nicke und seufze leise. »Du bist wirklich etwas Besonderes, Nando.« Er lächelt. »Nein du bist das …wirklich.« Ich lache leise, und er gibt mir einen Kuss. »Iss jetzt endlich etwas, ich will dich noch zum Kicker herausfordern. Malik meint, du spielst gut.« Nachdem ich gegessen habe, spielen wir alle zusammen Kicker, und ich mache Alonzo und Fernando unter dem Jubel von Malik und Jason fertig. In Lares gab es früher bei Rosamaria auch einen Kicker, an dem ich öfters gespielt habe und ich bin wirklich gut darin. Als wir abends nach Hause fahren, schläft Malik im Auto ein und Fernando trägt ihn hoch, während ich mehrere Einkaufstüten trage. Die Ergebnisse des gemeinsamen Shoppings von Nando und Malik. Fernando wollte sich neue Schuhe kaufen, heraus kam, dass Malik nun zwei paar neue Turnschuhe hat, mehrere neue Hosen und Shirts. Fernando legt Malik ins Bett, und wir lieben uns lange und zärtlich im Wohnzimmer auf der Couch.

»Ich möchte dich gerne mit zu mir nehmen.« Ich streichle über Fernandos Brust, während er mit einer Haarsträhne von mir spielt und wir beide langsam wieder im normalen Tempo atmen. Fernando muss mein Zögern bemerken. »Du warst noch nie bei mir, ich will dir einfach zeigen, wie ich lebe. Meine Brüder sind schon gespannt dich kennenzulernen und Olivia auch.« Ich stütze mich ab, um ihn ansehen zu können, und er streichelt über meine Wange. »Außerdem wünsche ich mir immer noch, einmal neben dir aufzuwachen.« Ich muss lächeln, doch sofort fällt mir etwas ein. »Hast du schon viele Frauen mit zu dir genommen?« Fernando zieht die Augenbrauen hoch. »Ja schon… aber es hat noch keine bei mir geschlafen.« Ich schüttle den Kopf. »Tut mir leid, aber ich will nicht in einem Bett mit dir liegen, wo du schon so viele andere Frauen gehabt hast.« Fernando grinst, und sein Finger umkreist meinen Bauchnabel. »Hmm, ich denke, das wird kein Problem, ich werde das Schlafzimmer neu machen lassen, nur damit du zu mir kommst.«

Ich rücke näher an ihn und umfasse seinen Nacken. »Das ist dir also ein Besuch von mir wert?«, necke ich ihn. »Allerdings, also was ist, wenn das erledigt ist, kommst du dann?« fragt er ungeduldig und ich lache. »Okay.« Er gibt sich damit noch nicht zufrieden. »Schwöre es.« Ich spüre, wie seine Hand weiterwandert, mein Körper reagiert schnell auf ihn. »Ich schwöre es«, flüstere ich an seine Lippen, bevor er sie lächelnd erobert.

Am nächsten Morgen werde ich durch Sonnenstrahlen auf meiner Nase geweckt und sehe in Fernandos schlafendes Gesicht. Wir müssen gestern eingeschlafen sein. Ich muss leise lachen, als ich bemerke, wie fest er mich in seinen Armen hält. So unbequem es auch auf unserer Couch ist, habe ich tief und fest in seinen Armen geschlafen, ich kuschle mich wieder enger an ihn. Mir wird in diesem Moment klar, dass ich mich hoffnungslos in ihn verliebt habe, ja, ich liebe ihn und auch wenn es nicht vernünftig ist, kann ich es nicht verhindern.

Mir fällt ein, dass meine Mutter heute Nacht von der Arbeit gekommen sein muss, und ich bemerke eine Decke auf Fernando und mir, wo gestern noch keine war. Zu meiner Erleichterung erinnere ich mich, dass Nando sich gestern doch noch irgendwann seine Boxershorts angezogen hat. Ich will mich aus seinen Armen wenden, mit denen er mich so fest umschlungen hält, um Malik zu wecken, weil es schon ziemlich spät ist, doch Nando umarmt mich nur fester und vergräbt sein Gesicht an meinen Scheitel. Ich will lachend einen neuen Versuch starten, als Fernandos Handy klingelt und er langsam seine schönen Augen öffnet. Sofort blickt er zu mir und lächelt. »Guten Morgen, meine Hübsche.« Ich gebe ihm einen Kuss, den er gleich liebevoll ausdehnt. »Morgen.«

Er streicht meine Haare zur Seite und zieht mich wieder enger an sich, ich lege mich ganz auf ihn. »Ja es hat was, mit dir zusammen wach zu werden«, gebe ich zu, er streichelt meinen Rücken lang und seine Hände verweilen auf meinem Po. »Auf jeden Fall. Ich weiß nicht, ob ich nochmal anders kann.« Er will mich gerade küssen, als das Handy wieder klingelt. »Wie spät is es?« Ich zeige zur Uhr. »Mist, ich muss los.«

Er gibt mir einen Kuss und steht schnell auf. Während Fernando sich anzieht, kommt Malik herein und zieht sich ebenfalls gerade ein Shirt an. »Lina, du Schlafmütze, ich muss in den ... Nando, hast du hier geschlafen?« Fernando wuschelt ihm über den Kopf. »Na los, Großer, zieh dich schnell an, dann bringe ich dich in den Kindergarten.« Malik rennt sich blitzschnell umziehen und Fernando kommt noch einmal zur Couch.

»Ich kann ihn auch bringen, ich stehe schon auf, du hast etwas zu tun.« Er gibt mir einen langen Kuss. »Nein, schlaf noch etwas. Ich bringe ihn und komme später ins B.B.«

Als Fernando und Malik rausgehen, bleibe ich noch eine Weile auf der Couch liegen und hänge meinen Gedanken nach, ich stelle fest, dass ich gerade einfach nur glücklich bin, so lange hatte ich das nicht mehr, doch jetzt mit Fernando spüre ich endlich wieder Glück in mir.

Kapitel 9

Als ich am Abend im B.B. ankomme, ist Fernando noch nicht da, er hat weder angerufen, noch ist er ans Telefon gegangen. Es sind zwar schon ein paar Männer der Los Natos da, doch weder Nando, José oder Alonzo sind anwesend. Erst sehr spät kommt Fernando. An seinem grimmigen Gesichtsausdruck erkenne ich sofort, dass er nicht gut drauf ist, neben ihm sind noch einige Männer, manche von ihnen habe ich noch nie hier gesehen, und sie sehen wirklich alle furchteinflößend aus.

Fernando hat zwar etwas anderes an, somit muss er wohl zu Hause gewesen sein, doch wirklich ausgeruht sieht er nicht aus. Ich bediene gerade einen Tisch im VIP-Bereich, als er hochkommt und mich direkt ansteuert. Ich stelle die Sachen ab und gehe ihm entgegen. »Hey.« Er sieht angespannt aus, doch umfasst er trotzdem zärtlich meine Taille. »Hallo Engel.« Er gibt mir einen Kuss und ich sehe ihn fragend an. »Was ist los?«

Er zieht mich an sich und vergräbt seine Nase an meinen Hals. »Nichts… Wir haben ein bisschen was zu tun. Ich wollte dich aber noch sehen.« Ein anderer Mann tritt neben Fernando. Auch er sieht leicht angespannt aus, aber er lächelt mich an und ich erkenne die Ähnlichkeit zu José und Fernando in seinem Lächeln, auch wenn er viel heller ist als beide. Seine Haare sind heller, und seine Augen haben einen leichten Grünstich. »Celina, das ist mein Bruder Gabriel«, stellt Fernando uns beide vor und ich nehme Gabriels Hand, die er mir entgegenstreckt.

»Ich habe schon viel von dir gehört Lina, du hast ja meinem Bruder ganz schön den Kopf verdreht, jetzt verstehe ich auch warum.« Fernando lacht und küsst meine Wange und ich bedanke mich für das Kompliment. Gabriel ist mir sofort sympathisch, mit diesem Lächeln und seiner Erscheinung wirkt er wirklich wie ein Engel. Wir unterhalten uns kurz, doch dann winkt mich Joe zur Bar. »Ich muss arbeiten, bleibt ihr noch?« Fernando nickt und gibt mir einen Kuss. »Soll ich euch etwas bringen?« Doch ich kenne Fernandos Antwort bereits, Gabriel geht schon vor, die anderen zu begrüßen, während Nando erklärt, dass sie nichts brauchen. Ich weiß, Fernando hat es nicht gerne, wenn ich seinen Tisch bediene und da selbst Casper mitbekommen hat, dass Nando und ich nun zusammen sind, ist immer jemand anderes für den Natos - Tisch eingeteilt.

Ich widme mich wieder meinen Tischen, aber ich merke, wie angespannt alle um Fernando herum sind. Andauerd telefoniert jemand, sie diskutieren, und Nando wirkt extrem wütend. Ich spüre, wie sich diese Unruhe auf mich auswirkt und mein Blick ständig zu Nando geht. Kurz bevor ich Feierabend machen will, räume ich noch die Tische um die Tanzfläche ab. Ich stehe gerade in einer Nische, so dass ich einen guten Blick zu den Natos habe, sie mich aber nicht sehr gut sehen können und ich beobachte, dass José und Alonzo in den Club kommen. Sie sind nicht allein, bei ihnen sind ungefähr sieben andere Männer, und die sehen nicht so aus, als gehören sie zu den Natos, schon der Abstand, den sie zu José und Alonzo halten, spricht dafür.

Als Fernando sie erblickt, verändert sich seine Miene sofort, war er gerade noch unruhig und sauer, so sieht er jetzt aus, als würde er gleich den ganzen Club auseinander nehmen. Er steht auf und deutet den anderen sitzen zu bleiben, nur Gabriel schließt sich ihm an. Fernando sieht sich einmal um, ich bin mir sicher, dass er mich sucht, doch dann geht er einfach an den Männern vorbei und ich erkenne, dass er etwas zu ihnen sagt und sie ihm folgen. Sie verlassen das B.B.

Mich überkommt ein ungutes Gefühl. Fernando war zu sauer, und es sind genug Männer hier, warum lässt er alle hier und geht nur mit seinen zwei Brüdern und Alonzo raus? Ich sehe wieder zum Tisch der Natos und merke, dass diese noch angespannter wirken, sie sehen zur Treppe und bereden sich. Mir wird flau im Magen, was ist wenn Fernando etwas passiert? Keiner der Männer, weder einer der neu dazu gekommenen, noch Fernando und seine

Brüder sahen so aus, als haben sie vor, sich friedlich zu unterhalten. »Hey, Süße, du kannst Schluss machen, es ist nichts mehr los«, holt mich Nadia aus meinen Gedanken. Ich verabschiede mich und gehe mich umziehen, doch meine Gedanken spielen verrückt, ich habe keine Vorstellung, wie ich mich in dieser Situation verhalten soll.

Nachdem ich aus der Garderobe komme, gehe ich nochmal in den VIP- Bereich, um zu sehen, ob Fernando wieder da ist, doch noch immer sind sie weg. Ich beschließe, morgen mit Casper abzurechnen und gebe Joe mein Kellnerportemonnaie. Als ich auf den Parkplatz trete, um nach Fernandos Wagen Ausschau zu halten und ihn gerade anrufen will, höre ich aus einer Ecke des Parkplatzes Stimmen und erkenne Nandos darunter. Mein Herz schlägt bis zum Anschlag. Ich weiß, dass ich einfach gehen sollte, aber es ist, als ob meine Füße sich selbstständig machen und mich dorthin tragen.

Ich erblicke mehrere Männer und das Bild, was sich mir zeigt, verwirrt mich. Offenbar sind von den anderen Männern draußen noch mehr gewesen, denn nun sind sie deutlich in der Überzahl, doch trotzdem steht Fernando bedrohlich vor einem und redet auf ihn ein. Trotz der Überzahl der anderen ist es ganz klar ersichtlich, dass Fernando die Situation beherrscht. Seine Brüder stehen hinter ihm, lässig ans Auto gelehnt, als wäre die Situation für sie das Normalste der Welt.

Ich trete näher. »Fernando?« Alle blicken zu mir und sehen mich erstaunt an. Nando lässt von dem anderen Mann ab. »Du hast wirklich Glück, sag Jorge, dass ich es ernst meine.« Der Mann nickt, »…und jetzt verschwindet.« Ohne ein weiteres Wort zu verlieren gehen die Männer zu mehreren Autos und fahren los, während, Fernando auf mich zukommt. Er muss merken, wie verstört ich bin und nimmt mein Gesicht in seine Hände. »Tut mir leid, dass du das mitbekommen hast.« Gabriel und José treten zu uns und lachen. »Meine Güte, wer hätte das gedacht? Unseren Nando hat es echt erwischt, ich hätte nicht gedacht, dass du ihn so davon kommen lässt.« Plötzlich kommt Gabriel und gibt mir einen Kuss auf die Wange.

»Willkommen in der Familie, Lina.« Meine Gedanken sind noch viel zu verwirrt, um irgendwie auf das alles reagieren zu können. »Kommt ihr noch mit rein?« José und Gabriel gehen wieder in Richtung des Clubs, doch Fernando schüttelt den Kopf, während sein Blick weiter besorgt auf mir ruht. »Nein, ich bringe Celina nach Hause.«

Die Brüder richten noch ein paar Abschiedsworte an uns und gehen dann gutgelaunt ins B.B. zurück. Nando umfasst meine Taille. »Es tut mir wirklich leid, du hättest drinnen warten sollen. Ich wäre nicht ohne dich gegangen.« Ich versuche meine Gedanken zu kontrollieren, um mich verständlich auszudrücken und nicht auszurasten. »Was zur Hölle war das gerade, Fernando?«, doch mein Mund verselbständigt sich.

Nando sieht mich irritiert an. »Ich hatte etwas zu klären, nichts Wichtiges«, erklärt er unschuldig. »Nichts Wichtiges?« Ich winde mich aus seinen Armen und will weggehen, doch er hält mich zurück. »Celina, warte! Hey... Geh nicht. Rede mit mir!« Ich wirbele zu ihm um. »Tut mir leid, Fernando, aber ich verstehe dich nicht. Du sagst, das war nichts wichtiges? Es sah so aus, als würdet ihr euch gleich umbringen und warum gehst du alleine mit deinen Brüdern raus, während die hier viermal so viele sind wie ihr, bist du irgendwie lebensmüde? Was meinte dein Bruder damit, dass du ihm, wenn ich nicht gekommen wäre, etwas angetan hättest? Was hat er denn so Schlimmes getan, Fernando, das so etwas rechtfertigt?«

Nando blickt zu Boden, als lägen dort alle Antworten, er reibt sich über die Augen. »Er hat versucht, in den Geschäften meiner Familie mitzumischen, Celina ... das verstehst du sowieso nicht, glaube mir einfach, wenn ich dir sage, ich hatte meinen Grund.« Ich spüre, dass ich langsam wirklich sauer werde und auch mein Tonfall passt sich meinen Nerven an.

120

»Das sollte ich aber, ich sollte es verstehen, Fernando, wenn du mit mir zusammen bist, oder? Ich dachte zumindest, wir wären es und da sollte ich doch Bescheid wissen, warum du so aus dem Club stürmst. Wir wissen beide, dass wir da ganz unterschiedlicher Meinung sind. Wenn ich dich so sehe, das ist für mich ... « Nando unterbricht mich. »Ich habe dir bereits gesagt, dass du dir meinetwegen keine Gedanken machen sollst.« Ich entziehe ihm meine Hand, die er noch immer festhält. »Das tue ich aber. Wenn ich sehe, dass irgendetwas nicht stimmt, ich merke, wie wütend du bist, was dir passieren kann. Wenn du nicht damit umgehen kannst, dass sich jemand um dich Gedanken macht, dass du mir wichtig bist ... « Fernando blickt auf und lächelt. »Ich finde das überhaupt nicht lustig.«

»Ich weiß, dass du anders über viele Sachen denkst und das alles hasst, aber das werden wir noch öfter haben ... « Ich schnaufe leise auf. »Wie beruhigend.« Fernando tritt näher. »Ich liebe es, dass du jetzt in meinem Leben bist und ich verspreche, darauf Rücksicht zu nehmen und dich soweit es geht von allem fern zu halten.« Er gibt mir einen flüchtigen Kuss, doch meine Hände ziehen ihn an seinem Shirt näher zu mir. »Und dass du auf dich aufpasst.« Seine Lippen wollen mich wieder küssen, doch ich entziehe mich ihm.

»Versprochen, ich tue alles, damit du bei mir bleibst.« Seine Hand legt sich an meine Wange, und ich kann ihm keinen Widerstand mehr entgegenbringen. Wieder einmal siegt mein Herz über meinen Verstand.

Fernando bringt mich nach Hause und kommt mit zu mir. Da meine Mutter heute Nacht da ist, auch wenn sie schon schläft, hole ich ein Kissen und eine Decke, und wir kuscheln uns zusammen aufs Sofa. Ich lehne mich an Nandos nackte Brust, es dauert nicht lange und ich bin eingeschlafen.

Am nächsten Tag schleiche ich mich mit Malik aus dem Haus, um Fernando noch schlafen zu lassen. Den ganzen Tag bei den Perez denke ich über gestern nach. So glücklich Fernando mich macht, und das tut er, er ist unvorstellbar lieb und fürsorglich, trotzdem, ich kann doch nicht einfach verdrängen, wer oder was er ist und was für eine Bedeutung das für mich hat. Es kann rein theoretisch jederzeit einer seiner Brüder zu mir ins B.B. kommen um mir mitzuteilen, dass Nando angeschossen wurde. Gestern habe ich mit eigenen Augen gesehen, wie gefährlich diese ganzen Männer aussehen, und dass einer von denen Hemmungen hätte jemanden zu töten, glaube ich nicht.

Selbst bei Gabriel, der wirklich wie ein Engel aussieht, habe ich eine gewisse Unberechenbarkeit in seinen Augen aufblitzen sehen. Doch wenn Fernando mit mir ist, dann ist es so leicht zu vergessen, wer er ist, dann ist er einfach der Mann, den ich liebe. Als ich bei den Perez herauskomme und Malik vom Kindergarten abholen will, entdecke ich Fernandos Auto vor dem Haus und dass er Malik bereits abgeholt hat, denn dieser sitzt gemütlich ein Eis essend auf Nandos Rücksitz und grinst mich an. Ich steige ein und begrüße beide. »Was habt ihr beide gemacht?«

Fernando startet das Auto. »Malik hat mich gestern um etwas gebeten, deswegen habe ich ihn heute abgeholt.« Ich sehe in den Rückspiegel zu Malik. »Um was denn?« Malik lacht, »Das ist Männersache.« Fernando lacht ebenfalls und ich werfe ihm einen Blick zu, der ihm hoffentlich klar macht, dass ich dies später erfahren möchte. »Wir waren auch einkaufen«, verrät Malik und Nando sieht mich forschend an. »Naja, als ich heute wach geworden bin, hat deine Mutter mich so verwöhnt, meine Güte ihre Spiegeleier sind die besten, ich war kurz zu Hause, wo mich Arturo abgefangen hat. Er musste ein paar Sachen für Olivia besorgen, also haben wir Malik abgeholt und waren ein bisschen einkaufen. Malik und ich hatten Langeweile und haben für euch eingekauft.«

Er zuckt die Schulter und ich muss lachen. Wir halten vor unserer Wohnung und Malik springt schon mal raus. »Du wirst immer raffinierter«, gebe ich zu und Nando zieht mich an sich. »Und du hast mir heute morgen beim Aufwachen gefehlt.« Ich gebe ihm einen Kuss, den er genüsslich ausdehnt. Unter ein bisschen Einkauf versteht Fernando offensichtlich nicht das gleiche wie ich. Die

Sachen, die er mit Malik eingekauft hat, sind kaum in unserer Küche zu verstauen. Fernando hat wirklich alles gekauft, vom Waschmittel, über Nudeln, Belag, Joghurts, Süßigkeiten, Fleisch, Gemüse. Normalerweise kaufen wir nicht so oft Obst, aber nun quillt unser Tisch über von frischen Bananen, Äpfeln, Ananas.

Auch hat Malik nicht wie immer eine Packung Kellogs, sondern konnte sich nicht entscheiden und Fernando hat ihm drei gekauft. Ich kann mir nur zu gut vorstellen, wie die beiden durch den Einkaufsladen fahren, Malik auf irgendwas zeigt und Fernando es einfach in den Wagen schmeißt. Nachdem wir alles ausgepackt und etwas gegessen haben, gehen wir noch mit Malik auf den Fußballplatz, da Nando ihm noch eine Runde Fußball schuldet. Amüsiert betrachte ich die beiden, bis Petro auftaucht. Fernando und ich gehen in den Tortillas - Laden, um etwas zu trinken zu kaufen.

Da der Laden so leer ist und Fernando doch noch Tortillas essen möchte, setzen wir uns in eine kleine Ecke und trinken dort etwas. Fernando erzählt mir, wie weit die Bauarbeiten in seinem Haus sind. Ich kann nicht glauben, dass er ernsthaft meinetwegen sein Schlafzimmer neu machen lässt. Er holt ein paar Broschüren aus seiner Hosentasche und will, dass ich mir ein Bett aussuche. Nach langem Hin und Her gebe ich schließlich nach und entscheide mich für ein traumhaftes riesiges Himmelbett, so eins, wie ich es mir schon immer gewünscht habe.

»Nando? Nando Nato?« Ich blicke auf, während Fernando gerade mit meinem Hals beschäftigt ist und sehe, wie zwei Männer auf uns zukommen. Ein dunkler Mann mit einem Cap und einem etwas sehr auffälligen Gebiss und ein etwas hellerer Mann mit massenhaft Tätowierungen im Gesicht. Ich versuche nicht zu starren, aber noch nie habe ich jemanden gesehen, der so auffällige Tätowierungen im Gesicht hat. Ich erkenne eine Zahl und ein Kreuz an seiner Schläfe. Fernando beachtet die beiden gar nicht.

»Nando?« Man hört, dass der hellere Mann einen gewissen Respekt hat und Fernando blickt auf und seufzt extra laut. »Nando, hallo, ich bin Eduardo und das ist mein Freund Tajo. Vielleicht hast du schon von uns gehört, wir versuchen schon seit einer Weile, mit dir oder deinen Brüdern Kontakt aufzunehmen. Wir haben da eine Idee und wollten sie mit euch besprechen. Wenn du … das dauert nur ein paar Minuten.« Fernando zeigt auf seinen Teller. »Wie ihr seht, ich esse gerade.« Die Jungs nicken und sehen zu mir, jeder merkt wohl, dass Fernando gerade nicht gestört werden will.

»Ich lasse dir meine Handynummer hier, dann können wir uns später treffen?« Nando antwortet nicht, die Jungs gehen zur Theke, lassen sich etwas zum Schreiben geben, und der hellere legt Fernando einen Zettel hin. »Rufst du an?« Fernando nimmt den Zettel und sieht auf, scheinbar ist das für die Männer Antwort genug, und sie verlassen den Laden.

»Tut mir leid.« Ich winke ab. »Du kannst ja nichts dafür.« Fernando zieht mich auf sich. »Ich werde alles dafür geben, dass ich das ganze so weit wie möglich von dir fernhalte, aber manches lässt sich nicht vermeiden.« Ich streiche über seine Wange und versinke in die Tiefe seinen schönen dunklen Augen. »Das ist einfach so … ich weiß wirklich nicht, ob das gut gehen kann.« Fernando hält mein Kinn vorsichtig fest, so dass ich ihn ansehen muss.

»Ich denke nicht, dass ich dich noch gehen lassen kann.« Er lächelt, doch ich sehe, dass er seine Worte aus vollem Herzen meint. »Ich weiß nicht, ob ich noch ohne dich sein möchte, Celina.« Seine Lippen treffen auf meine, seine Zunge streicht über meine Unterlippe und als ich mich ihm öffne, umfasst er meinen Nacken und zieht mich noch enger an sich.

Als wir uns nach diesem zärtlichen Kuss lösen, legt er seine Stirn an meine. »Ich liebe dich, Celina, noch nie habe ich so etwas für eine Frau empfunden, ich habe keine Ahnung, wie man so etwas wie eine feste Beziehung hat, also werde ich sicherlich Fehler machen, aber ich liebe dich.« Ich muss lächeln, es ist das erste Mal, dass Fernando mir sagt, dass er mich liebt. »Ich liebe dich auch, Fernando.«

Er gibt mir einen kurzen Kuss. »Ich werde nichts an dich herankommen lassen«, verspricht er leise und ich hoffe, dass es so sein wird.

Die nächste Woche sehen Nando und ich uns täglich, er übernachtet öfter bei uns und holt mich bei den Perez oder vom B.B. ab. Wir genießen jede Minute zusammen, und ich vermisse ihn schon, wenn er mal nicht bei uns schläft. Dann muss Fernando für ein paar Tage in eine andere Stadt, um Angelegenheiten für seine Familie zu klären. Ich frage gar nicht nach, aber ich habe das Gefühl, dass es etwas mit der Sache zu tun hat, die vor dem B.B. passiert ist. Bevor er fährt, kommt Fernando nochmal zu mir auf die Arbeit und verabschiedet sich von mir.

José, Alonzo und Gabriel sind dabei, und auch sie umarmen mich und versprechen auf Fernando aufzupassen, was dieser lachend zur Kenntnis nimmt, dann liege ich in seinen Armen. »Pass auf dich auf, mein Herz, ich melde mich morgen bei dir.« Er gibt mir einen sanften Kuss. »Wenn etwas ist, ruf an und für den Notfall, bei Malik und dir im Schrank liegt unter deinen Shirts etwas Geld.« Ich sehe ihn warnend an. »...Nur für den Notfall oder für was du willst.« Er lacht. »Da liegt auch noch etwas anderes für dich.«

»Fernando, du sollst nicht ... « Er küsst meine Nasenspitze. »Ich weiß, aber ich will.« Ich gebe ihm einen letzten Kuss. »Ich liebe dich, pass auf dich auf.« Er nickt. »Ich dich auch«, dann gehen sie raus. Nach meiner Schicht schleiche ich ins dunkle Zimmer, wo meine Mutter und Malik bereits schlafen und stelle eine kleine Lampe an. Ich sehe unter meinen Shirts nach, ignoriere die Scheine und nehme die kleine blaue Schachtel mit ins Wohnzimmer, welche ich unter meinen Sachen finde.

Als ich diese öffne, muss ich lächeln, sofort erkenne ich, dass es sich um einen weiteren Anhänger für mein Armband handelt. Ein kleines Herz mit der Gravur

'*Ich liebe dich*' und auf der Rückseite '*Fernando*'.

Ich befestige dieses neben dem kleinen Engel und weiß schon jetzt, dass ich Fernando vermissen werde, auch wenn es nur ein paar Tage sind.

Kapitel 10

Die Tage ohne Fernando vergehen langsam, ich vermisse ihn wahnsinnig. Wir telefonieren öfter am Tag oder schreiben uns, doch trotzdem vermisse ich ihn mit jedem Tag mehr, und ich weiß, dass er es auch tut. Er erzählt nicht so viel, wenn ich frage, was er da unten tut, doch ich weiß, dass, wenn ich mehr wissen wollte, er mir diese Antworten auch geben würde. Er trifft sich dort, wo er hingefahren ist, mit einigen anderen Männern, um ein paar Details zu besprechen, wer in welchem Gebiet zuständig ist. Es scheint, als wären diese Treffen einigermaßen harmlos oder er lässt mich in diesem Glauben, zumindest ist er am Telefon immer ziemlich gut gelaunt.

Meine freie Zeit verbringe ich mit Josy, die sich nach einem Gespräch mit Casper, welches wohl nicht nur sehr laut, sondern auch sonst sehr unschön verlaufen ist, ganz von ihm losgesagt hat. Auch wenn ich weiß, dass sie ihn noch in ihrem Herzen trägt. Auf der Arbeit aber kriegt man davon nicht mehr viel mit, sie flirtet hemmungslos mit den Kunden und spielt die alte gutgelaunte Josy, doch wenn ich mit ihr alleine bin, zeigt sie mir die traurige Josy, die sich mehr von der Affäre mit Casper erhofft hatte, als nur ein paar schöne Stunden.

Auch wenn Fernando nicht da ist, oder wahrscheinlich genau deswegen, spüre ich bei der Arbeit im B.B. ständig die Blicke der paar Männer auf mir, die von den Los Natos in den Club kommen. Als ich Fernando direkt frage, ob er ihnen gesagt hat, dass sie ein Auge auf mich haben sollen, hat er sofort abgelenkt, was mir Antwort genug war. Morgen kommt Fernando wieder, nach meiner Arbeit bei den Perez hole ich Malik ab, und wir laufen gemütlich nach Hause.

Als wir an der Geschäftsstraße vorbeikommen, besorge ich noch etwas für das Abendbrot und kaufe Malik ein Eis. Wir biegen gerade in unser Viertel ein, als uns drei Männer entgegenkommen. Erst sehe ich gar nicht richtig hin, aber als ich einen der Blicke von ihnen stechend auf mir spüre, sehe ich hoch und erkenne die beiden Männer aus dem Tortilla Laden wieder. Neben ihnen läuft noch ein weiterer Mann, der ebenso wie der hellere auch von Tattoos übersät ist.

»Hey, ist das nicht die Kleine, die wir letztens mit diesem Nando gesehen haben?« Ich blicke schnell wieder weg und nehme Malik an die Hand, um rasch an ihnen vorbeizugehen, doch der dunklere von beiden hält mich am Arm fest. »Klar ist sie das, wer könnte so eine Schönheit schon vergessen?« Maliks Händedruck wird stärker, ich weiß, dass er Angst hat, mein Herz schlägt mir selbst bis zum Hals. Der hellere der Männer tritt näher an mich heran, während der dunklere mich immer noch festhält. »Sag mal, wo ist Nando? Er hat sich nicht gemeldet, ist er sich zu fein, um sich wenigstens mal unsere Idee anzuhören?« Ich atme einmal tief ein und versuche ruhig zu bleiben.

Meine Gedanken wirbeln durcheinander, ist es jetzt sinnvoller abzustreiten, dass ich Fernando kenne oder zu sagen, dass wir zusammen sind? Ich weiß nicht, was mich und vor allem Malik aus dieser Situation heil herausbringt. »Rede schon, Puta, oder hat er dich schon wieder ausgetauscht, denn ich muss sagen, du gefällst mir auch sehr gut.« Malik neben mir fängt leise an zu schluchzen.

»Lasst mich los, mein Bruder kriegt Angst«, bitte ich den dunkleren der beiden, doch der grinst mich nur an. »Das sollte er auch.« Ohne meinen Arm loszulassen, tätschelt er erst Malik über seine Haare und kneift ihn dann unsanft in die Wange. »Wusstest du, dass deine Schwester mit gefährlichen Männern rummacht?«. Die Tränen laufen Malik über die Wange, er fängt an zu zittern, und auch ich kann meine Tränen nicht mehr halten. Malik so zu sehen bricht mir das Herz. »Ich weiß nicht, warum er sich nicht gemeldet hat, aber ich werde es ihm ausrichten.« Meine Stimme ist so dünn und zitterig, doch die Männer scheinen kein Erbarmen zu haben.

»Woher sollen wir wissen, dass er überhaupt noch Interesse an dir hat? Wahrscheinlich vögelt er genau jetzt eine andere, er ist dafür bekannt wild zu leben.« Trotz meiner Angst versetzt mir allein der Gedanke daran einen Stich ins Herz. »Nein, wir gehen auf Nummer sicher, dass du ihn auch wirklich erreichst und es ihm ausrichtest, wir behalten ein Pfand.«

Sein Blick liegt auf Malik, und alles in mir schreit auf, doch dann wandert sein Blick an mir herab und bleibt auf der Kette meines Vaters hängen. Seine Hand kommt mir entgegen, und ich sehe, dass der Nagel seines kleinen Fingers länger ist als die anderen, was mir bei manchen der Kunden im B.B. auch aufgefallen ist. Josy hat mir erzählt, dass, wenn jemand regelmäßig Kokain nimmt, sie den Fingernagel wachsen lassen, damit sie es besser konsumieren können.

Erst streichelt er über meine Wange, dann über meine Lippen. »Fernando ist dumm, so eine Schönheit gehen zu lassen.« Blitzschnell reißt er mir die Kette von Hals, und ich spüre einen brennenden Schmerz an der Stelle, wo vorher die Kette war. Die anderen beiden Männer lachen. »Sag Fernando, er weiß, wo er die zurückbekommt, falls er daran Interesse hat, was ich bezweifele. Aber es war schön, dich mal wieder zu sehen.« Er lacht und steckt sich die Kette in die Hosentasche, dann wenden sich alle drei ab und laufen weiter, als wäre nichts passiert.

Ich bemerke, dass einige Passanten uns beobachten, doch natürlich hatte keiner den Mut uns zu helfen. Ich fasse mir an den Hals, wo sonst immer die Kette, das einzig wahre Erinnerungsstück meines Vaters hing und jetzt nur noch ein brennender Schmerz ist. Erst durch Maliks Schluchzen werde ich wieder etwas geistesgegenwärtiger. Ich beuge mich zu ihm hinunter und nehme ihn in meine Arme. »Alles ist gut, beruhige dich.« Er sieht mich ängstlich an. »Lina, wer war das? Warum haben sie dir Papas Kette weggenommen?« Ich überlege krampfhaft, was ich ihm sagen soll. »Weißt du, Malik, es gibt solche bösen Menschen, aber keine Angst, jetzt sind sie weg, und uns ist nichts passiert, das mit der Kette ist nicht so schlimm, okay?« Er nickt und ich nehme seine Hand, ich will so schnell wie möglich von hier weg.

»Kennen die Nando? Was haben sie über ihn gesagt?« Ich seufze schwer, er liebt Fernando, und ich will nicht, dass er schlecht von ihm denkt. »Nein, Malik, die haben einfach rumgesponnen, vergiss das ganze wieder, Süßer, in Ordnung? Und Malik, du musst mir versprechen, Mama davon nichts zu erzählen, sie wird sonst traurig wegen der Kette, und wir wollen nicht, dass Mama traurig wird. Das bleibt unser kleines Geheimnis.« Er nickt und lächelt schwach. »Ich glaube, wenn Nando das weiß, dann kauft er dir eine neue, dann merkt Mama das gar nicht.« Schweigend laufe ich neben ihm her bis zu unserer Wohnung. Erst als wir da sind, atme ich wieder richtig durch, ich mache Malik was zu essen, und als er sich dann vor den Fernseher setzt, gehe ich ins Zimmer, lege mich aufs Bett und lasse meinen Tränen freien Lauf.

Die halbe Nacht kriege ich kein Auge zu. Während meine Mutter und Malik selig schlummern, leide ich innerlich Qualen. Ich verfluche mich selber, was ich getan habe, wie konnte ich so dumm sein und mich auf dieses gefährliche Spiel mit Fernando einlassen und auch noch mein Herz an ihn verlieren? Heute habe ich dafür die Quittung bekommen, indem ich durch meine Dummheit meine Familie in Gefahr gebracht habe, wie konnte ich alles, was mein Vater mir von klein auf eingebläut hat, so vergessen? Fernando ist lieb, ein Traum von einem Mann … zu mir, aber wie konnte ich bloß alles andere ausblenden? Was wäre, wenn Malik etwas passiert wäre? Für einen Moment bestand die Gefahr, dass sie Malik mitnehmen, er hat Malik angefasst, nichts, nichts auf der Welt ist es mir wert, ihn oder meine Mutter in Gefahr zu bringen, nicht mal meine Liebe zu Nando.

Fernando ruft mich die ganze Nacht an, mein Handy ist auf lautlos gestellt, ich gehe nicht ran. Erst nachdem ich Malik in den Kindergarten gebracht habe, lege ich mich für ein paar Stunden schlafen, meine Mutter holt ihn ab und besucht dann eine Freundin, so dass ich erst aufstehe, kurz bevor meine Schicht im B.B. anfängt. Mein Handy zeigt mir an, dass Nando weiter probiert hat mich zu erreichen. Mein Herz zieht sich nicht nur zusammen, weil ich so unglaublich wütend auf mich selbst bin, sondern auch, weil ich weiß, welche Konsequenzen das für Nando und mich haben wird. Als ich mich im B.B. zurechtmache, starre ich eine ganze Weile auf den Kratzer, den mir der Mann am Hals hinterlassen hat, als er mir die Kette von meinem Vater entrissen hat. Seitdem fasse ich mir ständig automatisch an die Stelle, als würde sie einfach wieder an meinem Hals, wo sie schon so lange hing, erscheinen.

Eigentlich hatten Fernando und ich besprochen, dass er mich heute aus dem B.B. abholt, da er erst spät wieder hier sein wollte, doch mein Blick auf mein Handy und die vielen unbeantworteten Anrufe sagen mir, dass er sicherlich bereits gemerkt hat, dass etwas nicht stimmt. Am liebsten würde ich ihn jetzt sofort anrufen, ihn anschreien, in welche Gefahr er und ich meine Familie gebracht haben, doch gleichzeitig will ich gerade nicht mal mehr mit ihm reden. Zum Glück hat Josy heute keinen Dienst, sonst müsste ich ihr auch noch Fragen beantworten.

Ich versuche alles zu verdrängen und mich auf die Arbeit zu konzentrieren, doch so wirklich gelingt mir das nicht. Als ich vom Normalo - Bereich, wo ich für den Anfang eingeteilt war, in den VIP- Bereich wechsele, winkt mich Joe zu sich. »Fernando hat angerufen und gefragt, ob du heute arbeiten bist. Was ist denn los? Ist alles klar bei dir?« Er sieht zu dem Kratzer an meinem Hals, doch ich nicke. »Ich werde damit schon fertig«, versichere ich ihm und er gibt mir einen Kuss auf die Wange. »Du musst besser auf dich aufpassen, Lina.« Ich nicke. »Das werde ich ab jetzt auch, versprochen.«

Es ist noch nicht mal Mitternacht, als plötzlich Fernando, José, Gabriel, Alonzo und noch ein paar Männer in den VIP- Bereich treten. Ich stehe gerade an der Bar bei Joe, und als ich Fernando erblicke und unsere Augen sich treffen, würde ich am liebsten laut losweinen und in seine Arme laufen, doch ich wende mich einfach ab. Keine Sekunde später spüre ich seine Hände an mir. »Celina, was ist los? Warum gehst du nicht ans Telefon?« Er dreht mich zu sich um und ich sehe, dass Gabriel und José direkt neben ihm stehen und mir zunicken, bevor sie etwas zu Joe sagen.

Nando sieht an mir herunter, er wirkt total verwirrt, natürlich kann er sich auf mein Verhalten keinen Reim machen, wie sollte er auch? Man erkennt allein an Fernandos Gesichtsausdruck den Moment, als er den Kratzer entdeckt. »Was ist passiert?« Seine Finger streichen über den Kratzer. »Wo ist deine Kette? Verdammt, Celina, sprich mit mir.« Seine Verwirrung weicht und er wird wütend.

Ich atme tief ein, um ihn nicht anzubrüllen und Tränen steigen mir in die Augen. Mittlerweile haben auch seine Brüder die Augen auf mich gerichtet und Alonzo ist hinter Nando getreten, denn scheinbar merken alle, dass etwas nicht stimmt. »Weißt du noch, die Männer im Tortilla Laden, die dir ihre Nummer gegeben haben?« Fernando wird angespannt. »Was ist mit denen?« José sieht auf meinen Kratzer und stellt sein Glas ab, meine Tränen kann ich nicht mehr zurückhalten. »Du hast sie nicht angerufen, Fernando ... und sie sind deswegen sauer. Malik und ich sind ihnen gestern zufällig über den Weg gelaufen.«

Fernando schließt seine Augen, doch jetzt muss er sich das Ganze anhören, ich muss auch seit diesem Augenblick immer wieder mit der Szene vor meinem inneren Auge leben, wie der Mann über Maliks Kopf streicht und überlegt ihn mitzunehmen. »Sie haben nach dir gefragt, warum du dich nicht meldest, mich als Nutte beschimpft, einer von ihnen hatte scheinbar Interesse an mir und hat mich berührt. Er war sich ziemlich sicher, dass du sowieso schon eine Neue hast ... und Malik. Er hatte solche Angst, der eine von ihnen hat ihm in die Wange gekniffen, dann dachten sie, es wäre wohl am besten einen Pfand zu nehmen, um sicher zu gehen, dass du dich auch meldest.«

Meine Stimme bricht. »Mir ist es egal, wie sie mich behandelt haben, dass sie mir wehgetan und mich berührt haben, auch meine Kette ist unwichtig ... aber Fernando, sie wollten, sie haben überlegt ... sie hätten beinahe Malik mitgenommen.« Ich kann ein leises Aufschluchzen nicht verhindern, die Männer um mich herum sind totenstill, ich sehe, dass Fernando fast platzt vor Wut, aber das ist mir egal. Ich kann mich nicht mehr beherrschen und schreie ihn an.

»Was hätte ich dann tun sollen? Wie hätte ich verhindern sollen, dass sie ihn mir wegnehmen? Weißt du, wie sehr er geweint und gezittert hat? Was sollte ich sagen, als er wissen wollte, warum die Männer ihn gefragt haben, ob er weiß, mit welchen Männern ich rummache … sag mir, was ich hätte tun sollen?« Fernandos Blick ist unbeschreiblich, ich dachte, ich hätte ihn schon wütend gesehen, aber jetzt weiß ich, dass ich ihn noch nicht mal annähernd so gesehen habe wie jetzt.

Er dreht sich um, José will ihn an der Schulter festhalten. »Nando, warte erst mal noch kurz, lass uns…« Doch Fernando schüttelt seinen Arm ab und geht wieder die Treppen runter. Alonzo flucht und alle drei gehen schnell hinter Fernando her. Ich bleibe zurück und starre ihnen nach. Es bedarf keiner Erklärung, wohin Fernando geht, ich habe es in seinen Augen gesehen, diese unglaubliche Wut, doch es beruhigt mich in keinster Weise, sondern bestärkt meinen Entschluss nur noch, dass ich damit nicht leben kann.

»Willst du für heute Schluss machen? Ich kann …« Joe, der das alles mitbekommen hat, unterbricht meine Gedanken. »Nein … nein, ich brauche jetzt Ablenkung«, erkläre ich leise und mache mich wieder an die Arbeit. Mechanisch bediene ich die Leute und lächle, doch innerlich brodelt es in mir. Es reizt mich gar nicht Feierabend zu machen, und somit bleibe ich bis zum Schluss und helfe noch aufzuräumen, bis mich Casper irgendwann kopfschüttelnd nach Hause schickt. Als ich den Club verlasse, bin ich nicht verwundert, Fernandos Auto direkt vor dem Eingang vorzufinden, und dass die Beifahrertür von innen aufgemacht wird, so dass ich einsteigen kann. Als ich mich hineinsetze und die Tür schließe, blicke ich zu Fernando und sehe, dass er mittlerweile etwas ruhiger geworden ist.

Er öffnet seine Hand und darin liegt meine Kette. »Hier, ich habe sie gleich reparieren lassen.« Ich nehme sie in meine Hand. »Danke, aber darum geht es nicht«, sage ich leise, und er nickt. Ich spüre es, und man sieht auch, dass Fernando zwar ruhiger, aber innerlich angespannt ist, als warte er auf ein schlimmes Urteil. Er fährt los, wir beide sind still, man hört nur die Geräusche des Wagens.

»Es tut mir so leid, Celina, ich wollte das nicht. Ich liebe Malik, das weißt du, wenn ich …«, erklärt Fernando plötzlich. »Das weiß ich. Mir ist klar, dass du das nicht wolltest, aber es ist passiert. Ich mache dir auch gar keinen Vorwurf, ich mache mir selber einen.« Fernando greift nach meiner Hand und küsst sie. »Celina, ich schwöre dir, dass ich dafür sorgen werde, dass so etwas nicht mehr passiert, die dachten du wärst einfach irgendeine, mit der ich mal rumgemacht habe. Hätten sie geahnt, dass du meine Freundin bist, hätten sie dich nie angesprochen. Ich rede mit Malik und … « Ich unterbreche ihn erneut. »Wie willst du so etwas verhindern? Willst du jetzt Tag und Nacht bei mir sein? Oder mich nur noch mit Begleitschutz rauslassen? Das geht nicht Fernando, ich hätte das einfach von Anfang an bedenken müssen. Wir wussten doch beide, dass ich so ein Leben gar nicht will, dass ich mit all dem nichts zu tun haben will.«

Fernando hält vor unserer Haustür. »Was willst du damit sagen, Celina? Mir ist auch klar, dass es nicht einfach wird, aber ich liebe dich und ich will, dass du bei mir bleibst.« Ich sehe ihn an. »Ich liebe dich auch, Fernando, so sehr, dass es mich innerlich zerreißt, aber ich kann das nicht. Du, die Los Natos, das alles ist nicht gut für mich, dieses Leben ist nicht das, was ich führen will und egal, wie sehr ich dich liebe, dass meine Familie in Sicherheit und in Ruhe leben kann, ist mir wichtiger!«

Fernando sieht durch die Frontscheibe, meine Tränen laufen mir die Wange herunter. »Ich bin nicht gut für dich? Was willst du damit sagen, Celina?« Auch seine Stimme ist nicht wiederzuerkennen, und ich schließe die Augen. »Wenn du mich liebst, dann musst du von mir und meiner Familie fernbleiben. Ich kann dieses

Leben nicht führen ... es geht nicht«, meine Stimme wird immer leiser.

Fernando senkt seinen Kopf, er sagt kein Wort mehr, ich sehe ihn von der Seite an, dann steige ich aus. Sofort, nachdem ich die Tür geschlossen habe, fährt Fernando los.

Ich sehe seinem Auto noch hinterher, selbst als man es nicht mehr erkennt ...

... das war das letzte Mal, dass ich Fernando Nato gesehen habe.

Kapitel 11

Ein Jahr später

Fernandos Lachen, sein Geruch und sein Geschmack, die liebe-volle Art, wie er mich immer angesehen hat, wie er mir seine Liebe gestanden hat, alles fühlt sich so echt, so real an. Ich sehe auf die Scheinwerfer, das wegfahrende Auto und immer wieder Fernandos Gesicht, als ich ihm sagte, er soll sich von mir und meiner Familie fernhalten.

Ich öffne meine Augen und erkenne, dass ich im Hier und Jetzt bin, dass mich diese Erinnerungen nur wieder, wie so unzählige Male in dem letzten Jahr, eingeholt haben.

Erschöpft bette ich mich um und versuche die aufkommenden Tränen herunterzuschlucken, nach so realen Erinnerungen, die ich zwar tagsüber einigermaßen im Griff habe, die mich aber ständig in der Nacht heimsuchen, fällt es mir sehr schwer. Über ein Jahr ist es jetzt her, dass ich Fernando das letzte Mal gesehen habe. Er hat sich meine Bitte, meine Forderung, zu Herzen genommen und ist nicht mehr ins B.B. gekommen. Die gesamten Los Natos sind wohl zu einem anderen Club gewechselt, der zwei Straßen weiter, neu aufgemacht hat und von da an im direkten Konkurrenzkampf mit dem B.B. war.

Seit dem letzten Treffen mit Fernando hat sich viel geändert. In meinem Leben und im Leben meiner Familie, man kann sagen, dass wir endlich mal wieder Glück zugesprochen bekommen haben. Ein paar Wochen nach meiner Trennung von Nando hat meine Mutter eine neue Stelle bekommen. Ein Mann, der sie schon öfter bei der Arbeit im Altersheim gesehen hat, Edmundo Nestor, von uns einfach Edi genannt, hat sie angesprochen und sie gefragt, ob sie Interesse hätte, in seinem neu eröffneten Altersheim als Leiterin anzufangen.

Dieser neue Job meiner Mutter bedeutet nicht nur, dass wir mehr Geld zur Verfügung haben, das Altersheim liegt auch knapp außerhalb der Stadt, so dass meine Mutter ein kleines Häuschen auf diesem Grundstück zur Verfügung gestellt bekam. Wieder aufs Land, auch wenn es nur ein paar Minuten außerhalb von San Sebastian ist. Meine Mutter war überglücklich und ist sofort mit Senor Nestor dorthin gefahren, um alles vorzubereiten, während Malik und ich erst einmal in der Stadt blieben. Durch das neue Gehalt meiner Mutter konnte ich meinen verhassten Job bei den Perez aufgeben und hatte Zeit, mir einen richtigen, guten Job zu suchen.

Nach einer anfangs erfolglosen Suche habe ich dann mehr durch einen glücklichen Zufall eine Stelle in einem Anwaltsbüro bekommen. Diese neue Arbeit macht mir nicht nur sehr viel Spaß, auch ist mein Chef, ein etwas älterer und sehr liebevoller Anwalt, ein großartiger Mensch, der mich regelmäßig mit zu Gerichtsverhandlungen nimmt und mir so viel mehr Einblick in diese Welt gewährt, als mir sonst zustände. Endlich habe ich eine Arbeit, die ich gerne mache, wo ich gutes Geld verdiene und gut behandelt werde.

Meinen Job im B.B. behielt ich trotzdem vorerst, allein die Menschen dort, Joe, Belinda, Janosz, Casper ... alle sind mir so ans Herz gewachsen, dass ich gerne dort gearbeitet habe. Leider ist ein paar Wochen später ein Unglück im B.B. passiert. Nach einer langen Samstagnacht, am darauffolgenden Morgen ist das B.B. in Flammen aufgegangen. Es wurde alles getan, doch es war nicht mehr zu retten. Die Ursache für diesen Brand ist bis heute unklar, doch Casper ist felsenfest überzeugt, dass der Besitzer des neuen Clubs seine Finger mit im Spiel hatte.

Er hat geschworen, dass er das B.B. wieder aufbauen wird, besser als vorher und dass wir dann alle wieder eingestellt werden. Somit habe ich nur noch bei dem Anwalt gearbeitet, mein Gehalt reicht, um damit gut zu leben.

Malik ist in die Schule gekommen, und da von dem neuen Haus meiner Mutter ein Schulbus zur Schule in die Stadt fährt, hatte er auch nach seinem Umzug zu meiner Mutter die Möglichkeit, in der Stadt zur Schule zur gehen und weiterhin den Kontakt zu seinen Freunden und vor allem zu Petro zu behalten. Das ist für mich das Schönste an allem. Malik hat die Möglichkeit, außerhalb der Stadt, auf dem Land zu leben, mit etwas mehr Geld und kann trotzdem seine Freunde in der Stadt behalten. Als für mich die Entscheidung vor der Tür stand, ob ich zu meiner Mutter und Malik mit aufs Land ziehe, habe ich mich letztlich doch dagegen entschieden.

Wie sehr ich das Landleben auch vermisst habe, mittlerweile habe ich diese Stadt, die ich anfänglich so gehasst habe, auch in mein Herz geschlossen, ich wollte das erste Mal etwas unabhängig sein und habe mich mit Josy zusammengetan. Josy hat angefangen in einer Bücherei zu arbeiten, zwar gefällt ihr der neue Job nicht wirklich, aber die vielen Studenten, die sie dort kennenlernt, lassen sie jeden Morgen fröhlich zur Arbeit gehen. Wir haben uns im Herzen von San Sebastian eine gemütliche dreizimmerwohnung gemietet. Jede hat ihr eigenes Zimmer, wir haben ein Wohnzimmer, eine kleine Küche und ein großes Bad, was sehr wichtig bei uns beiden ist.

Nach mehreren Wochen, viel Arbeit und einigen Missgeschicken bei den Reparaturen, haben wir uns eine kleine gemütliche Wohlfühloase geschaffen, und ich bin froh über den Schritt, den ich gegangen bin. Trotzdem verbringe ich fast alle Wochenenden bei meiner Mama und Malik auf dem Land. Deren Haus ist zwar klein, aber gemütlich. Malik hat sein eigenes Zimmer und meine Mutter einen großen Garten, wo sie angefangen hat, Tomaten, Salat und alle möglichen Gemüsesorten zu pflanzen.

Meine Mutter ist wieder richtig glücklich, was wohl auch zum Teil an Edmundo liegt. Edi ist ein freundlicher Mann, er ist geschieden und hat keine eigenen Kinder. Seine schwarzen Haare sind schon leicht ergraut, aber seine Augen sprühen noch vor Lebensenergie. Malik und ich wissen, dass meine Mutter und er mehr sind als Arbeitskollegen und Freunde. Ich muss immer lächeln, wenn ich den liebevollen Blick von Edi auf meiner Mutter sehe oder wie sie ihm heimlich verliebte Blicke zuwirft. Sie gibt es nicht zu, wahrscheinlich weil sie Angst hat, Malik und mich könnte es wegen unseres Vaters verletzen, dabei gönnen wir ihr dieses Glück und haben den gutmütigen Edi schon in unser Herz geschlossen. Ja, unser Leben ist besser geworden, das Schicksal hat es endlich wieder gut mit uns gemeint und doch kann mein Herz nicht glücklich sein.

Die erste Zeit, als ich Fernando nicht mehr gesehen habe, war ich so überzeugt, so fest im Glauben, dass es nicht anders geht. Dass meine Entscheidung ihn zu verlassen richtig war, so dass ich die Sehnsucht nach ihm weit weg in mein Herz gesperrt habe. Sie ist immer wieder ausgebrochen und hat mich überwältigt, doch allein die Bilder von Malik, wie er weinend neben mir stand, halfen mir über die erste Zeit hinweg. Trotzdem konnte ich es nicht lassen, immer wieder zum Eingang des B.B. zu sehen und festzustellen, dass er nicht mehr kam.

Wenn ich bei den Perez herauskam, fiel mein Blick wie selbstverständlich zur Straße, wo er immer auf mich gewartet hat, nur um zu erkennen, dass er es nicht tut. Wie sollte er auch? Ich habe ihn weggeschickt. Am Anfang hat Malik oft nach Fernando gefragt, doch dann hat er es sein lassen, und die Veränderungen, die in unserem Leben passiert waren, haben ihn soweit abgelenkt, dass er aufhörte zu fragen, wann Nando wiederkommt.

Es dauerte nicht lange, und meine Sehnsucht nach Fernando übermannte mich immer öfter. Mir fehlte alles, seine liebevolle Art, seine schönen Augen und seine zärtlichen Küsse. Immer wieder stiegen Bilder in meinen Kopf, wie er mich geliebt hat, unsere Körper so perfekt ineinander verschlungen, seine Berührungen, so als wäre ich der kostbarste Schatz für ihn. Meine Mutter hat nicht viel nach ihm gefragt, sie kennt mich und egal, wie sehr ich es probiert habe zu kaschieren, sie wird gemerkt haben, wie mich die Sehnsucht innerlich zerfrisst.

Eines Abends fand sie mich im Wohnzimmer vor, wie ich gedankenverloren aus dem Fenster starrte, meinen Tränen freien Lauf ließ und mich an dem Armband festklammerte, was Fernando mir geschenkt hat und welches ich nie, nicht einen Augenblick abgelegt habe. Bis zu diesem Zeitpunkt wusste meine Mutter nichts von dem, was es genau mit Fernando auf sich hat, doch als sie mich in diesem Augenblick tröstend in den Arm nahm, brach alles aus mir heraus. Ich erzählte, wer Fernando wirklich ist, wer die Los Natos sind, was mir und Malik passiert ist und wie stark und unmöglich meine Liebe zu diesem Mann ist.

Vielleicht hatte ich die Hoffnung, dass sie meinen Entschluss bestärkt, ja sogar, dass sie mich anmeckert, mir vorwirft, wie ich mit so jemanden Kontakt haben konnte, mich festigt in dem Entschluss, dass Fernando nicht gut für mich ist, doch die Reaktion meiner Mutter begann mir die Augen zu öffnen.

Erst ließ sie mich aussprechen, dann streichelte sie meine Haare zur Seite und sagte mir, dass sie sich so etwas schon gedacht hat, das war der erste kleine Schock für mich. Als ich dann ihre Meinung hörte, die so anders war, als das, was ich erwartet habe, stockte mir der Atem. Sie sagte mir, dass sie mich versteht und meine Überzeugung teilt, was diese Gangs betrifft, jedoch sollte ich das Ganze auch einmal aus einer anderen Sicht sehen. Es gibt so viele Männer, die ehrbare, gut angesehene Berufe haben wie Polizisten, Anwälte, Bauarbeiter, egal was, auch diese Männer können kriminell sein.

Wie viele von ihnen behandeln ihre Frauen schlecht, minderwertig, verletzen und hintergehen andere Menschen und machen sich noch viel schlimmerer Verbrechen schuldig. Fernando mag zu der gefährlichsten Familia Puerto Ricos gehören, zu einer Familie, die ihr Geld mit verbotenen Sachen verdient, vor denen andere Menschen Angst haben, doch das, was für sie immer entscheidend war, von Anfang an als sie Fernando kennengelernt hat, egal was für Vermutungen sie hatte, war etwas anderes.

Fernando ist ein guter Mensch, er hat im Gegensatz zu so vielen nie Vorurteile gegen unsere Familie gehabt. Wie viele Menschen haben uns herablassend behandelt und er nicht. Sie hat mich damals angelächelt. »Auch wenn ich deine Bedenken verstehen kann, Lina, für mich ist und war das wichtigste, dass ich gesehen habe, wie er dich behandelt hat, uns alle behandelt hat und seine Liebe zu dir, daran habe ich Fernando festgemacht und an sonst nichts.«

Diese Worte verfolgten mich noch lange, und meine Einstellung änderte sich. Nicht, dass ich keine Bedenken mehr wegen der Los Natos hatte, sondern viel mehr trennte ich es. Fernando mag zu den Los Natos gehören und ein Leben führen, wie ich es so nicht verstehe, aber er war für mich das beste, was mir je passiert ist. Seine Liebe zu mir, seine Bemühungen um mich, egal was er getan hat, ich habe es nie wirklich gesehen oder geschätzt.

Er lebt in einer anderen Welt, in einer Welt voller Luxus und hat sich ohne mit der Wimper zu zucken in unsere Welt begeben. Anstatt in seinem riesigen weichen Bett zu schlafen, hat er sich mit mir zusammen auf unsere unbequeme Couch gelegt, nur um bei mir zu sein. Statt sich von willigen Frauen umschwärmen zu lassen, hat er nicht locker gelassen, das Herz von mir sturem Landmädchen zu gewinnen. Nie, nicht eine Sekunde hat er mich schlecht behandelt, im Gegenteil, er hat mir Wünsche erfüllt, die tief in mir verborgen waren, kein anderer Mann hätte sich die Mühe gemacht, diese zu erkennen. Ich weiß, wie schwer es ihm gefallen ist, uns nicht einfach Geld geben zu können, weil mein Stolz dies nicht zugelassen hat, und geduldig hat er es akzeptiert und uns auf andere Art und Weise geholfen.

Er hat meine Familie geliebt und das, was zwischen uns beiden war, die Liebe, die zwischen uns bestand, war so einmalig und wundervoll, dass es mich jede Sekunde zu zerreißen droht, wenn ich daran denke. Von dem Zeitpunkt an wuchs mein schlechtes Gewissen immer mehr, denn was hatte ich dagegen zu halten?

Ich habe ihn trotz seiner ewigen Bemühungen, seiner Versuche, mich glücklich zu machen, keine Fehler zu begehen, weggeschickt. Ich habe ihm das zur Last gelegt, was er nicht in der Lage ist zu ändern. Ich bin mir absolut sicher, dass er alles geändert hätte, was er könnte, wenn ich ihn darum gebeten hätte. Doch das, was er nicht ändern kann, womit er geboren wurde und was er so sehr liebt, habe ich ihm vorgeworfen und zum Verhängnis unserer Beziehung gemacht, seine Familie.

Angesichts dieser Tatsachen stellte ich mir immer wieder die Frage, ob es das wert ist. Den Mann, den man liebt, wirklich liebt, aufzugeben wegen einer Überzeugung, wegen einer Sache, die einem nicht gefällt, gegen die man aber nichts machen kann. Ich habe meine Entscheidung damals schnell getroffen, und nun muss ich mit den Konsequenzen leben. Nun habe ich ein ruhiges Leben, ohne Los Natos, ohne Familias ... aber auch ohne den Mann, der so gut und richtig für mich war, den ich liebe, und ich bereue diesen Schritt Tag für Tag mehr.

Sein geknickter Blick, als ich ihm meine Worte an den Kopf geworfen habe, verfolgte mich immer mehr. Immer wieder ging mein Griff zum Handy, ich wollte ihn anrufen, ihn um Verzeihung bitten dafür, wie ich ihn behandelt habe, dafür, dass ich nicht versucht habe, eine Lösung mit ihm zu finden und für unsere Liebe zu kämpfen, so wie er es vorhatte und ich ihn einfach nur gebeten habe, mich und meine Familie in Ruhe zu lassen. Doch jedes Mal fehlte mir der Mut, sicherlich hat er mich schon vergessen, oder denkt mit schlechten Gefühlen an mich zurück.

Sein Leben ist weitergegangen, und was gibt mir das Recht, jetzt einfach wieder darin aufzutauchen. Unsere Beziehung war kurz, ich bin mir zwar sicher, dass er mich geliebt hat, doch es ist kaum zu erwarten, dass seine Liebe so stark ist oder war wie meine, die mich immer mehr bedrückt. Als ich wieder kurz davor stand, einfach alle meine Bedenken über Bord zu werfen und ihn anzurufen, kurz nachdem Josy und ich zusammen in die neue Wohnung gezogen sind, traf ich in einem Einkaufszentrum zufällig auf Alonzo.

Trotz allem was passiert ist, ich hatte ja nicht mal eine Ahnung, wie viel er davon wusste, was passiert war, freute er sich offensichtlich mich zu sehen. Auch wenn mein Herz zu schnell schlug, weil diese Begegnung so eine plötzliche Nähe, wenn auch nur über

Alonzo, zu Fernando darstellte, freute ich mich auch. Wir redeten kurz oberflächlich über das B.B. und den Brand, und dann hielt ich es nicht mehr aus und fragte Alonzo nach Nando, wie es ihm geht. Alonzo erzählte, dass es ihm gut gehe, er ist verlobt, und im Sommer soll die Hochzeit stattfinden.

Noch lange, nachdem sich Alonzo mit dem Versprechen Nando zu grüßen und dass sich dieser sicher freut von mir zu hören, verabschiedet hat, konnte ich mich kaum beherrschen nicht zu weinen. Ich saß bis spät in die Nacht in meinem kleinen Auto in der Parkgarage des Einkaufszentrums und versuchte, diese Information zu verarbeiten. So überraschend hätte mich das eigentlich nicht treffen dürfen. Was hatte ich denn erwartet? Fernando ist alles, was eine Frau sich wünscht. Er ist liebevoll, zuvorkommend, er sieht sehr gut aus, er ist einer der mächtigsten Männer Puerto Ricos, er hat Geld und Macht, und wenn man nicht gerade so kompliziert wie ich ist, dann wird keine Frau so dumm sein und ihn gehen lassen.

Ich versuche jedesmal das stechende Schneiden in meinem Herzen zu ignorieren, was ich bekomme, wenn ich daran denke, wie er eine andere Frau küsst, wie er sie so liebevoll behandelt, wie er mich behandelt hat, wie sie sich an seine muskulöse Brust kuschelt und von seinen Armen so gehalten wird, wie er mich immer festgehalten hat. Ich habe keinen Anspruch mehr auf Fernando, den habe ich verloren, als ich ihn aufgrund einer Sache abgewiesen habe, die er nicht ändern kann. Es gibt genug Frauen, die damit leben können, was er ist, wer er ist und jetzt, leider zu spät, habe auch ich erkannt, dass ich damit hätte umgehen können … müssen.

Fernando ist einer der ehrlichsten und liebevollsten Menschen, die ich kennengelernt habe, zumindest zu mir, und das hätte ich von Anfang an verstehen müssen. Ich kann nicht wissen, wie er andere behandelt, es hätte nicht so eine große Bedeutung spielen dürfen, wie er seine Geschäfte abwickelt und wie er für manche Menschen wirkt, was für mich hätte wichtig sein müssen ist, wie er zu mir ist, dass er mich und meine Familie anders behandelt und das er mich geliebt hat, wie ich ihn immer noch liebe, und dann hätten wir auch einen Weg gefunden, damit umzugehen.

Von dem Tag an, als ich erfahren habe, dass Fernando heiratet, habe ich noch intensiver versucht ihn zu vergessen. Er hat sein Glück verdient, und ich sollte mich für ihn freuen, doch ich kann nicht aufhören ihn zu lieben, meine Liebe zu ihm will nicht einmal schwächer werden. Ich treffe mich mit anderen Männern, gehe aus, doch niemand kommt an Fernando heran, mein schlechtes Gewissen wird nur noch stärker. Wie konnte ich so dumm sein und ihn gehen lassen? Das werde ich mir selbst nie verzeihen, wenn ich mich wenigstens für damals entschuldigen könnte, wenigstens das hat er verdient, doch dazu bin ich zu feige, zu schlimm wäre es für mich, ihn glücklich zu hören, während mein Herz noch immer nach ihm schreit.

Den ganzen Sommer über, wenn besonders schönes Wetter war, wenn die Kirchenglocken besonders laut läuteten oder wenn man eine Menge Autos hupen hörte, zuckte ich zusammen. Ich kann einfach nur an die Zeit glauben und hoffen, dass ich ihn irgendwann vergessen kann.

Nun neigt sich der Sommer langsam dem Ende zu, auch wenn es hier trotzdem weiterhin heiß ist. Wieder beginnt mein Morgen mit diesen Gedanken und ich könnte laut aufschreien, doch ich ziehe mir einfach meinen leichten Morgenmantel über und gehe in die Küche. Ich gieße mir Kaffee ein, den Josy scheinbar schon aufgekocht hat und setze mich an unseren kleinen Küchentisch. Im Radio wird gerade das neue Lied eines spanischen Sängers gespielt, und ich fluche leise vor mich hin. Schon seit Wochen wird dieses Lied überall und ständig hoch und runter gespielt, man kommt um dieses Lied einfach nicht herum, und immer wieder trifft es mich mitten ins Herz.

Ya, ya no puedo mas
Ya me es imposible soportar
Otro dia mas sin verte
Ven, dame una razon
Si es algo que no tiene solucion
Es otro dia mas sin verte

Er singt davon, dass ein Herz nicht aufhören kann zu lieben und dass man nicht weiterleben kann, ohne die Person, die man liebt, aber man muss es tun ... es ist nur ein weiterer Tag ohne dich.

Ich seufze leise auf und knete meine Schläfen, ich will das endlich alles aus meinem Kopf bekommen. Kurz nachdem ich erfahren habe, dass Fernando heiratet, war ich schon mal ganz wild entschlossen dazu. Ich lenkte mich ständig ab, flüchtete in die Arme von anderen Männern, nur um festzustellen, dass es nicht das gleiche ist ... nicht mal ansatzweise. Ich hatte mir gerade mein kleines blaues Auto gekauft und habe mit Josy eine spontane Spritztour nach Lares gemacht. Als wir bei Rosamaria ins Restaurant gekommen sind, hat sie mir erzählt, dass vor einiger Zeit Fernando dort war. Sofort hat mein Herz schneller angefangen zu schlagen, ich wollte Einzelheiten wissen.

Er war wohl eines Abends da mit einigen anderen Männern. Rosamaria hat ihn erkannt und nach mir gefragt. Sie hat sofort an seinem veränderten Gesichtsausdruck gemerkt, dass wir uns getrennt haben. Sie sagt, man hat ihm angesehen, dass ihm das Thema weh tut. Sie hat die Männer mit ihren Leckereien verwöhnt, und diese haben sich gut amüsiert und sind wieder gegangen.

Ich habe dann etwas später unauffällig gefragt, ob es noch viele Probleme mit der Familia gibt, die in Lares das Geld eintreibt und sie hat freudestrahlend erzählt, dass sie sich schon eine ganze Weile nicht mehr haben blicken lassen und alle beten, dass es so bleibt. Ich hätte am liebsten laut losgeschrien. Obwohl ich so zu Fernando war, hat er trotzdem nicht vergessen, hier in Lares nach dem

Rechten zu sehen. Er hilft so vielen Leuten ohne ihr Wissen, und ich habe ihn so angeklagt für das, was er ist. Mein schlechtes Gewissen ist kaum noch zu steigern.

»Hey, Schlafmütze, auch schon wach?« Josy kommt vom Hausflur herein und reißt mich aus meinen Gedanken. Ich sehe an meiner besten Freundin herab, ihr Morgenmantel ist nur leicht zuge-schnürt, man sieht ein sexy Negligé darunter, und sie wühlt in der Post. »Warst du so am Briefkasten?« Sie nickt und schmeißt Wer-bung weg. »Allerdings, hast du den neuen Briefträger schon gese-hen? Ich wollte mich vorstellen... « Ich muss lachen. »Ich bin sicher, du hast einen bleibenden Eindruck hinterlassen.« Sie lehnt sich an die Küchentheke. »Sieh mal an, hat er es echt geschafft …«

Sie hält einen Flyer hoch, sofort entdecke ich die schwarzen Schmetterlinge. »Das Black Butterfly eröffnet am Wochenende wieder. Es gibt eine große Eröffnungsfeier.« Ich lehne mich in meinem Stuhl zurück. Eigentlich wollten wir mit allen Kontakt behalten, aber wie es so oft ist, haben wir uns aus den Augen ver-loren, ich würde Joe und einige andere gerne wiedersehen, auch wenn ich Angst vor den Erinnerungen an Fernando habe. Josy grinst mich erwartungsvoll an.

»Wie sieht's aus? Tauchen wir da auf und zeigen allen, wie sexy wir geworden sind … obwohl, das waren wir schon immer … lass uns hingehen!«

148

Kapitel 12

An diesem Samstag ist es soweit, das B.B. wird knapp ein Jahr nach dem Brand wieder eröffnet und Josy und ich wollen auch dabei sein. Die Tage vor Samstag war ich immer wieder am Hin - und – her - Überlegen. Ich will alle wieder sehen, Joe, Belinda, Nadia, Janosz, Casper, doch andererseits drehen sich meine Gedanken auch um Fernando. Was ist, wenn er auch dorthin kommt? Wie soll ich mich ihm gegenüber verhalten? Wiederum wäre es auch eine Gelegenheit, mich noch einmal mit ihm auszusprechen, wenn er daran überhaupt Interesse hat, nach all der Zeit. Wie groß ist überhaupt die Wahrscheinlichkeit, dass er dort auftaucht? Eher gering, wenn man bedenkt dass er auch schon vor dem Brand nicht mehr ins B.B gekommen ist und dass er nun verheiratet ist.

Vielleicht ist er sogar gerade noch in den Flitterwochen. Ich beschließe alle meine Gedanken sein zu lassen, wie so oft in den letzten Monaten, und einfach alles auf mich zukommen zu lassen. Josy hat für uns beide extra neue Kleider besorgt, da ich in der Woche keine Zeit hatte. Der Anwalt, bei dem ich arbeite, hat gerade einen wichtigen Fall und wir sind meistens bis zum Abend im Gericht. Natürlich hat Josy es ernst gemeint, als sie gesagt hat, dass wir dort sexy auftauchen werden und hat für sich ein kurzes rosafarbendes Kleid besorgt und für mich ein rotes.

Mein Kleid ist zwar nicht zu kurz, dafür besticht es aber mit der roten Farbe. Nachdem wir uns fertig gemacht haben und ich in den Spiegel sehe, wirke ich durch die langen Locken, meine braune Haut, die im Sommer noch dunkler geworden ist, und das rote Kleid wirklich wie eine Originallatina. Einzig meine Augen haben diesen helleren Braunton und stechen besonders heraus. Als Josy mich ansieht, pfeift sie durch die Zähne. »Deine Augen sind unglaublich, Lina, sie sehen aus wie Mandeln, durch das Rot heute besonders stark.« Ich gebe Josy das Kompliment zurück, dass sie sehr gut aussieht, denn das tut sie wirklich. Im Gegensatz zu mir weiß sie, dass sie Casper heute sehen wird. Josy flirtet mit neuen Männern und zeigt es kaum, ich weiß aber, dass sie ihn auch nie aus ihrem Herzen verbannen konnte.

Die Eröffnungsfeier fängt um 22 Uhr an, wir halten um 22.20 Uhr vor dem B.B. Von außen sieht zwar alles neu aus, aber trotzdem wirkt der Eingangsbereich wie früher. Zwei große beleuchtete schwarze Schmetterlinge begrüßen die Gäste. Wir treten ein und da wir keine Jacken oder Mäntel haben, gehen wir einfach an der Garderobe, hinter der eine neue Mitarbeiterin steht, vorbei. Als wir in den Normalo- Bereich eintreten, sehen wir, dass Casper fast alles wieder hergestellt hat wie es damals war.

Es wirkt neuer und etwas edler, aber dem Grundprinzip ist er treu geblieben, was auch verständlich ist, immerhin war das Black Butterfly so ja äußerst erfolgreich. Es stehen viele Leute herum und sehen zu dem Geländer vom VIP-Bereich hoch, wo Casper steht und gerade eine Rede hält. Wir gehen zur Treppe, um in den VIP-Bereich zu gelangen, als Casper uns offensichtlich bemerkt. »Willkommen, Schönheiten, kommt mal her«, Josy grummelt leise, doch ich ziehe sie lachend in den VIP-Bereich.

Da alles sehr abgedunkelt ist, außer dem Bereich, wo Casper seine Rede hält und man kaum etwas erkennt, gehen wir direkt zu Casper, der uns freudig entgegensieht. Er nimmt mich in seine Arme und auch ich drücke ihn leicht. Casper hat sich nicht verändert, er sieht noch immer genau so aus wie vorher. Die Strapazen des letzten Jahres sieht man ihm nicht an, es wirkt, als wäre ich gestern von meiner Schicht gekommen und heute wieder auf der Arbeit.

Casper lacht und gibt mir einen Kuss auf die Wange, bevor er Josy umarmt, dann legt er den Arm um sie und schaut wieder zu den Gästen. »Wie ihr seht, war das Black Butterfly schon immer berühmt dafür, die schönsten Kellnerinnen im ganzen Land zu haben, diese beiden sind der Beweis dafür, auch wenn sie wie immer zu spät kommen.« Er zwinkert mir zu und Josy verdreht die Augen.

»Auch jetzt werden wir diesen Standard halten, und ich verspreche euch, dass dieser Club wieder die beste Adresse in San Sebastian … Nein in ganz Puerto Rico wird … nun amüsiert euch.« Ich muss lachen, typisch Caper. Die Lichter werden langsam wieder heller gestellt und sofort entdecke ich Joe, der gerade hinter der Bar hervorkommt und mich anlächelt. Ich gehe zu ihm, er hebt mich hoch und drückt mich an sich. »Hey Süße.« Ich gebe ihm einen Kuss auf seine Glatze. »Joe, du hast mir gefehlt.« Er stellt mich lachend wieder ab und ich begrüße Janosz und Nadia, die auch an der Bar sitzen.

Scheinbar hat Joe wieder hier angefangen. Dann läuft auch Belinda an mir vorbei und drückt mich, sie arbeitet auch wieder hier. Josy begrüßt ebenfalls alle und dann lasse ich das erste Mal meinen Blick im VIP-Bereich herumschweifen. Casper hat auch hier alles beim Alten gelassen. Es ist wie früher eingerichtet, die Wände schmücken die schwarzen Schmetterlinge, lediglich die neuen Sofas und Sessel wirken etwas edler. Dann fällt mein Blick zum alten Natos - Tisch und mein Herz setzt aus. Er ist voll. Ich entdecke José, Alonzo, einige der Männer die früher auch regelmäßig hier waren und dann neben Gabriel … Fernando.

Beide unterhalten sich gerade mit einem Mann, der auf der anderen Seite von Nando sitzt, und lachen. Ich kann meinen Blick nicht von Fernando abwenden und mein Herz schreit nach ihm. Ein Jahr habe ich ihn nicht gesehen, ich bemerke sofort wieder diese Aura, die er ausstrahlt. Er ist ganz in schwarz gekleidet, eine feine schwarze Hose und ein schwarzes Hemd, was oben locker aufgeknöpft ist. Sein goldenes Kreuz, welches ich so oft in meinen Händen hatte, als ich mich an ihn gekuschelt habe, blitzt mir entgegen. Auch wenn ich ihn täglich in meinen Gedanken vor mir gesehen habe, bin ich doch von seinem Anblick sofort wieder gebannt.

Ich forsche alles an ihm ab, entdecke eine neue, breite silberne Armbanduhr an seinem Handgelenk, seine Tätowierung und als er sich etwas zurücklehnt und lacht, meine geliebten Grübchen, mir treten Tränen in die Augen. In dem Moment nimmt er einen

Schluck aus seinem Glas, lässt das Eis darin umherwirbeln und sein Blick fällt auf mich, unsere Augen treffen sich.

Wenn ich vorher schon den Tränen nah war, so sind sie jetzt kaum noch aufzuhalten, seine vertrauten Augen auf mir zu spüren ist so schön, doch trotzdem bemerke ich seinen sofort ernsten Gesichtsausdruck, der, sobald er mich ansieht, entsteht. Er nickt leicht in meine Richtung und trotz der aufsteigenden Tränen muss ich lächeln.

»Hey, hier bist du, ich wollte dich kurz sprechen.« Casper tritt vor mich und trennt somit den Blickkontakt zu Fernando. In dem Moment bemerke ich erst, dass ich mitten im Raum stehen geblieben bin und Fernando angestarrt habe. Wirklich ganz fantastisch zusammengerissen, Lina, mahne ich mich selbst und folge Casper zu einem Sitzplatz gegenüber von den Natos - Tischen. Nun traue ich mich nicht mehr hinzublicken und sehe gespannt zu Casper, der sich entspannt zurücklehnt und bei Belinda für sich einen Scotch bestellt. Ich nehme nur eine Cola und finde es merkwürdig, dass nun ich hier sitze und nicht mehr bediene.

Genau hinter Casper taucht Josy auf und deutet mir an, dass ich mich nicht überreden lassen soll. Sie verdreht die Augen, was wohl heute, wenn sie auf Casper trifft nicht das letzte Mal passieren wird, und ich muss lachen, weil Casper nichts davon mitbekommt. »Nun, Lina, was sagst du? Wie findest du das neue Black Butterfly?« Ich lehne mich ebenfalls zurück und schlage die Beine übereinander. »Du hast es wieder sehr gut hinbekommen«, entgegne ich ehrlich. Casper grinst zufrieden und beugt sich über den Tisch zu mir, um meine Hand zu ergreifen. »Was sagst du, Lina? Wir haben doch immer gut zusammengearbeitet, du gehörst ins B.B., genau wie Josy. Kommst du zurück?« Ich muss lächeln und entziehe ihm meine Hand auch nicht. »Ach Casper, ich liebe das B.B. wirklich, aber meine Zeit hier ist vorbei. Ich habe schon einen neuen Job und der nimmt mich voll und ganz ein, aber ich wünsche dir viel Glück.«

Casper lehnt sich wieder zurück. »iIh zahle auch mehr.« Ich muss lachen. »Tut mir leid, Casper…« In dem Moment kommt Janosz, lässt sich neben mir nieder und legt den Arm um mich. »Na hat er es geschafft?« Ich lehne meinen Kopf an ihn. »Nein und bei dir?« Er schüttelt den Kopf. »Nein auch nicht.«

Casper sieht uns amüsiert an, es laufen ein paar Kellnerinnen vorbei und ich zeige auf sie. »Du hast doch guten Ersatz gefunden, ich bin mir sicher, du hast dir nur die besten …« Ein Glas fällt der einen Kellnerin vom Tablett, und Janosz und ich lachen leise los, während Casper flucht und aufsteht. »Überlege es dir nochmal, Lina, ja? Tue mir den Gefallen.« Ich nicke und sehe Casper hinterher, bevor mein Blick automatisch zum Tisch gegenüber fällt, an dem gerade Fernando und José aufstehen und mit einem Mann in Richtung der ruhigen Nischen um die VIP- Tanzfläche gehen.

Ich bin mir sicher, dass sie etwas Geschäftliches besprechen und sehe ihnen hinterher. Ob es daran liegt, dass ich mir die letzten Monate so viele Gedanken gemacht habe wegen dieser Sache, dass mir gerade besonders deutlich auffällt, wie mächtig Fernando wirkt, wenn er sich so durch einen Raum bewegt. Ich bemerke, dass er noch etwas muskulöser geworden ist, seine Schultern und Oberarme wirken noch breiter und mir fällt ein, wie zart ich immer neben ihm gewirkt habe. Manchmal hat er mich damit aufgezogen, wenn er meine Hand in seine große genommen hat und beide betrachtete, erzählte er mir dass er Angst hätte mich irgendwann mal aus Versehen zu zerquetschen.

»Du hast ihn noch nicht vergessen, oder?« Janosz holt mich aus den Gedanken und ich schüttele niedergeschlagen den Kopf, er muss meinem Blick gefolgt sein. »Nein, es geht nicht, ich versuche es aber.« Janosz hält mir seine Hand hin und wir gehen zusammen zur Bar. Dabei fällt mein Blick nochmal zum Natos- Tisch und ich bemerke, dass nur ein paar Frauen dabei sind, alle scheinen sich schon jemanden gesucht zu haben, nur eine sitzt etwas abseits, aber ich habe vorhin bemerkt, dass José sie umarmt hat, vielleicht ist Fernandos Frau nicht dabei, ich bin froh, dass ich die Glückliche nicht sehen brauche.

Wir setzen uns zu Joe, der uns gleich erzählt, was er alles so in der Zwischenzeit getrieben hat. Er hat in verschiedenen Clubs der Stadt gearbeitet, aber das B.B. hat ihm so gefehlt, dass er sofort wieder eingestiegen ist, als Casper sich gemeldet hat. Zwischendurch suche ich immer wieder mit meinen Augen nach Josy, finde sie aber nicht. Janosz geht irgendwann mit einem neuen Kellner flirten und Joe und ich beobachten diesen Versuch amüsiert. Ich will gerade aufstehen und nach Josy suchen, doch als ich mich umdrehe, stolpere ich fast in José hinein. »Lina«, er lächelt. »José«, begrüße ich ihn und er umarmt mich. Als er mich loslässt, steht Fernando genau neben ihm und es entsteht eine unangenehme Stille.

»Celina«, Fernando sieht mich an, aber ich werde aus seinem Blick nicht schlau, ich kann nicht erkennen, ob er sauer ist oder enttäuscht, wahrscheinlich beides und er hat Recht damit, doch es bricht mir erneut das Herz. Dann umarmt mich Fernando überraschenderweise auch. Ich kann nicht anders, als ihn auch zu drücken und seinen so vertrauten Geruch einzuatmen, doch viel zu schnell löst er sich wieder. »Du bist ja immer noch so zerbrechlich«, er lächelt. »Wie geht es dir?« Fernando mustert mich genau und sein Bruder klopft ihm auf die Schulter. » Ich gehe zu … Theresa.« Fernando lacht leise. »Ich glaube, sie heißt Tessa.« José zuckt die Schultern. »Wie auch immer«, grinst er seinen älteren Bruder an, bevor er davongeht und Nando sich wieder mir zuwendet. Er setzt sich auf einen Barhocker und deutet mir, sich zu ihm zu setzen. Joe kommt gleich, und Fernando bestellt sich genau wie ich eine Cola. »Also, erzähl mal, Celina, wie geht es dir und deiner Familie?« Es dauert nicht lange und diese unangenehme Spannung, die zwischen uns herrscht, verschwindet wieder.

Nando hat wirklich Interesse daran zu erfahren, wie es uns geht, ich erzähle ihm, was sich alles bei uns getan hat. Er wirkt sehr erstaunt und freut sich offensichtlich darüber, wie sich unsere

Situation verändert hat. Als ich ihm von Malik erzähle, lächelt er und fragt nach, wie es ihm in der Schule geht. Während ich davon erzähle, dass Josy und ich nun alleine in der Stadt wohnen und ihm von meiner Arbeit beim Anwalt vorschwärme, zieht er überrascht die Augenbrauen hoch, er findet es aber gut, dass ich endlich etwas gefunden habe, was mir Spaß macht.

Ohne jegliches Zeitgefühl sitzen wir lange zusammen, und als ich ihn nach meinen Erzählungen frage, wie es ihm geht, antwortet er nur ziemlich knapp, dass bei ihm alles in Ordnung sei. Einen Augenblick überlege ich, ob ich ihn fragen soll, wie seine Hochzeit war, ob er glücklich ist, doch ich traue mich nicht. So wie wir jetzt wieder zusammen sitzen, wie ich ihn wieder in seine Augen blicken kann und sein Blick wieder mit dieser leichten liebevollen Art auf mir liegt, würde mir seine Antwort zu sehr weh tun.

»Hey, ihr beiden T … Tessa hat Hunger, wir wollen noch was essen gehen. Kommt ihr mit?« Plötzlich steht José mit seiner blonden Begleitung neben uns und mein Blick fällt auf die Uhr an der Bar. Es ist bereits nach 1 Uhr nachts. Fernando wendet sich zu ihnen. »Ja, ich habe auch Hunger.« Ich muss lächeln, Fernando hat immer Hunger. »Wo wolltet ihr hin?« José zuckt die Schultern. »Keine Ahnung, worauf hast du Appetit?« Er sieht zu seiner Begleitung, die schon die ganze Zeit grinst. »Hmm …ich esse eigentlich nur Salat.« Jetzt wende auch ich mich um und betrachte die beiden. Man sieht, dass sie nur Salat ist. »Was haltet ihr von Tortillas? Ich kenne den besten Laden in der Stadt.« Fernando lächelt zu mir und José lacht leise. »Gute Idee, wir waren schon lange nicht mehr da.«

Nando wendet sich an mich. »Wie sieht es aus, Celina? Kommst du noch mit auf ein Tortilla?« Ich bemerke den Ton in seiner Stimme, es wirkt so, als wäre es ihm egal, wie ich mich entscheide. »Ich weiß nicht, ich denke …« Die Begleitung von José unterbricht mich. »Ach komm mit, sonst bin ich mit den beiden alleine. So ist es doch viel lustiger.« José grinst. »Ja Lina, komm schon, was ist schon dabei?« Ich steige vom Hocker.

Auch wenn ich weiß, dass Fernando verheiratet ist und es ihm offenbar egal ist, ob ich sie begleite, ich habe ihn so lange nicht gesehen und auch wenn es danach noch schmerzhafter wird, will ich diesen Moment so lange wie nur möglich auskosten. »Okay, ich habe auch Hunger, ich muss nur … wo ist bloß Josy?« Fernando steht bereits neben mir. »Die sitzt dort an der Tanzfläche.«

Ich gehe dahin, wo Fernando hingezeigt hat und entdecke Josy mit Casper, der eindringlich auf sie einredet. »Hey, ich wollte nicht stören, wir gehen noch etwas essen. Willst du mitkommen?« Josy sieht zu mir und lächelt. »Nein, ich bleibe noch etwas.« Casper atmet erleichtert aus und ich sehe Josy fragend an. »Alles okay?« Sie lacht und ihr Blick fällt hinter mich, wo José, seine Begleitung und Fernando warten. »Bei dir?« Ich nicke und wir müssen beide lachen.

Haben wir uns doch geschworen, heute Abend nicht bei diesen beiden hängen zu bleiben. Ich verabschiede mich von Joe und den anderen und verspreche, bald wieder zu Besuch zu kommen. Als wir aus dem Club treten, steuern alle einen schwarzen Mercedes an und Fernando öffnet mit einem Piepser das Auto. José und seine Begleitung setzen sich wie selbstverständlich nach hinten, was mir unangenehm ist, aber Nando registriert das ganze nicht einmal. »Neues Auto?«, frage ich als ich neben ihm Platz nehme. Er nickt. »Wo ist deins?« Ich hatte ihm erzählt, dass ich mir ein Auto gekauft habe und als wir an meinem kleinen blauen Liebling vorbeifahren, zeige ich es ihm. Er und José grinsen beide.

»Das ist kein Auto.« Ich haue ihm vertraut auf den Arm. »Hey, sage nichts gegen meinen Allez.« Fernando lacht noch mehr. »Wie nennst du ihn?« Ich erzähle ihm die Geschichte, wie ich ihn mir in einem Gebrauchtwagenladen angesehen habe. Die Verkäufer waren Franzosen und während der Probefahrt haben sie immer Allez, Allez gesagt. Als ich dann mit Josy nach Lares gefahren bin und das Auto immer wieder zwischendurch abgesoffen ist, habe ich Josy davon erzählt. Sie hat mir gesagt, was das französische Allez bedeutet, seitdem sprechen wir mit dem Auto, wir sagen

'Allez, Allez', wenn es wieder den Geist aufgeben will, und bis jetzt hat es immer geklappt…. also heißt er Allez.

Fernando lächelt und sieht mich von der Seite an, genau in diesem Moment beginnt im Radio das Lied des Sängers, der davon singt, dass es wieder nur ein Tag ist, ohne die Person, die man liebt. Fernando seufzt genervt auf und ich muss lächeln, scheinbar hat das Lied nicht nur mich in letzter Zeit verfolgt. Er will es abstellen, doch Josés Begleitung stoppt ihn. »Nein, ich liebe das Lied, mach es bitte lauter. Ist das Lied nicht traurig? Stell dir vor, die Person, die man liebt und man lebt ohne sie, Tag für Tag.« Ich sehe aus dem Fenster.

»Gefällt es dir nicht?«, fragt sie an José gewandt. »Keine Ahnung, ich hatte noch nicht viel Gelegenheit es zu hören. Nando stellt es sofort aus, wenn es kommt, letztens hat er ein Radio gegen die Wand geschmettert, als das Lied kam.« Man hört Josés Grinsen und ich sehe verwundert zu Nando. »Warum magst du das Lied nicht?«, will die etwas nervige Begleitung von Fernando wissen und dieser stellt das Radio lauter. »Ich habe kein Problem damit«, versichert er und wirft seinem Bruder einen warnenden Blick zu.

Während das Lied uns berieselt und die Begleitung von José dazu summt, sehe ich aus dem Fenster. Warum sollte Fernando das Lied so stören? Sollte er nicht glücklich sein, frisch verheiratet? Vielleicht erinnert es ihn doch an mich, und es ist, wie ich es vermute, er hasst mich für alles, was passiert ist. Ich seufze leise auf, als das Lied seinen Höhepunkt erreicht. Als es zu Ende ist, stellt Fernando entschieden das Radio aus. »Also mir gefällt es«, witzelt José, und ich muss lächeln.

In dem Moment hält Fernando vor dem Tortillas Laden.

Als wir aussteigen, sehe ich mich um, seit unserem Auszug war ich nicht mehr hier. Ich sehe zu unserem alten Haus und zum Fußballplatz. »Kommst du?« Ich drehe mich zu Fernando um, der hinter mir steht. Scheinbar sind die anderen beiden bereits hineingegangen. Ich gehe mit ihm zusammen hinein und der Besitzer grüßt uns freundlich. Während José Unmengen an verschiedenen Tortillas und Getränken bestellt, sieht sich seine Begleitung um. »Schlimme Gegend hier«, stellt sie fest und ich muss lächeln, als ich auf den Blick von Fernando treffe, doch das vergeht mir schnell wieder.

Fernandos Blick auf mir ist so ungewohnt und tut weh, ich spüre, dass noch so viel zwischen uns steht. José und Nando bringen die Sachen an einen Tisch und ich halte Fernando am Arm auf. »Können wir kurz reden….alleine?« Wieder dieser Blick, doch dann nickt er, nimmt ein paar Tortillas und gibt mir die Becher mit den Getränken. »Wir sind draußen«, kündigt er seinen Bruder kurz an, doch der scheint gerade mehr daran interessiert, seine neue Bekanntschaft mit Essen zu füttern.

Etwas unbeholfen stehe ich auf dem Bürgersteig, bis Fernando vorgeht zum Fußballplatz und wir uns dort auf eine Bank setzen. Er nimmt mir die Getränke ab und gibt mir eine Tortilla, natürlich weiß er noch, welche meine Lieblingssorte ist, und ich bedanke mich. Nachdem wir beide einige Male abgebissen und in die Dunkelheit gestarrt haben, fasse ich mir ein Herz.

»Fernando, ich wollte es dir eigentlich schon die ganze Zeit sagen, aber irgendwie habe ich … war ich immer zu feige. Es tut mir so leid, was damals passiert ist. Ich hätte damals nicht so reagieren dürfen, das war ungerecht von mir, und du hast das nicht verdient. Die ganze Zeit quält mich mein schlechtes Gewissen deswegen, es tut mir so leid« sprudelt es plötzlich aus mir heraus. Fernando blickt mich einfach an, ohne viele Gefühle zu zeigen. »Es muss dir nicht leid tun, ich habe es verstanden, nach dem was dir und Malik passiert ist«, er lehnt sich zurück und ich sehe in sein Gesicht.

»Aber ich hätte dir das nicht vorwerfen dürfen …« Er unterbricht mich. »Das hast du nicht, Celina, glaube mir, ich kann mich noch an jedes Wort erinnern. Du hast es mir nicht vorgeworfen, du hast nur gesagt, dass du damit nicht leben kannst, und das verstehe ich.« Ich sehe ihn fassungslos an. Es verletzt mich, dass es ihn so kalt lässt, während ich am liebsten losweinen würde, aber es ist ja verständlich, während ich ihm immer noch total verfallen bin, hat er sich bereits neuen Dingen zugewandt. Im Grunde ist es mal wieder ein Beweis seiner lieben Art, dass er trotz allem jetzt hier mit mir sitzt und mir keine Vorwürfe macht.

»Ich wollte nur, dass du weißt, dass ich es bereue«, sage ich leise und sehe wieder in die Dunkelheit. »Dass du was bereust?« Ich seufze leise, ich sollte ihn jetzt nicht in so eine Lage bringen, nicht nachdem er mir gerade wieder gezeigt hat, wie er ist. Als ich nicht antworte, spüre ich Nandos Blick brennend auf mir, erwidere ihn aber nicht. »Du musst keine Schuldgefühle haben, Celina.« Ich sehe ihn an. »Habe ich aber!«

»Hier seid ihr, können wir langsam?« José unterbricht uns und wir stehen auf.

Meine Tortilla war etwas zu scharf und ich trinke schnell meinen Becher leer. Nando hält mir grinsend seinen hin, den ich dann auch gleich leere. »Bist du schon so entwöhnt?«Ich muss lachen und wir fahren zurück. Während der Fahrt redet die Begleitung von José von einem Fest morgen und dass sie noch etwas besorgen muss. Ich verfolge das Gespräch nicht weiter, sondern sehe auf die Straße, auch wenn ich etwas befreiter bin, die Gelegenheit gehabt zu haben, mich bei Fernando zu entschuldigen, so macht mich doch seine Nähe verrückt.

Er ist mir so nah, am liebsten würde ich mich einfach in seine Arme kuscheln, doch gleichzeitig ist er mir so fern. Seine kalte Art, die unbedeutenden Blicke, alles zeigt mir, dass ich die Einzige bin, die über unsere Liebe noch nicht hinweggekommen ist. Auch wenn ich das wusste, verletzt es mich, es so offen zu spüren. »Kommst du morgen auch? Dann gibt es wenigstens eine Person, die ich dort schon kenne.« Erst bemerke ich gar nicht, dass diese Tessa mit mir spricht, doch als ich mich zu ihr umwende, lächelt sie. »Wohin?«

Sie lacht. »Wo bist du mit deinen Gedanken? Am Montag zur Geburtstagsfeier von der kleinen Nichte der beiden?« Ich schüttele den Kopf. »Nein…ähm, ich komme da nicht hin« Sie sieht mich verwundert an. »Du kannst gerne kommen«, Fernando sagt das so unbedeutend wie nur möglich, ich sehe ihn nicht an. »Ich habe in letzter Zeit viel gearbeitet und Malik versprochen, morgen etwas mit ihm zu unternehmen.« Das ist nicht mal gelogen, Malik fühlt sich momentan etwas vernachlässigt von seiner großen Schwester.

Fernando sieht mich an. »Umso besser, Alonzos Sohn kommt auch dahin, es sind viele Kinder da … ich würde Malik wirklich gerne mal wieder sehen.« Die Art und Weise, wie er den letzten Satz sagt, bricht mein Herz ein letztes Mal an diesem Abend. »Okay, wir können ja kurz vorbeikommen, Malik hat dich auch vermisst, er freut sich sicher.« Fernando sieht wieder stur auf die Straße. Als die drei mich an meinem Auto herauslassen, schreibt mir Fernando noch eine SMS mit der Adresse, zu der ich morgen kommen soll.

Während ich nach Hause fahre, rasen meine Gedanken, wie konnte ich so dumm sein und mich so überrumpeln lassen? Dort werde ich garantiert auf Fernandos Frau treffen. Es war schön Fernando wiederzusehen, gleichzeitig scheint mich genau in diesem Augenblick die Sehnsucht nach ihm noch mehr zu ersticken, die paar Stunden mit ihm haben mir wieder vor Augen geführt, wie sehr ich ihn vermisse. Auch wenn ich es nicht bereue ihn gesehen zu haben, um ihm meine längst überfällige Entschuldigung zu unterbreiten. Plötzlich merke ich, dass morgen vielleicht meine einzige Chance ist, Fernando endgültig zu vergessen. Ich bete, dass ich es schaffe sein Glück zu sehen und es ihm zu gönnen, mich für ihn zu freuen, denn er hat es verdient.

Kapitel 13

Als ich am nächsten Vormittag aufwache, fühle ich mich wie gerädert. In der Nacht hatte ich wieder diese Träume, nur wurden sie diesmal mit dem neuen Blick ersetzt, den mir Fernando gestern immer wieder zugeworfen hat. Gleichgültigkeit, nicht mal das, … einfach, als würde er jede andere Frau ansehen ohne dieses liebevolle, was früher einmal seinen Blick zu mir beherrscht hat. Aber was erwarte ich eigentlich nach einem Jahr … und einer Hochzeit?

Nachdem ich sehr lange im Bad verbracht habe, überlege ich, was ich anziehen soll. Ich habe nicht mal eine Vorstellung davon, wie die Natos einen Kindergeburtstag feiern. Letztlich entscheide ich mich für ein türkisfarbenes, einfaches Sommerkleid, nicht zu fein, aber trotzdem schick.

Ich gehe nur schnell in die Küche, um mir etwas für unterwegs einzupacken, als die Zimmertür von Josy aufgeht und Casper, nur mit einem sehr engen Slip bekleidet, herauskommt und laut gähnt. »Aaaah … Casper«, fluche ich leise und wende mich ab. »Oh … Lina, tschuldige, ich habe vergessen, dass du hier auch wohnst.« Ich höre Josy aus ihrem Zimmer laut lachen und muss auch anfangen. »Ist nicht schlimm, aber bitte zieh dir was über, okay?«

Wenigstens kann ich nach alldem immer noch lachen, stelle ich fest, als ich höre, wie Casper ins Bad verschwindet, gehe ich zu Josy und stelle mich in den Türrahmen. Meine beste Freundin sieht mich schuldbewusst aus ihrem Bett an. »Wir haben uns ausgesprochen.« Ich muss lächeln, sie hat rote Wangen und strahlt vor Glück. »Na dann hoffe ich, dass es diesmal klappt und dass er zu Boxershorts wechselt.« Josy grinst. »Was war gestern mit Fernando?« Ich winke ab.

Josy und meine Mutter sind die einzigen, die wirklich alles von uns beiden wissen, auch wie sehr er mir fehlt und wie sehr ich ihn liebe. »Ich konnte mich entschuldigen.« Sie scheint auf mehr Informationen zu warten und ich zucke die Schultern. »Was erwar-test du denn? Er ist verheiratet, er ist immer noch nett zu mir, aber das war's. Ich weiß nicht einmal, ob es ihm überhaupt etwas bedeutet hat, dass ich mich entschuldigt habe.« Josy legt den Kopf schief.

»Süße, das tut mir leid. Hat er dir etwas von seiner Frau erzählt?« Ich sehe sie wieder an. »Nein, aber ich werde sie sicher heute kennenlernen. Er vermisst Malik, irgendwie kam es dazu, dass wir heute zu der Geburtstagsfeier seiner Nichte gehen.« Josy steht auf und bindet sich eine dünne Decke um. »Nein, Lina, tu das nicht, tu dir das nicht an. Du bist auch so schon zu fertig wegen ihm.« Ich gebe ihr einen Kuss auf die Wange. »Ich denke, ich muss das tun, Josy. Versteh doch, vielleicht wenn ich sehe, wie glücklich er ist, kann ich ihn endlich loslassen.«

Sie schüttelt den Kopf. »Ich weiß nicht, Lina …« Ich lache leise. »Ich auch nicht …aber ich muss los.« Casper kommt ins Zimmer und hat ein Handtuch um die Hüften. »Besser?« Ich gebe ihm einen Kuss auf die Wange und wünsche beiden noch viel Spaß.

Als ich bei meiner Mutter ankomme, kann ich nicht lange bleiben, weil wir schon spät dran sind, zudem will ich ihr auch nicht so auf die Schnelle erklären, wie das Treffen mit Fernando zustande gekommen ist. Meiner Mutter ist aber wohl aufgefallen, dass ich mir viel Mühe gegeben habe mich zurechtzumachen, doch ich wollte ihr nicht erklären, dass ich wenigstens besonders gut aussehen will, wenn ich auf Fernandos Ehefrau treffe, also sage ich Malik erst, als wir wieder in die Stadt hereinfahren, wohin wir gehen. Er freut sich wahnsinnig, Fernando wiederzusehen, und als ich noch schnell am Einkaufszentrum halte, um ein Geschenk zu besorgen, berät er mich, was ein einjähriges Mädchen sich wünschen könnte.

Ich weiß ungefähr, wo die Straße ist, die Fernando mir aufgeschrieben hat, aber irgendwann muss ich einen jüngeren Mann fragen, wie genau ich lang fahren muss. Ich nenne ihm die Straße. »Sie meinen das Gebiet der Los Natos? Das fängt nach dem Berg hier um die Ecke an.« Ich sehe ihn verblüfft an, was heißt denn

Gebiet der Los Natos? Wie von ihm beschrieben fahre ich den Weg entlang, das ist hier sicherlich die reichste Gegend in San Sebastian.

Das Viertel, wo die Perez wohnen, scheint mir plötzlich sehr einfach im Vergleich mit diesem hier. Als ich den Berg hinauffahre, fallen mir ein paar jüngere Männer auf, die auf Stühlen am Straßenrand sitzen und ins Auto sehen. Zwei von ihnen kenne ich vom Sehen aus dem B.B., und als mich der eine von ihnen erkennt, nickt er den anderen zu. Malik schaut einfach nur staunend aus dem Auto, als große Luxushäuser an uns vorbei ziehen. Ich biege ab und lande in der besagten Straße und finde das Haus … oder vielmehr die Villa. Sie ist prachtvoll, riesig und wunderschön. Alles wirkt bis auf den letzten Grashalm gepflegt, ich halte auf einem Parkplatz neben zahlreichen Luxusautos. Als Malik und ich aussteigen, fühle ich mich fehl am Platz und bin so glücklich, als auf einmal José mit einem riesigen Paket unter dem Arm die Auffahrt hochgeschlendert kommt.

»Hey, Lina.« Er gibt mir einen Kuss auf die Wange und wuschelt Malik durchs Haar. »Meine Güte bist du groß geworden.« Ich schaue ihn fragend an. »Wo ist… Tessa?« Er schnalzt mit der Zunge. »Eigentlich hatte ich keine Lust, die nochmal zu sehen, aber ich dachte, so kennst du wenigstens jemanden. Sie kommt gleich.« Ich muss lächeln, er zeigt uns den Weg und wir betreten das Haus, es wirkt von innen noch viel edler als von außen, was mich wirklich beeindruckt.

Alles ist aus glänzendem Marmor, man hat Angst, überhaupt etwas anzufassen. José führt uns durch die Eingangshalle in einen Garten, welcher das Haus fast noch übertrifft. Es ist ein riesiges Grundstück, in dessen Mitte sich ein großer Pool befindet. Alles ist liebevoll in rosa geschmückt, Luftballons liegen überall auf der Grasfläche, es stehen viele Tische und Stühle auf der gesamten Anlage verteilt. Eine Hüpfburg ist aufgebaut, und bunte Piñatas hängen in den Bäumen. Einige Tische quellen über vor Geschenken, dann sind wieder Tische mit Süßigkeiten und anderem Essen aufgebaut.

Man weiß gar nicht, wo man zuerst hinsehen soll, vor allem sind wirklich viele Menschen hier, viele Kinder rennen umher. Ich bin froh, José an meiner Seite zu haben. »Da bist du ja! Wo warst du so lange?« Plötzlich taucht Gabriel neben uns auf und meckert mit seinem jüngeren Bruder, den das nicht sonderlich interessiert. »Hallo Lina«, Gabriel umarmt mich und sieht dann lächelnd zu Malik. »Du musst Malik sein. Du hast ja genauso schöne Augen wie deine Schwester, wo kriege ich auch so welche her?« Malik lacht und Gabriel wuschelt ihm auch durchs Haar, in dem Moment tritt noch ein Mann zu uns.

Dieser Mann hat nicht nur wie José und Gabriel eine gewisse Ähnlichkeit mit Nando, nein, er sieht ihm wie aus dem Gesicht geschnitten aus, nur etwas älter. »Hallo Malik, schön dich wieder zu sehen.« Malik grinst dem Mann freudig entgegen und der sieht zu mir. Als sich unsere Augen treffen, fängt er an zu lächeln. »Du musst Lina sein, ich habe schon viel von dir gehört, willkommen. Ich bin Arturo, der Bruder von Fernando.« Er zeigt auf José und Gabriel. »Und von den beiden hier.«

Er grinst sie an, und ich begrüße ihn. »Nando, sieh mal wer hier ist«, ruft José in die Menge hinein, keine Minute später taucht Fernando mit einem kleinen Mädchen mit langen braunen Haaren auf dem Arm auf. Arturo geht ihm entgegen und nimmt ihm das Mädchen ab. Mir fällt dabei auf, dass sich alle Brüder ziemlich einfach mit Jeans und Shirt gekleidet haben, und ich bin froh, dass ich mich nicht zu schick angezogen habe. Ich wende meinen Blick wieder von Fernando ab, als ich sehe, wie gut er aussieht und mein Herz zu schnell zu schlagen beginnt.

Ich sehe lieber zu Malik, der zu strahlen anfängt, sobald er Nando entdeckt und ihm entgegen rennt. Fernando lächelt, als Malik ihm in die Arme springt. »Hey Großer.« Er gibt Malik einen Kuss auf die Wange und auch, wenn Malik mir und meiner Mutter langsam verbietet, ihn in der Öffentlichkeit zu küssen und durchzuknuddeln, umarmt er Fernando erneut, man sieht, dass sich beide vermisst haben. Fernando setzt Malik wieder ab. »Wie schnell bist du gewachsen? Ich habe gehört, du bist jetzt ein Schulkind?« Malik nickt und grinst. »Guck mal, ich habe zwei Zähne verloren.« Nando lacht und wuschelt ihm über den Kopf, dann kommen beide zu mir, und Nandos Blick wird wieder distanzierter.

»Hey«, ich räuspere mich leise, um den Kloß im Hals loszuwerden. »Hallo.« Arturo stellt sich neben Fernando und sofort fängt das kleine Mädchen auf seinem Arm an nach Fernando zu greifen. »Nannndoo«, brabbelt sie und Fernando nimmt sie seinem älteren Bruder ab. »Ist sie das Geburtstagskind?« Das Mädchen auf Fernando nickt und grinst, sofort sehe ich die Grübchen, die auch jeder der Brüder hat. Diese werden scheinbar gut vererbt in dieser Familie. »Ja, das ist meine Nichte Cassandra.«

Malik reicht ihr das Geschenk und wir beglückwünschen sie, was sie sichtlich freut, sie gibt Malik einen kleinen Kuss auf die Wange. Justin, der Sohn von Alonzo erscheint neben uns. »Hallo Malik, da bist du ja, komm, wir spielen Fußball. Nando und mein Vater spielen auch mit.« Da kommt auch Tess zu uns. »Ach hier seid ihr?« Ich sehe etwas verwirrt hin und her, es ist wirklich voll hier.

Malik sieht mich fragend an. »Geh nur spielen«, erlaube ich ihm leise, und Malik wartet ungeduldig auf Fernando. José sieht etwas genervt zu Tessa. »Ich spiele auch mit.« Arturo und Gabriel werden von einer Frau gerufen, Nando kommt noch einmal näher zu mir, er räuspert sich kurz. »Da drüben findest du Essen und Trinken … , wir spielen hier vorne.« Er zeigt auf eine der Rasenflächen. »Wenn du … Malik suchst.« Ich nicke und er geht mit den Jungs zu der besagten Rasenfläche.

»Komm, wir holen uns etwas zu essen, ich sterbe vor Hunger.« Tessa nimmt mich mit zu einem der Tische. Es stehen Unmengen von verschiedenen Speisen bereit, Salate, Braten, Teigtaschen, es gibt alles im Überfluss. Während Tessa sich reichlich bedient, sehe ich mich um. Es sind so viele Leute hier, dass es schwerfällt einzuschätzen, wer wie zu Fernando steht. Die meisten sind in unserem

Alter, einige gehören offensichtlich zu den Natos. Aber auch einige ältere Personen, die ich als Onkel oder Tanten einschätze, vielleicht auch Freunde der Familie, laufen herum.

Ich entdecke den Arzt, der mich damals behandelt hat, im Gespräch mit einigen Frauen vertieft. Mein Blick schweift weiter, es sind viele Frauen hier, ältere, jüngere, hübsche, nicht so hübsche, so werde ich sicher nicht erkennen, wer Fernandos Frau sein könnte. Ich sehe zur Wiese, wo Nando und seine Brüder mit Malik, Justin und noch ein paar Jungs Fußball spielen. Auch hier stehen einige Zuschauer und beobachten das ganze belustigt, ich denke, so werde ich nicht viel schlauer. »Willst du nichts essen?« Ich verneine, so angespannt wie ich bin, kriege ich keinen Bissen herunter.

Wir setzen uns an einen der vielen Tische, die im Garten verteilt sind und ich beobachte, wie Nandos ältester Bruder Arturo mit einer hübschen dunkelhaarigen Frau spricht und dann beide zu uns sehen. Mein Herz schlägt schneller als die Frau mit Cassandra auf dem Arm zu uns kommt.

»Hallo, du bist Lina, nicht wahr?« Sie streckt mir ihre Hand entgegen. »Ich bin Olivia … Arturos Frau.« Oh Gott, was für eine Erleichterung. Ich lächele die junge, ausgesprochen hübsche Frau mit den langen glatten schwarzen Haaren und den grünen Augen an, sie hat wahrscheinlich keine Ahnung, was für einen Schrecken sie mir gerade eingejagt hat. Sie setzt sich zu uns und erzählt, wie auch ihr Mann vorher, dass sie schon viel von mir gehört hat und sich freut, mich kennen zu lernen.

Da Cassandra scheinbar Gefallen an meinen langen Locken hat, nehme ich sie auf meinen Schoß und die Kleine spielt zufrieden mit ein paar lockigen Spitzen meiner Haare. Olivia erzählt uns von der Kleinen, als Tessa sie danach fragt und nach zwanzig Minuten kommt es mir so vor, als kenne ich schon das ganze Leben der Kleinen, die genauso schöne grüne Augen hat wie ihre Mutter. Olivia wird nicht müde zu erwähnen, was für tolle Onkel alle sind, vor allem in Fernando ist Cassandra ganz vernarrt, was wohl auch daran liegt, dass Arturo und Fernando sich nach ihrer Aussage extrem nahe stehen.

Mehr als einmal sehe ich, dass Fernandos Blick auf mir liegt, wie ich mit seiner Schwägerin und seiner Nichte zusammensitze, doch ich weiche ihm immer wieder schnell aus, da ich diese Gleichgültigkeit darin kaum ertragen kann. Tessa redet munter drauf los, sie scheint sich hier pudelwohl zu fühlen und erst als Arturo neben uns auftaucht, verstummt sie. »Tessa, hast du schon die Aufläufe probiert?« Olivia führt Tessa weg, und Arturo setzt sich zu mir. Ich beobachte Malik und Fernando beim Fußballspielen, noch immer sitzt die kleine Cassandra auf meinem Schoß. Arturo räuspert sich und kratzt sich am Kopf. »Hör mal Lina … Fernando hat mir erzählt, was dir und Malik passiert ist und warum du dich von ihm getrennt hast.«

Ich zucke leicht zusammen und sehe ihn an. Es ist unglaublich, was für eine Ähnlichkeit beide Brüder haben, die kleine Cassandra lenkt uns kurz ab. »Papa … guck.« Sie zeigt stolz eine meiner Locken, die sie sich um die Hand dreht, Arturo lächelt, doch dann wendet er sich wieder an mich. »Ich weiß, dass all das schon eine Weile her ist, aber ich wollte dir noch einmal sagen, dass es uns allen sehr leid tut, dass du und dein Bruder da mit hineingezogen wurdet. Normalerweise passiert so etwas nicht, es lag wohl nur daran, dass noch nicht bekannt war, dass du Nandos Freundin warst. Wäre es bekannter gewesen, hätte sich nie jemand gewagt, dich auch nur anzusehen.«

Ich wende meinen Blick ab. »Ich habe damals … überreagiert, es war nur so … «, versuche ich zu erklären. Arturo sieht zu Fernando und ich folge seinem Blick. »Es hat ihn damals sehr getroffen, ich habe meinen Bruder noch nie so gesehen. Dass Malik und du in Gefahr waren, das war für ihn das Allerschlimmste. Weißt du, was er mit den drei Männern gemacht hat?« Ich hebe die Hand. »Nein und ich will es auch gar nicht wissen.« Arturo lacht und ich seufze leise. »Ich habe mich gestern bei Nando entschuldigt und ihm gesagt, dass ich ihm deswegen keine Vorwürfe mache.« Er nickt und beobachtet weiter das Spielfeld. »Nando ist etwas Besonderes, Lina. Er ist ein guter Mensch.« Ich sehe zu Fernando, der gerade lachend den Ball hochhält und alle Jungs an ihm hochspringen, um an den Ball zu kommen. » Ich weiß«, sage ich leise.

Als Cassandra aufs Töpfchen muss, geht Arturo mit ihr ins Haus. Ich beobachte gerade, wie Malik mit den anderen Jungs durch den Garten tobt, als plötzlich Fernando neben mir steht und mir einen vollen Teller hinstellt. »Du hast noch gar nichts gegessen.« Ich sehe zu, wie er sich mir gegenüber hinsetzt und sich auch einen Teller hinstellt. »Danke, aber ich habe keinen Hunger.« Er zieht die Augenbrauen hoch. »Du solltest etwas essen.« Ich blicke ihn forschend an und er lächelt. »Wenigsten ein bisschen was.«

Ich nehme eine Gabel und stochere in dem Salat herum. »Magst du Olivia?« Ich sehe auf. »Ja, sie ist sehr nett, und Cassandra ist wirklich niedlich.« Er lächelt. »Sie mag dich offensichtlich, eigentlich kommt sie sonst nur zu ihren Onkel«, erklärt er stolz. »Ich glaube, das liegt an meinen Haaren«, erwidere ich lächelnd. »Dein Bruder ist auch sehr nett.« Fernando lehnt sich zurück. »Welcher?« Ich sehe mich um. »Alle, aber Arturo scheint der Ruhigste von euch zu sein. Ich habe mich vorhin mit ihm unterhalten.« Er nickt. »Das habe ich gesehen, worüber habt ihr geredet?« Ich senke meinen Blick wieder auf den Teller. »Über das, was passiert ist … mit Malik damals.« Nando seufzt auf. »Meine Brüder sind Klatschweiber, sie sind wirklich schlimm.« Ich muss lachen und sehe ihn wieder an. »Einer von euch fehlt doch, oder?«

»Nathan und meine Schwester, beide sind gerade in Italien und haben es nicht geschafft …« In dem Moment kommen Olivia und Tessa zu uns. »Nando, der Fotograf will von euch Brüdern auch ein paar Fotos machen, kommst du?« Fernando sieht nicht gerade begeistert aus, aber folgt seiner Schwägerin, während Tessa sich zu mir setzt. Wir beobachten, wie erst Fotos von allen vier Brüdern zusammen gemacht werden, dann treten immer mehr Männer dazu. Als ich irgendwann durchzähle, sind es über zwanzig Männer, und ich erinnere mich, dass Fernando erzählt hat, dass die

engsten Mitglieder der Los Natos Familie zusammen fünfundzwanzig Männer sind. Dann kommt Cassandra in deren Mitte,
irgendwann auch Olivia und immer mehr Frauen.

Es scheint keine richtige Ordnung vorgegeben zu sein, denn alle
wechseln immer wieder die Plätze. Immer wieder steht die eine
oder andere Frau neben Nando, und er legt den Arm um sie. Vielleicht ist eine davon seine Frau. Mir wird ganz schwindelig, als ich
sehe, wie Fernando lacht und Frauen im Arm hält. Nicht wegen
der Tatsache, dass er sie im Arm hält, aber die Vorstellung, eine
von ihnen ist jetzt seine Ehefrau. Traurig sehe ich mich um.

Die ganze Zeit habe ich mir vorgestellt, dass es komisch wäre,
hier zu sein bei den Los Natos, angsteinflößend, dass ich irgendwelchen 'Gangstern' begegne, letztlich ist es einfach nur eine normale Familie. Sicherlich sieht man Nando und seinen Brüdern an,
dass sie Macht haben, aber hier unter deren Familie wirken sie
alle … so normal.

Wieder wird mir schmerzlich bewusst, was ich getan habe, als ich
Fernando weggestoßen habe, und dass jetzt eine andere Frau an
seiner Seite ist, und mir kommen die Tränen. Ich dachte, mir würde es helfen, hier zu sein, aber gerade habe ich das Gefühl, ich
habe mich bitter getäuscht, und genau in diesem Moment sehe ich,
wie eine Frau sich liebevoll an Nando schmiegt und er ihr einen
Kuss auf die Wange gibt. Sie wirken so vertraut, die Frau ist ungefähr in meinem Alter, sie ist dunkel, hat lange schwarze Haare und,
soweit ich es von meinem Platz erkennen kann, ein hübsches
Gesicht. Sie lacht und flüstert ihm etwas ins Ohr, das muss seine
Frau sein. Ich habe das Gefühl, keine Luft mehr zu bekommen.

»Alles okay?« Tessa sieht mich besorgt an. »Ja, ich muss nur kurz
… mal rein.« Ich stehe blitzschnell auf und gehe ins Haus. Nachdem die Tür zum Garten zu ist, lehne ich mich gegen die Wand
und atme tief durch, während mir die Tränen die Wange runterlaufen.

Ich hätte auf Josy hören sollen, es war keine gute Idee herzukom-
men, gar keine.

Kapitel 14

»Was ist los?« Ich schrecke zusammen, als auf einmal Fernando neben mir steht und mich besorgt mustert. »Nichts.« Ich wische mir die Tränen weg. »Ich muss Malik langsam nach Hause bringen, er hat morgen Schule.« Fernando hält mich am Arm fest, als ich an ihm vorbei will. »Was soll das? Was ist los? Warum bist du so schnell hier rein?« Ich entziehe ihm meinen Arm. »Ich brauche nur kurz ... Ich musste nur mal durchatmen«, versuche ich zu erklären, doch Nando lässt nicht locker. »Deswegen gehst du ins Haus ... um durchzuatmen? Versuch mich nicht für dumm zu verkaufen?«

Ich seufze aufgebend. »Was willst du hören, Fernando?« Er verschränkt die Arme. »Die Wahrheit!« Ich sehe ihm direkt in die Augen. »Die Wahrheit? Die Wahrheit, Fernando, ist, dass ich das nicht ertrage. Ich kann mir all das hier nicht ansehen. Vielleicht ist es schwer zu verstehen, denn immerhin war ich diejenige, die dich weggeschickt hat, die gesagt hat, dass sie das nicht kann, nicht mit dir leben kann, aber Fernando, ich bereue das inzwischen so sehr. Die ganzen letzten Monate habe ich das alles so sehr bereut, ich wünschte, ich könnte alles nochmal zurückdrehen, denn dann würde ich anders handeln. Ich würde mit allem leben, nur damit du bei mir bleibst. Und dich jetzt zu sehen ... Ich dachte, es wäre leichter für mich, wenn ich sehe, dass du glücklich bist mit deiner Frau. Du hast das auch wirklich verdient, aber zu merken, dass du mich nicht mehr liebst, ich kann es nicht ertragen, es tut zu sehr weh.«

Ich wische mir meine Tränen weg und sehe in Fernandos Gesicht, schon seit meine ersten Worte aus mir herausgesprudelt sind, ist seine Miene eisig geworden und nun wirkt er ... sauer.

Wir schauen uns eine Weile nur an und es scheint so, als würde es in Nandos Kopf auf Hochtouren arbeiten, als würde er meine Worte drehen und wenden und er wird immer wütender.

»Lina, Nando? Ich habe euch gesucht, wir wollen Tischtennis spielen.« Malik und Gabriel kommen ins Haus und Gabriel sieht verwirrt zwischen uns hin und her. Die Spannung zwischen uns muss für ihn spürbar sein, Fernando hört nicht auf mich böse anzufunkeln und ich weiß nicht so recht damit umzugehen. Ich hätte jede Reaktion verstanden, wenn er Mitleid hätte, wenn es ihm unangenehm ist, aber dass er wütend ist?

»Kommt ihr?« Malik stellt sich zwischen uns. »Malik, ich muss deiner Schwester etwas zeigen, wir bleiben aber in der Nähe. Gabriel kümmert sich um dich, wenn was ist, sag ihm Bescheid und er ruft uns, okay? Wir kommen gleich wieder.« Malik zuckt die Schultern. »Okay.» Noch immer hört Nando nicht auf mich anzustarren »Gabriel, pass kurz mal auf Malik auf.« Ich räuspere mich, hat er nicht verstanden, was ich gesagt habe?

»Ich will nichts mehr sehen«, sage ich leise, und Gabriel wirkt noch verwirrter. »Oh doch, das wirst du, Celina!« Nando ist wütend, eindeutig. »Ich passe auf Malik auf, alles okay?« Er sieht seinen Bruder an, doch der nickt und deutet mir mitzukommen. »Wohin willst du? Ich habe …« Er unterbricht mich. »Es ist nur zwei Häuser weiter, das wird dich schon nicht umbringen, also komm.« Ich gehe ihm hinterher über den Parkplatz. »Ich verstehe gar nicht, warum du so sauer bist? Du wolltest doch die Wahrheit hören.« Fernando bleibt stehen und sieht mich an, dann flucht er und läuft weiter. Wir gehen an einem Haus vorbei und beim nächsten biegt er in die Einfahrt ein.

Es ist fast genauso groß wie das Haus von Arturo, allerdings etwas schlichter gehalten, abgesehen von den vielen Autos, die in der Einfahrt stehen. »Was willst du hier?« Langsam werde ich auch sauer. »Das ist mein Haus«, erklärt Nando leichthin und schließt die Haustür auf. Wir treten in eine große Eingangshalle, die auch aus hellem Marmor besteht. Mein Blick fällt in einen Garten, wo ebenso wie bei Arturo ein Pool zu erkennen ist. Fernando geht direkt zu einer Treppe und ich gehe ihm langsam hinterher. Mein Blick fällt in ein Wohnzimmer, wo auf dem Boden ein paar Klamotten liegen und auf dem Tisch mehrere Pizzakartons stehen.

172

Als wir die Treppe hochkommen, stehen wir vor einigen geschlossenen Türen, nur die, die direkt vor uns liegt, ist offen. Es ist ein großes Schlafzimmer, dem zerwühlten Bett und den auf dem Boden herumliegenden Klamotten zufolge, Fernandos Schlafzimmer. Fernando geht zu einem Zimmer zwei Türen weiter und öffnet dieses. Ich trete ein und stehe in einem weiteren Schlafzimmer. »Was soll das, Fernando? Was soll ich hier?« Ich blicke zu ihm. »Sieh richtig hin, Celina.«

Er ist immer noch sauer. Ich blicke mich um. Dann wird mir bewusst, was er meint. Das Schlafzimmer ist wunderschön, es ist hell eingerichtet, eine Terrasse geht davon ab und an dieser Wand steht ein riesiges Bett. Mir steigen wieder die Tränen in die Augen, nicht ein Bett, mein Bett, was ich mir damals ausgesucht habe. Ich entdecke einen großen, leeren, begehbaren Kleiderschrank. Alles hier ist gemütlich eingerichtet, helle Sofas in den Ecken, Kerzen, ein Kamin, hinter einer weiteren Tür erkenne ich ein riesiges Bad und genau gegenüber dem Bett hängt ein großes Bild. Es ist so dargestellt, als würde man aus einem Fenster sehen. Ich sehe genauer zum Bild und erkenne ... Lares, auf dem Bild ist Lares abgebildet, als würde man aus dem Fenster sehen und auf Lares hinaus blicken.

Mein Herz krampft sich zusammen. »Warum ... gibt es das Zimmer noch?«, frage ich leise und dann knallt es laut, so dass ich mich zu Fernando umdrehe. Er hat wütend eine Vase vom Kamin gefegt.

»Warum, Celina? Ich glaube du hast keine Vorstellungen davon, wie das letzte Jahr für mich war.« Ich setze mich aufs Bett und blicke ihn an. »Doch, du hat geheiratet.« Fernando lacht bitter auf. »Nichts habe ich. Siehst du irgendwo eine Ehefrau oder einen Ehering? Wie sollte ich ...« Er flucht und sieht mich dann an. »Weißt du, wie verrückt ich geworden bin, als du mich verlassen hast. Ich habe es verstanden und versucht zu akzeptieren. Du hast gesagt, ich bin nicht gut für dich, dass ich dich in Gefahr bringe, und ich habe jeden verdammten Tag mit mir gekämpft, nicht wieder bei dir aufzutauchen, dich zu bitten zu mir zurückzukommen, nur damit ich nicht gegen deinen Wunsch gehandelt hätte, dich und deine Familie in Ruhe zu lassen.

Es hat mich wahnsinnig gemacht ohne dich zu sein, ich habe dich jede Sekunde vermisst. Ich bin für einen Monat weggefahren, weil ich dachte, das hilft … hat es aber nicht. Als ich wiederkam, habe ich es nicht mehr ausgehalten und bin zu euch gekommen, aber ihr wart schon weg. Dann habe ich erneut alles daran gesetzt dich zu vergessen, ich habe eine Frau getroffen, die dir wenigstens etwas ähnlich war, doch ich konnte nichts für sie empfinden, weil mein Herz nur für dich schlägt, Celina.

Doch als sie mich gefragt hat, wollte ich sie heiraten, glaub mir, ich hätte alles getan, um dich nur etwas zu vergessen, doch irgend-wann bin ich aufgewacht. Nie durfte jemand in diesen Raum, nur ich habe mich immer wieder hierher zurückgezogen und als sie dann daran dachte den Raum zu verändern und ich ihr gesagt habe, dass sie nicht einmal im Traum daran denken soll, ist uns wohl beiden klar geworden, dass die Idee mit der Hochzeit nichts bringt. Es gibt niemanden, der deinen Platz einnehmen kann und weißt du, irgendwann habe ich mich damit abgefunden, dass ich dich wohl immer lieben werde, aber mich von dir fernhalten muss.

Als ich von der Feier im B.B. gehört habe, hatte ich die Hoffnung dich wiederzusehen und wollte gucken, ob es dir gut geht … und jetzt stehst du hier, nachdem ich jeden einzelnen Tag gegen meine Liebe gekämpft habe, weil du gesagt hast, du kannst nicht damit leben, wer ich bin oder was ich bin und sagst mir einfach mal so, dass du es doch kannst?«

Ich kann nicht glauben, was mir Fernando da erzählt, oder eher gesagt, mir entgegen brüllt, ich versuche meine Gedanken zu sor-tieren. »Als ich das alles damals gesagt habe, meinte ich es auch so. Aber ich habe gemerkt, wie wichtig du mir bist und dass ich damit leben muss, weil ich nicht ohne dich sein will«, versuche ich mich zu erklären. Fernando fängt an, durch den Raum zu gehen. »Wirklich? Warum hast du dann nicht einfach angerufen? Ich dachte bis gerade eben, dass du noch immer dieser Meinung bist.«

Meine Stimme passt sich langsam seiner Lautstärke an. »Weil ich glaubte, du bist inzwischen verheiratet. Ich habe Alonzo getroffen und er hat gesagt du heiratest, ich wollte ... weißt du, wie das für mich war, als ich dachte, dass du jetzt eine Frau hast? Gestern und heute bin ich fast daran zerbrochen dich zu sehen und zu wissen, dass du eine andere liebst.« Nando wirbelt zu mir um. »Das tue ich nicht, Celina, und das hat mich vorhin so wütend werden lassen. Nach allem, was passiert ist zu hören, dass ich dich nicht lieben soll, wärst du nicht diejenige, die mir das gesagt hat, sondern jemand anderes hätte es gewagt, ich hätte die Person ...«

Ich stehe vom Bett auf, weil ich mich sonst zu klein fühle, wenn ich mich so heftig mit ihm auseinandersetzen muss. »Aber ich dachte es doch, woher sollte ich denn wissen, dass es nicht so ist. Du warst so ... gleichmütig zu mir.« Nando sieht zur Terrasse hinaus. »Was sollte ich tun, Celina? Denkst du, es ist leicht für mich, dich mit meiner Familie zu sehen, das zu sehen, was ich mir immer gewünscht habe. Ich wusste ja nicht, dass du mittlerweile deine Meinung geändert hast und nun doch damit leben kannst.« Er sagt das so abwertend, dass ich ihm am liebsten etwas in den Rücken geschlagen hätte, aber ich drehe mich um, gehe aus dem Zimmer und kündige meinen Abgang mit einer laut zuknallenden Tür an.

Ich komme nur bis zur Mitte der Treppe, da steht Fernando oben am Treppenansatz. »Du machst mich wahnsinnig Celina, warum haust du jetzt einfach ab?« Ich drehe mich zu ihm um. »Denkst du etwa, ich lasse mir jetzt von dir vorwerfen, dass meine Liebe zu dir stärker ist? Dass ich damit leben kann, nur um mit dir zusammen sein zu können? Hätte ich dir das etwa nicht sagen sollen? Du wolltest doch die Wahrheit hören, vielleicht wäre es besser, wenn ich nichts gesagt hätte, dann müsste ich mir das jetzt nicht vorwerfen lassen und ... «

»Und was? Wir wären beide weiterhin unglücklich. Kannst du nicht verstehen, dass nach diesem Jahr diese Neuigkeit etwas viel für mich ist, mein ganzes Leben war ich immer stolz, ein Nato zu sein, immer. Ich liebe meine Familie über alles, ich würde für unsere Familia sterben, nie habe ich das in Frage gestellt und diese paar Wochen mit dir, nachdem was dir und Malik passiert ist, dass ich dich verloren habe, weil ich ein Nato bin … Das erste Mal habe ich mir gewünscht, es nicht zu sein, und das war das schlimmste. Ich war so nicht gut für dich, und ich hätte alles getan, um gut für dich zu sein. Ich wollte einfach, dass du wieder bei mir bist…«

Nandos Handy klingelt, er geht genervt ran. »Was?« Er hört kurz zu und legt auf. »Wir müssen rüber.« Ich atme einmal laut aus, drehe mich um und gehe. Den ganzen Weg zurück zu Arturos Haus versuche ich meine Gedanken zu ordnen, das eben Passierte und Gesagte zu verarbeiten, zu verdauen, doch ich bin viel zu aufgewühlt, zu aufgebracht und ich brauche mich nicht umzudrehen, um zu wissen, dass auch Fernando noch innerlich kocht. Vor dem Haus stehen Arturo, Gabriel und José. Als ich an ihnen vorbei gehe, sehen sie von mir zu Fernando, der noch ein Stück weiter weg ist. »Alles klar bei euch?«

Ich gehe zur Haustür. »Alles klar.« Ich höre selbst, wie angespannt meine Stimme ist. »Alles klar Nando?« Sie stellen ihm die selbe Frage und als er bei ihnen eintrifft, bevor sich die Tür hinter mir schließt, höre ich noch seine wütende Antwort. »Alles klar.«

Im Garten kommt gleich Malik zu mir und zeigt mir seine Ausbeute von den Piñatas. »Wir müssen langsam los, Süßer.« Ich versuche, mir vor Malik nichts anmerken zu lassen. »Es gibt noch den Geburtstagskuchen«, nörgelt Malik. In diesem Moment kommen die vier Brüder mit einer riesigen rosa Torte zurück, die so groß ist, dass alle vier sie von einer Seite halten müssen. Sie muss auf zwei Tische gestellt werden und wäre ich nicht so aufgebracht, hätte ich sicherlich darüber gelacht, wie sie danach dastehen und krampfhaft überlegen, wie sie jetzt die kleine Cassandra zu der Kerze bekommen, die ganz oben auf der Torte ist. Letztlich stellt sich Fernando auf einen Stuhl und nimmt Cassandra auf den Arm, so dass sie die Kerze unter tosendem Applaus auspusten kann.

Zwar lächelt Fernando bei der darauf folgenden Küsschenumarmung seiner Nichte, aber man sieht ihm an, dass er immer noch wütend ist, jetzt habe ich auch noch den Geburtstag zerstört. Ich warte, bis Malik und Justin den Kuchen gegessen haben und höre so lange Olivia und Tessa bei ihrem Gespräch zu. Ich beobachte dabei, wie Fernando mit zwei Frauen redet, eine von ihnen hielt ich vorhin für seine Ehefrau. Da nun sowieso schon alles egal ist, frage ich Olivia, wer die Frauen sind.

»Das sind zwei Cousinen von Fernando, mit der jüngeren versteht sich Fernando besonders gut, er sagt, sie ist seine zweite Schwester.« Ich nicke und Olivia lächelt leicht. »Du brauchst dir gar keine Gedanken zu machen. Fernando liebt dich abgöttisch, seit eurer Trennung ist er nicht mehr derselbe. Arturo hat sich große Sorgen um ihn gemacht. Konntet ihr beide in Ruhe reden?« Ich schnaufe kurz bitter auf. »Das war eher ein in Ruhe rumschreien.« Sie lächelt immer noch. »Das wird schon, ich sehe, dass du ihn genauso liebst, also werdet ihr einen Weg finden.«

Dadurch, dass ich noch so aufgebracht bin, habe ich gar nicht darüber nachgedacht, dass wir uns eigentlich beide vorhin, wenn auch etwas lauter, einfach nur unsere Liebe gestanden haben. Ich muss mich erst einmal wieder fassen und da es wirklich schon spät ist, verabschieden wir uns. Ich beobachte, dass Fernando von Gabriel ein Telefongespräch entgegennimmt und nach hinten in den Garten geht und nutze die Gelegenheit, um zu verschwinden. Wir verabschieden uns von allen anderen. Arturo fragt, ob ich nicht noch warten will, bis Nando wieder da ist, doch ich antworte, dass es wohl gerade so besser ist. Da er gesehen hat, wie sauer Fernando ist, scheint er es zu verstehen.

Als ich mit Malik aus dem Natos - Gebiet herausfahre, spüre ich, dass ich am liebsten einfach nur losweinen würde, aber ich schaffe es mich zusammenzureißen, bis ich Malik zu Hause abgesetzt und mich schnell verabschiedet habe. Sobald ich wieder in der Stadt bin, halte ich am Straßenrand und lasse meinen Tränen freien Lauf.

Ich lasse alles Gesagte nochmal durch meinen Kopf gehen und versuche zu begreifen, was Fernando mir gesagt hat.

Das ganze Jahr ging es ihm genauso schlecht und er hat sich rum-gequält ohne mich. Besonders seine Worte über seine Familie, dass er sich gewünscht hat, nicht zu den Los Natos zu gehören, nur um mich bei sich behalten zu können, gehen mir sehr nah. Ich starte den Wagen und folge einfach meinem Herzen, egal wie sehr wir vorhin aneinander geraten sind. Diesmal finde ich den Weg zu Nandos Haus ohne Probleme. Gerade als ich bei Fernando in die Einfahrt einbiegen will, klingelt mein Handy, ich ziehe es aus der Tasche und sehe, dass Fernando mich versucht anzurufen, schein-bar hat er sich auch beruhigt, hoffe ich zumindest und fahre in die Einfahrt. Genau in diesem Moment kommt Fernando aus seiner Haustür, das Handy am Ohr, während meines noch klingelt und will zu seinem Auto. Ich muss lächeln, als er mein Auto sieht und das Handy von seinem Ohr nimmt.

Ich kann gerade mal aussteigen, da zieht mich Fernando schon in seine Arme. Er vergräbt sein Gesicht in meinen Haaren. »Es tut mir leid, dass ich vorhin so ausgeflippt bin, ich dachte einfach …« Er nimmt mein Gesicht in seine Hände und küsst meine Wangen, bevor er mich wieder ganz in seine Arme nimmt. »Ich dachte, dass ich dich nie wieder bei mir haben würde, und ich danke Gott dafür, dass ich mich getäuscht habe.«

Ich schmiege mich an ihn und küsse seinen Hals. Ihn wieder so zu spüren, seinen Duft so um mich zu haben, macht mich so glücklich, dass ich alles andere vergesse. »Du hast mir so gefehlt, Fernando«, gebe ich leise zu, Nando seufzt zufrieden und umfasst meinen Nacken. Seine Lippen küssen zärtlich mein Gesicht. »Du bist mein Leben, Celina. Du darfst mich nicht mehr verlassen, du gehörst zu mir«, flüstert er und ich muss lächeln. »Werde ich nicht mehr, ich bleibe bei dir, ich will gar nichts anderes.«

Endlich finden seine Lippen meine.

Ich muss mich an Fernandos Nacken festhalten, als wir uns wie-der so nah sind. Ihn zu spüren und wieder zu schmecken, lässt meine Knie weich werden und auch er scheint von diesem ersten intensiven Kontakt nach so langer Zeit so gefesselt zu sein, dass wir beide erst, als wir diesen sehnsüchtigen Kuss langsam lösen und Fernando noch viele kleine Küsse auf meine Lippen gibt, bemerken, dass gepfiffen und geklatscht wird.

Wir sehen zu der Seite, von wo die Geräusche kommen und entdecken Nandos Brüder auf einer der Terrassen von Arturos Haus. »Na endlich, das wurde aber auch Zeit«, gröhlt Gabriel. Fernando lacht und küsst meine Nase. »Ich sag doch, Waschweiber.« Er nimmt meine Hand. »Kommt ihr nochmal rüber? Jetzt können wir Lina richtig in die Familie aufnehmen. Nicht, dass wir das nicht schon vor euch wussten, wir wollten euch nur nicht den Spaß verderben«, gibt José seinen Senf dazu und lacht, wobei er sich eine leichten Nackenschlag vom ältesten Bruder Arturo einfängt. Fernando grinst in die Richtung seiner Brüder. »Morgen, so lange müsst ihr noch warten.«

Er zieht mich ins Haus und sobald die Tür ins Schloss fällt, liegen seine Lippen wieder auf meinen. Fernando küsst mich so liebevoll und süß, dass mir wieder Tränen kommen und als er den Kuss löst und diese entdeckt, küsst er sie ebenfalls weg. »Hör auf zu weinen, mein Herz.« Ich sehe ihn an. »Ich dachte wirklich, du wärst verheiratet, das hat mich fast umgebracht.« Er lächelt mild. »Ich bin gar nicht dazu in der Lage, jemanden anderes zu lieben.« Er streicht meine Haare nach hinten und sieht mich ernst an.

»Du willst es wirklich, Celina? Kannst du damit leben, dass ich zu den Los Natos gehöre?« Ich küsse ihn. »Ich weiß nicht, ob ich mich jemals ganz daran gewöhne und ich werde sicher immer um dich Angst haben. Aber ich weiß von ganzem Herzen, dass ich nicht ohne dich leben will. Und wenn ich mich dann damit abfinden muss, dann tue ich das. Meine Liebe zu dir ist so viel stärker, als alle Bedenken«, gebe ich zu und Fernando nickt. »Ich verspreche dir, dass du dir keine Sorgen um mich machen brauchst. Jetzt habe ich mehr Grund als jemals zuvor, gut auf mich aufzupassen, denn jetzt gibt es etwas, zu dem ich immer wieder gesund zurückkommen möchte.« Er verschließt meine Lippen mit seinen und dirigiert mich ohne sich von meinen Lippen zu lösen zur Treppe, wo er mich einfach hochnimmt und in das extra für mich eingerichtete Schlafzimmer trägt.

Sobald wir dieses betreten, setzt er mich ab und ich versuche ungeduldig, ihn seines Shirts zu entledigen, was er sich dann selber schnell über den Kopf streift. Fernando scheint genauso ungeduldig wie ich zu sein, und schneller als je zuvor sind wir beide ausgezogen. Er bringt mich zum Bett, doch als sich unsere Haut wieder berührt und wir den anderen fest bei uns haben, werden unsere Küsse und Bewegungen wieder ruhiger und zärtlicher und wir genießen uns lange.

Seine Hände wieder auf mir zu spüren, seine warme Haut an meiner und seine verlangenden Küsse gehen mir unter die Haut. Keiner kriegt in dieser Nacht genug vom anderen, wir liegen ineinander verschlungen, genießen uns, beteuern uns immer wieder unsere Liebe und tauschen zärtliche Küsse. Fernando wieder an und in mir zu spüren, erfüllt mich mit so viel Glück, wie ich es in diesem einen Jahr ohne ihn nicht einmal gespürt habe.

Als ich meine Augen wieder öffne, blicke ich direkt in Fernandos schöne Augen, die mich liebevoll anstrahlen. »Guten Morgen, mein Herz.« Er hält mich fest in seinem Arm, unsere Gesichter liegen aber so aneinander, dass wir uns in die Augen sehen können. »Morgen … hast du nicht geschlafen?« Ich sehe, dass er müde aussieht. »Nicht viel.« Ich gebe ihm einen Kuss. »Warum? Ich habe so gut geschlafen, wie lange nicht mehr.« Er lächelt. »Das habe ich gesehen, keine Ahnung, wenn ich ehrlich bin, habe ich heute Nacht ein neues Gefühl kennengelernt.« Ich sehe ihn verwundert an.

»Ich habe schon so viel erlebt, Celina, ich habe schon viel mitgemacht, ich wurde verletzt … Waffen wurden auf mich gerichtet ….« Ich zucke leicht zusammen, doch Fernando fängt das auf, indem er mein Gesicht hält und mir mit dem Daumen über die Wange streichelt. »Noch nie habe ich Angst verspürt. Heute Nacht habe ich zum ersten Mal so etwas wie Angst gespürt. Ich hatte Angst einzuschlafen und zu merken, dass ich nur geträumt habe, dass du wieder bei mir bist. Dass du dir das alles nochmal anders überlegst … ich habe Angst, dich wieder zu verlieren«, gibt Fernando zu, ich rücke noch näher zu ihm.

»Das brauchst du nicht Fernando, ich bleibe bei dir.« Er gibt mir einen Kuss auf die Nasenspitze. »Ich liebe dich.« Ich lächele. »Ich liebe dich auch.« Mein Blick fällt auf die Uhr hinter ihm. »Oh mein Gott, ich habe verschlafen.« Ich will aufspringen, doch Fernando wirft sich lachend auf mich. »Josy hat auf deinem Handy angerufen, ich bin rangegangen … sie freut sich übrigens für uns. Sie hat deinen Chef angerufen und dich für zwei Tage entschuldigt. Außerdem soll ich dir sagen, dass Casper sich Boxershorts gekauft hat.«

Ich muss lachen, und mein Magen knurrt leise. Fernando hebt die Augenbrauen. »Du hast gestern kaum etwas gegessen, lass uns frühstücken.« Ich sehe mich um. »Ich habe gar nichts zum Anziehen.« Fernando will das Telefon vom Nachttisch nehmen. »Ich rufe Olivia an, sie bringt dir etwas rüber. Sie wartet bestimmt schon mit dem Frühstück auf uns.« Auf meinen verwirrten Blick hin gibt er zu. »Naja, das ist hier eher ein Männerhaushalt. Hier gibt es nichts zu essen, außer kalter Pizza.« Ich erinnere mich an die auf dem Boden liegenden Klamotten und Pizzakartons.

»Gehen wir nachher einkaufen, damit wir hier Essen haben?«, schlage ich vor und Fernando lächelt. »Bleibst du hier…bei mir?« Ich beuge mich vor und küsse ihn, ich gebe all meine Liebe, die ich für ihn empfinde, in diesen einen Kuss. Als ich ihn löse, sehe ich Fernando an. »Willst du darauf morgen früh verzichten?« Fernando dreht sich auf den Rücken und zieht mich auf seinen Schoß, so dass ich auf ihm sitze. Er streicht meine langen Locken auf meinen Rücken, so dass er einen freien Blick auf mich hat. »Nie wieder!«

Epilog

Fernando und ich betreten zusammen das Grundstück meiner Mutter und entdecken Eduardo, der auf der Terrasse sitzt und uns entgegen lächelt. »Lina, du siehst müde aus, du arbeitest zu viel, genau wie deine Mutter.« Edi umarmt mich. »Das liegt wohl in der Familie«, lacht Fernando hinter mir und umarmt Edi auch freundschaftlich.

»Hier sind die Medikamente, die du brauchst.« Er überreicht Edi ein Paket und setzt sich ebenfalls auf die Terrasse vor dem Haus meiner Mutter. »Wo ist Mama?« Edi sieht ins Paket. »Die macht gerade das Essen, danke Fernando, das erspart mir immer diesen Weg in die Stadt.«

»Mama, wir gehen«, tönt es von drinnen und Malik und Petro treten aus dem Haus heraus. Ich kann nicht fassen, wie groß mein kleiner Bruder geworden ist. Mittlerweile ist es über ein Jahr her, dass Fernando und ich endgültig zusammengefunden haben. Es gibt keine Sekunde, in der ich die Entscheidung für Fernando und gegen meine Einstellung bereut habe, im Gegenteil. Wir sind glücklich, wirklich glücklich. Vom ersten Tag an bin ich quasi bei ihm eingezogen. Fernando und ich haben uns aufeinander eingespielt, was bei uns beiden einfach heißt, wir haben für alles einen Kompromiss gefunden.

Fernando wollte gerne, dass ich aufhöre zu arbeiten, ich habe davor mehr als acht Stunden jeden Tag gearbeitet, nun arbeite ich nur noch dreimal die Woche. Fernando wollte mir ein neues Auto kaufen, ich wollte meinen Allez behalten, nun fahre ich eines von Fernandos Autos und Allez steht trotzdem noch in unserer Einfahrt. Fernando hat mir seine Kreditkarten gegeben, ich habe unsere Konten zusammengelegt, so dass mein Gehalt auf unser Konto kommt und ich nicht so ein schlechtes Gewissen habe Geld auszugeben, auch wenn mein Beitrag ein Nichts ist zu den Beträgen, die auf unserem Konto liegen.

Ich habe mich nicht wirklich damit abgefunden, dass Fernando einer der Anführer der größten Gang Puerto Ricos ist und er nimmt Rücksicht darauf. Natürlich komme ich nicht drum herum, einiges von den Geschäften mitzubekommen, die sie betreiben, aber Fernando hat sich für mich etwas zurückgezogen. Hat er sich früher fast immer alleine um die Angelegenheiten der Familia gekümmert, so gibt er jetzt auch einiges in die Hände von Gabriel und José. Alle Brüder haben von Anfang an darauf geachtet, dass die Beziehung von Fernando und mir bekannt wird. Offenbar kann keiner so wirklich vergessen, was Malik und mir passiert ist, und noch immer wird vor allem Arturo nicht müde, mich als Fernandos Verlobte vorzustellen, egal wen wir treffen. Ich begleite Fernando, wenn sie woanders hin fahren oder fliegen müssen fast immer und bei unserem ersten Aufenthalt in Barbados hat er mir einen Antrag gemacht. Ganz romantisch, mit Fackeln und leckerem Essen am Strand bei Sonnenuntergang, ich konnte gar nicht anders, als ja zu sagen und ich wollte es auch nicht anders.

Fernandos Familie ist zu meiner geworden, so wie er ein Teil meiner Familie ist. Es ist für mich schon normal, dass Gabriel ständig bei uns schläft, dass José und Nathan bei uns den Pool benutzen, weil ihrer umgebaut wird und Arturo mich besonders lieb hat. Cassandra ist mein kleiner Liebling geworden, mindestens einmal die Woche schläft sie zwischen Fernando und mir in unserem Bett. Auch hat sie sich seit ihrem ersten Geburtstag geweigert, sich die Haare schneiden zu lassen, nur ich darf manchmal ihre Spitzen schneiden. Vor ein paar Monaten ist sie zwei geworden, und ihre Haare gehen ihr jetzt wie bei mir bis zu den Hüften. Sie liebt es, wenn ich sie ihr eindrehe, so dass sie solche Locken bekommt, wie ich sie habe.

Genauso ist Malik öfter bei uns, Gabriel, José und Nathan behandeln ihn wie ihren kleinen Bruder. Mehrmals die Woche holt ihn einer von ihnen von der Schule ab und unternimmt etwas mit ihm. Fernando und Malik haben noch immer ein ganz besonderes enges Verhältnis.

Malik klatscht mit Fernando ab und gibt mir einen Kuss auf die Wange, auch Petro klatscht bei Nando ab und lächelt mich an. »Hallo Lina.« Fernando lacht leise, ob Petro wohl jemals über mich hinwegkommt? »Wohin geht ihr denn?« Malik sucht seinen Ball. »Wir treffen uns mit Freunden.« Ich mustere meinen Bruder. »Mit welchen?« Er sieht zu mir. »Mit Freunden eben.« Ich verschränke die Arme. »Was ist das denn für eine Aussage?« Malik grinst zu Fernando. »Du hast Recht, die Arbeit bei einem Anwalt tut ihr gar nicht gut.«

Fernando grinst zurück und ich funkele ihn böse an. »Er trifft sich mit ein paar Mädchen«, ruft meine Mutter belustigt von drinnen. Ich lächele. »Wirklich? Oh mein Gott … wer ist es denn? Wie sieht sie aus?« Malik seufzt schwer auf. »Du kennst sie nicht und die kommen nur beim Fußballspielen zugucken … mehr nicht. Mädchen nerven, zicken sowieso nur herum.« Er lacht und klatscht bei Petro ein und ich stelle fest, dass mein kleiner Malik nicht mehr so klein ist, wie ich es gerne hätte.

Ich gehe zu Malik und ziehe ihn in meine Arme. »Lina … ich bin schon zu alt für so etwas.« Ich muss lachen. »Vor einer Weile hast du noch mit mir in einem Bett geschlafen und mit mir gekuschelt. Du fehlst mir.« Er richtet sich seine Haare und sieht mich an, in solchen Momenten erkenne ich meinen kleinen Malik wieder. Er lächelt und gibt mir einen Kuss auf den Mund. »Ich liebe dich.« Ich verwuschele seine Haare. »Ich dich auch, viel Spaß.« Bevor er rausgeht, pfeift Fernando noch mal und Malik und Petro drehen sich um. »Vergiss nicht das Vorspiel in diesem neuen Verein morgen. Ich hole dich von der Schule ab.«

Malik nickt. »Kommst du mit Gabriel? Sein Auto ist der Hammer.« Nando zuckt die Schultern. »Bestimmt.« Malik will gehen, doch dreht sich nochmal um. »Vergiss nicht … sechzehn«, Fernando lacht. »Versprochen!« Als Malik und Petro davonrennen, drehe ich mich zu meinem Verlobten um.

»Was ist mit 16?« Fernando bekommt wieder diesen Blick, den er immer hat, wenn er weiß, dass ich sauer werden könnte. »Ich habe ihm versprochen, dass ich ihm dann sein erstes Auto kaufe.« Ich lächele mild. »Das ist eine gute Idee.« Fernando zieht mich auf seinen Schoss und streicht meine Haare weg, so dass er an meinen Nacken heran kann, den er liebevoll küsst. »Wirklich?« Ich nicke. »Ja, so ein gebrauchter Allez ist genau das richtige für einen Fahranfänger.« Fernando lacht. »Mein Herz, das ist kein Auto.« Ich muss auch lachen und kuschele mich an ihn. Auch nach der Zeit, die wir uns jetzt schon wieder haben, kriegt keiner genug vom anderen. Während Fernando und Edi sich über ein paar Veränderungen in der Stadt unterhalten, lasse ich meine Gedanken schweifen und genieße die Luft hier draußen.

Fernando und Edi sind eigentlich von Grund auf die unterschiedlichsten Menschen, die man sich vorstellen kann. Der Besitzer eines Altenheimes und naja, Fernando eben ... aber die beiden verstehen sich sehr gut. Jeder scheint das von Fernando trennen zu können, selbst mein Chef, ein eingefleischter Anwalt, hat Fernando mittlerweile sehr in sein Herz geschlossen und hat sogar schon ein paar Sachen für die Familie von Fernando erledigt. Dass man bei Fernando vergisst, was er ist oder wer er ist, scheint nicht nur mir so zu gehen, man kann ihn sich kaum in dieser Rolle als Anführer der Los Natos vorstellen, aber es gibt diese Seite in ihm, und mittlerweile habe ich diese Seite auch schon öfter an ihm gesehen. Es bleibt nicht aus, dass ich bei ihm bin, wenn er auf jemanden trifft, mit dem er etwas zu klären hat.

Wenn er auf seine Geschäftspartner trifft, dann zeigt Fernando eine Seite an sich, die selbst mir manchmal das Blut in den Adern frieren lässt. Fernando kann brutal und gefährlich sein, und ich verstehe mittlerweile, warum er diesen Ruf hat und sich kaum einer an ihn herantraut, doch irgendwann habe ich auch diese Seite an ihm gelernt zu akzeptieren, und ich weiß genau, dass er diese Seite niemals in der Familie und bei den Menschen, die ihm etwas bedeuten, zeigt.

Meine Mutter kommt mit einer Paella raus. »Hallo ihr beiden.« Sie gibt erst mir, dann Nando einen Kuss. Meine Mutter und Fernando haben auch ein ganz besonderes Verhältnis. Manchmal denke ich, dass liegt daran, dass Fernandos Mutter gestorben ist, denn Nando liebt meine Mutter wirklich sehr. Nicht nur mit mir am Wochenende, sogar unter der Woche kommt er öfter bei ihr vorbei, wenn er Malik von der Schule abholt oder auch mal einfach so und ich weiß, dass meine Mutter ihn ebenfalls sehr lieb hat. Wenn ihr Schwiegersohn vorbeikommt und sie besucht, dann lässt sie alles stehen und liegen und verwöhnt ihn mit Leckereien, bevor sie sich zu ihm setzt und die beiden sich unterhalten.

»Lina, Schatz, du siehst müde aus, du arbeitest zu viel.« Ich gähne. »Nur diese Woche. Es läuft gerade ein wichtiger Prozess.« Fernando umfasst meinen Bauch und verschränkt unsere Finger. »Ihr Chef ist wirklich der unbestechlichste Anwalt, den ich kenne.« Ich muss lachen. »Deswegen mag ich ihn auch so.« Meine Mutter tut uns allen auf und dabei ist sie bedacht darauf so zu tun, als wäre Edi nur ein guter Freund. Als sie noch einmal in die Küche geht, lache ich leise. Wwann hört sie denn auf damit so zu tun, als wäret ihr kein Paar. Sie weiß doch, dass wir es schon lange wissen und nichts dagegen haben.«

Edi lächelt verschmitzt. »Naja, du weißt doch, so ist deine Mutter eben.« Also lasse ich meine Mutter weiter ihr Spiel treiben, und wir unterhalten uns über die geplante Hochzeit, die in einem Monat stattfindet. Wir feiern auf einem großen freien Feld, genau in der Mitte von Lares und San Sebastian. Es sind zwar nur die engsten Freunde und die Familien eingeladen, doch das sind trotzdem bei uns eine Menge. Unsere beiden Familien alleine, dann noch viele Freunde aus Lares, aus dem B.B., doch ich kann es kaum erwarten. Ich habe schon ein traumhaftes weißes Kleid und habe eine spezielle Hochzeitstorte in der Bäckerei in Lares bestellt.

Fernando und ich verbringen den ganzen Nachmittag bei meiner Mutter und Edi. Danach fahren wir in die Stadt zum B.B. Josy und Casper haben es auch geschafft und Josy ist nicht nur seine feste Partnerin, sondern leitet mit ihm zusammen das B.B., so dass wir öfter da sind, um alle zu besuchen. Bevor wir jedoch eintreten, halte ich Fernando am Arm. »Weißt du noch, als wir uns hier im B.B. das erste Mal begegnet sind?«

Er lächelt. »Ja, daran kann ich mich gut erinnern.« Ich ziehe die Augenbrauen hoch. »Du warst gerade mit einer anderen Frau beschäftigt.« Sein Lächeln wird breiter. »Aber als ich dich gesehen habe, wusste ich, dass du die schönste Frau bist, die ich je gesehen habe. Deine Augen, dein schönes Gesicht, deine Figur und deine Haare … ich wusste sofort, dass ich dich will. Und jetzt sieh uns an, ich habe meinen Willen bekommen.«

Ich muss lachen. »So einfach hattest du es aber nicht bei mir.« Er gibt mir einen Kuss. »Zugegeben, am Anfang wollte ich es einfach wieder sein lassen nach den ganzen Abfuhren, die du mir erteilt hast, aber als ich dich genau hier gesehen habe«, er zeigt auf die Stufen, auf denen wir stehen, »wie du deine Beine in den Regen gehalten hast und verträumt in den Himmel gesehen hast, wusste ich, dass ich alles tun würde, um dich für mich zu gewinnen. Ich kann es nicht erwarten, dass du meine Frau wirst, Celina.«

Ich lege meine Arme um seinen Nacken, und er umfasst meine Taille. »Ich liebe dich, Fernando.« Ich führe meine Lippen an seine. »Ich dich auch.«

Manchmal erscheint es mir schon ewig her, dass ich Fernando das erste Mal im B.B. gesehen habe, wenn ich daran denke, dass ich nicht mal an den Tisch wollte, muss ich heute lachen. Egal wie viel Zeit vergeht, wenn ich Fernando so küsse und er mich so liebevoll im Arm hält, weiß ich, dass ich davon nie genug bekommen kann. Wenn mich jetzt jemand fragt, ob ich an El Destino, an das Schicksal glaube, kann ich aus tiefstem Herzen ja sagen.

Leseprobe aus

El Destino 2

Nando boxt mit voller Wucht gegen die Tür, ein großes Loch und seine blutende Hand zeigen, wie viel Wut in dem Schlag gesteckt hat. »Willst du es jetzt auf den Alkohol schieben? Ich weiß, dass du keinen verträgst, aber das ist zu billig, Celina.« Sie beachtet seine Worte nicht, sondern steht auf, geht ins Bad und bindet ein Handtuch um seine verletzte, blutende Hand. Er achtet gar nicht darauf, sondern starrt sie wütend an. »Denkst du, das sind Schmerzen für mich, Celina? Die Einzige auf der ganzen Welt, die in der Lage war mir weh zu tun, warst du, das sind Schmerzen, alles andere ist mir egal!«

Celina beginnt zu weinen und sieht zu ihm hoch. »Ich wollte dir niemals weh tun.« Sie stehen sich so nah, und doch war Nando ihr noch nie so fern. »Das hast du aber, ich glaube dir nicht, dass du nicht weißt, was passiert ist, du hast nur Angst die Wahrheit zu sagen. Ich glaube dir, dass du nicht wolltest, dass es passiert, ich sehe, dass du es bereust und ich weiß auch, dass du mich liebst, aber es war niemals genug, nicht so sehr wie ich dich liebe, Celina. Ich habe gemerkt, dass dir die Sache mit der Hochzeit zu schaffen gemacht hat, die Sache mit den Los Natos. Ich weiß nicht, was ich noch hätte tun sollen.«

Celina sieht ihn anklagend an. »Du glaubst mir nicht, wenn ich dir sage, dass ich nicht weiß, was passiert ist? Fernando, ich wünschte mir, ich wüsste es, ich habe das Gefühl durchzudrehen, weil mir diese Erinnerung fehlt. Es ist nicht fair mir jetzt vorzuwerfen, dass ich die Hochzeit nicht wollte oder deine Familia, mir ist das alles egal, ich liebe dich, du bist alles für mich …«

Fernando umfasst mit seinen Händen Celinas Gesicht und zwingt sie so, ihm in die Augen zu sehen. Er verliert das Handtuch und sie spürt sein Blut an ihrer Wange, doch was sie dann sieht, zerstört auch noch die allerletzte Hoffnung in ihr. Fernando hat Tränen in den Augen, und sie sieht seine Schmerzen, sie sieht, wie sehr sie ihm wehgetan hat. »Celina, ich habe dir alles gegeben, mein Herz, mein Leben, das ich bis dahin geführt habe, aufgegeben, meine Seele, jetzt hast du mir auch noch meinen Verstand geraubt. Das letzte, was ich habe, ist mein Stolz, ich kann ihn nicht auch noch deinetwegen verlieren. Wie soll ich dich nach all dem noch wie vorher sehen? Ich könnte durchdrehen, wenn ich daran denke, dass ein anderer Mann dich angefasst hat.« Eine Träne verlässt Fernandos Auge, eine einzige. Celina ist sich sicher, dass er seit seiner Kindheit nicht mehr geweint hat und dass diese eine Träne mehr bedeutet als tausend andere dieser Welt. »Wenn du nur spüren, wissen würdest, wie sehr ich dich liebe, doch es bringt mich um, dass es nicht gereicht hat, dass es dir nicht gereicht hat, dass ich nicht genug für dich war.«

Er lässt Celinas Gesicht los und sie weiß, sie hat ihn verloren.

Entdecken Sie

die

ergreifende Welt

von

Jaliah J.

Tauchen Sie ein in die faszinierende Welt von

Jaliah J.

Die Buchreihe
Llora por el amor

Stell dir vor, du erfährst, dass die Welt, die du eigentlich zu kennen vermagst, nicht das ist, was du all die Jahre dachtest. Wesen, Gefahren und Gefühle existieren, von denen du nicht einmal zu träumen gewagt hast ...

Hijas de la luna - Die Legende der Töchter des Mondes

... und dann erkennst du, dass du schon immer, ohne es zu wissen, ein Teil dieser Welt warst.

www.jaliahj.de

195

Startseite Deutsch   Die Bücher   Homepage English   Aktuelles und Kontakt zu Jaliah J.   Kontakt   Gästebuch

Jaliah J. ist eine junge Autorin, die mit ihrer Familie in Berlin lebt. Ihre Wurzeln sind in der ganzen Welt verstreut, doch ihr Herz schlägt für Puerto Rico.

Angefangen haben ihre ersten Schreibversuche in einigen Internetforen, wo sie schnell einige treue Leser ihrer Geschichten gefunden hat und es nicht mehr viele Schritte bis zum ersten Buch waren. Mittlerweile füllen viele Bücherregale die Werke der jungen Autorin und ihre Bücher sind regelmäßig in der Bestsellerliste von BOD vertreten.

Mit ihrer bekannten Llora por el amor - Reihe hat sie eine ganz neue Welt erschaffen, in die sich viele Hunderte junge Leser regelmäßig zurückziehen und alles um sich herum vergessen.

Es sind einige weitere Projekte geplant, so dass man auch in Zukunft noch viel von der jungen Autorin hören wird.

Tauchen auch sie ein in die faszinierende Bücherwelt.

"Diese junge Autorin schreibt mit ebenso viel Hemmungslosigkeit wie Konsequenz Liebesromane, ich wünsche ihr einen langen erzählerischen Atem für sprudelnde Phantasie und mitreißende Fantasy."

Vito von Eichborn

(Vorwort zur Sonderausgabe zu Werwölfen, Vampiren und den Töchtern des Mondes)

Shirts, Handycases und vieles mehr zu den Büchern von Jaliah J.

follow me ...

Leserkommentare

„Jaliah schreibt leidenschaftlich und hingebungsvoll. Ich habe schon sehr viele Bücher gelesen, die ich richtig, richtig gut gefunden habe. Aber Jaliahs Story nehme ich ihr voll und ganz ab. Kaufe ich das ab, was sie schreibt. Man hat bei der Lektüre das Gefühl, live dabei zu sein. Sich mitten im Geschehen zu befinden und man kann sich mit ihren Charakteren identifizieren. Man fiebert mit, will wissen wie es weiter geht und der „Suchtigkeitsfaktor"

ist auf jeden Fall vorhanden! ;) Ich kann jedem der eine Reise nach Puerto Rico mit dem Kopf machen möchte, in eine neue Welt eintauchen will, den Zusammenhalt der Gangs und deren Familien spüren, das Buch weiter empfehlen!"

Hope

"Hope/Amal die Geschichte zwischen einem christlichen Mädchen und einem arabischen Prinzen war unglaublich mitreißend.

Die Persönlichkeit und das Handeln von Farhan (dem arabischen Prinzen) war mir völlig neu und extrem erfrischend.

Auch die liebenswerte Einführung in die Welt des Islam hat mich berührt.

Jaliah hat die Verbindung zwischen zwei Religionen in Form dieses Buches sehr schön dargestellt!!

Die Geschichte ist mitreißend! Zusammengefasst: Ein tolles Buch mit einer zauberhaften Liebesgeschichte die es sich zu 100% zu lesen lohnt!"

www.jaliahj.de